마왕과 용왕에게
단련 받은 소년은
e Boy trained by the Demon King and the Dragon King,
ows absolute power in school life
학교에서
무쌍
한 모양입니다

01

Author
쿠마노겐코츠
Illustration
나모나시

"마왕과 용왕의
포위망에서는 달아날 수 없어."

마왕
리오

"━━━━━아흐윽!!!!"

The Boy trained by
the Demon King and the Dragon King,
shows absolute power
in school life

01

CONTENTS

마**왕**과 용**왕**에게
단련 받은 소년은
The Boy trained by the Demon King and the Dragon King,
shows absolute power in school life
학교에서
무쌍
한 모양입니다

01

Author

쿠마노겐코츠
Illustration

나모나시

일러스트 나모나시

제1화 ◆ 소년과 무한감옥과 두 명의 왕

'노력은 반드시 보답을 받는다'라고 말하는 사람은 분명 재능을 가진 사람일 것이다.

내가 그 사실을 깨달은 것은 10살이 되어서였다. 세상에는 평범한 일도 평범하게 해내지 못하는 사람이 있다. 아무리 노력해도 노력하지 않는 사람에게 간단히 뒤처지는 사람이 있다. 아무리 간절하게 소망해도 손끝조차 닿지 못하는 사람이 있다. 그 사실을 깨닫는 데 10년이나 걸리고 말았다.

가진 자가 득세하고 가지지 못한 자는 도태되는 것이 세상이다.

이 이야기는 그런 잔혹한 세상에 태어난 내가 재능보다 소중한 것이 있다는 사실을 깨닫게 되는 이야기다.

"루이샤, 너 정말 멍청하구나!"

언제나처럼 마법을 연습하던 어느 날. 소꿉친구인 엘레나가 느닷없이 나를 매도해 왔다.

"마력을 그런 식으로 다루니까 마법을 못 쓰지! 파앗! 하는 느낌으로 쓰란 말이야!"

여전히 밑도 끝도 없는 조언이었다.

이런 설명으로 이해가 가능한 사람은 뇌가 근육으로 된 엘레나

정도밖에 없을 것이다.

"무슨 말인지 하나도 모르겠어……."

"뭐야?! 루이샤 주제에 나한테 말대답을 하는 거야?! 건방져!"

화가 난 엘레나가 내 다리를 퍽퍽 걷어찼다.

엄청 아프다. 엘레나는 장난으로 하는 짓이겠지만, 허약한 체질인 나한테 엘레나의 발길질은 너무 아팠다.

엘레나에게 일상적으로 괴롭힘을 당하는 바람에 내 몸에는 푸른 멍 자국이 지워질 날이 없었다. 노린 건지, 본능적으로 그러는 것인지는 모르겠지만 항상 옷에 가려진 부분만 공격해 오니 악질이 따로 없었다.

……도대체 내가 왜 이런 꼴을 당해야 하는 걸까. 하지만 엘레나는 남의 속마음도 모르고 복장이 터지는 말을 건네 왔다.

"정말이지, 열다섯이 돼서 마법도 제대로 쓸 줄 모르다니. 열 살이면 능숙하게 사용하는 게 보통인데 말이야. 역시 루이샤 혼자서는 아무것도 못 한다니까. 어쩔 수 없지! 이 초천재 소꿉친구인 엘레나 님께서 직접 훈련시켜 주는 수밖에!"

엘레나는 그렇게 말하며 "엣헴" 하고 잘난 표정을 지어 보였다.

……분하지만 엘레나가 천재라는 것은 사실이다. 세 살 때 처음 마법을 사용한 것을 계기로 엘레나는 다양한 능력을 개화해 나갔고, 어느샌가 어른들에게 신동이라 불리게 되었다.

게다가 얼굴까지 예뻤다. 크고 동그란 빨간색의 눈동자와 기다란 속눈썹. 머리카락은 타오르는 화염처럼 붉었고, 피부는 탱탱

했다. 그리고 어른 남자들마저 무심코 눈길을 빼앗기고 마는 육감적인 몸매까지.

엘리나는 이 시골 마을에 어울리지 않을 정도의 미소녀였다.

……하지만 성격은 최악이었다.

겉모습은 훌륭하지만, 소꿉친구인 내게는 매일같이 폭력과 폭언을 일삼았다.

심지어는 무슨 이유인지 주변 사람들에게 멋대로 내 여자친구라고 말하고 다녔다.

대체 누구 마음대로! 나는 착하고 상냥한 사람이 취향이란 말이다!

……라고 본인한테 따질 수 있으면 좋겠지만, 엘레나에 대한 공포가 뼛속 깊이 새겨진 내게는 도저히 불가능한 짓이었다.

분명 앞으로도 힘들고 괴로운 나날이 이어질 것이다.

그렇게 포기하고 있던 나였지만, 어느 날 불현듯 인생의 전환점이 찾아왔다.

"자, 오늘도 친절한 여자친구인 내가 루이샤를 수행시켜 줄게!"

평소처럼 집 뒷마당에 몰래 숨어서 특훈하고 있던 나는 불행하게도 엘레나에게 발각되고 말았다.

엘레나는 나를 발견할 때마다 "수행시켜 줄게!"라면서 선의라도 베풀듯 참견해 왔다.

웃기지 말라지. 엘레나의 특훈은 괴롭기만 할 뿐 조금도 효과가 없었다. 신동인 엘레나는 재능이 없는 자의 심정을 털끝만치도 이해하지 못했다.

허구한 날 수행을 방해당한 나도 인내심이 한계에 달했다. 이번에야말로 각오를 다지고 엘레나의 제안을 거부하기로 했다.

"……미안. 오늘은 혼자서 연습하고 싶어. 다음에 하면 안 될까."

그러자 엘레나의 표정이 딱딱하게 굳어지더니 이윽고 도깨비처럼 무서운 얼굴로 버럭 소리를 질렀다.

"뭐?! 루이샤, 너 진심으로 강해질 수 있다고 믿는 거야? 아무리 노력해 봤자 너한테는 무리야! 그러니 쓸데없는 짓은 관두고 내가 하는 말이나 들어!"

"쓰, 쓸데없는 짓이 아냐! 나도 조금은 성장했다고!"

"성장? 혹시 초급 마법을 다루게 됐다고 자랑하려는 건 아니지? 초급 마법 따위, 태어날 때부터 쓸 줄 아는 게 보통이야! 다시 말해서 너는 실패작이라는 거지! 돌아가신 네 부모님이 불쌍하네. 하나밖에 없는 자식이 너 같은 실패작이라서!"

실패작.

엘레나의 그 한마디에 나는 태어나서 처음으로 격렬한 분노를 느꼈다. 나한테는 뭐라고 악담을 하든 상관없다. 실제로 나는 답이 없는 낙오자니까.

하지만 부모님을 들먹이는 것만큼은 참을 수 없었다. 도가 지나쳤다. 심지어는 멋대로 불쌍하다면서 동정까지 하고 있었다. 거만하기 짝이 없는 계집애 같으니……!

나는 이런 말을 듣고서 웃어넘길 정도로 어른스럽지 못했다.

"……더는 못 참겠어. 엘레나와는 이제 끝이야."

"어? 무, 무슨 뜻이야?"

내가 싸늘하게 내뱉자 엘레나는 눈에 띄게 동요했다.

자신의 발끝에도 못 미치는 내가 반항하리라고는 생각해 본 적도 없었던 것이리라. 꼴좋다.

"서, 설마 나랑 헤어지겠다는 거야……?! 이렇게나 귀여운 나하고 사귈 수 있다니, 기적 같은 일이잖아? 대체 어째서?!"

애초에 나는 사귄 기억도 없건만…….

하지만 지금 그런 건 아무래도 좋았다.

"그게 아냐."

내가 그렇게 말하자 엘레나의 얼굴이 확 밝아졌다. 나하고 사귀는 것이 뭐가 저렇게 기쁜 걸까? 나를 좋아하지도 않는 주제에. 기껏해야 샌드백 정도로밖에 생각하지 않으면서.

이런 일그러진 관계는 이제 끝이다.

"헤어지겠다는 게 아니야. 절교하겠다는 거야! 더는 네 친구 노릇도 못 하겠어! 앞으로 친한 척하지 마!"

태어나서 처음으로 엘레나에게 큰소리를 쳤다.

그러자 엘레나의 얼굴이 순식간에 창백해졌다.

"어? 거, 거짓말이지? 루이샤는 나를 좋아하잖아? 루이샤, 거짓말이라고 말해줘."

"……상냥했던 예전의 너라면 몰라도, 지금의 난폭하고 거만한 엘레나는 완전 질색이야!"

15

"지, 질색이라고? 그럴 수가……. 내가 그렇게나 친절하게 대해줬는데……."

황당하기 그지없는 소리를 중얼거리면서 멍한 표정을 짓는 엘레나.

찬스다. 지금이라면 달아날 수 있을 것이다.

나는 엘레나의 넋이 나간 틈을 타서 가까운 숲속으로 내달렸다.

잠시 후 뒤쪽에서 "거기 서!"라는 고함이 들려왔지만 무시했다. 나는 혼자서 강해질 것이다. 그리고 언젠가 엘레나에게 본때를 보여줄 것이다!

나는 마음속으로 복수를 다짐하며 수행을 시작했다.

"후우. 여전히 걷기 힘든 숲이구나."

엘레나로부터 도망친 나는 숲속을 걷고 있었다. 내가 사는 케벡 마을 주변에 있는 이 숲은 '불가침의 숲'이라 불리고 있다. 옛날부터 마수들이 접근하지 않기로 유명한 숲이었다.

아니, 이곳에는 마수뿐만 아니라 사냥감이 될만한 큰 짐승들도 접근하지 않았다. 따라서 마을 사람들도 웬만하면 이 숲에 들어오지 않았다. 비밀 특훈을 하기에는 제격이었다.

"좋아, 열심히 해야지."

한동안은 엘레나와 만나고 싶지 않았기에 당분간 마을로 돌아가지 않을 생각이었다. 숲에는 열매와 나물이 많으니 며칠 정도는 버틸 수 있을 것이다.

"이쯤이면 되려나."

나무가 별로 없는 공터를 발견한 나는 그곳을 특훈 장소로 삼았다.

내가 특훈하려는 건 바람 마법이다. 엘레나도 말했지만 평범한 사람들은 열 살만 돼도 간단한 마법을 사용할 수 있었다. 초급 마법인 '윈드'의 경우, 요령만 알면 금방 배울 수 있었다.

하지만 나는 그렇지 못했다.

초급 마법인 윈드를 발동하는 것조차 나한테는 상당한 집중력이 필요했다.

우선 몸 중심의 마력기관에 의식을 집중시킨다. 마력기관은 마력을 만들어내는 장기로, 바람을 이미지(상상)해 이곳에서 마력을 발생시킨다. 나는 이 이미지 능력이 부족한지 마법을 구사하는 데 늘 애를 먹었다.

그리고 이 작업에 성공하면 이미지한 마력을 손끝으로 보내 마법을 발동시킨다.

참고로 평범한 사람들은 나처럼 집중하지 않아도 이 과정을 감각적으로 간단히 성공한다. 치사하게.

천재라 불리는 엘레나는 초급 마법 정도야 숨 쉬듯 무의식적으로 쓸 수 있을 것이다. 호흡하려고 집중하는 내가 멍청해 보이는 것도 무리가 아니었다.

하지만 매일같이 바보 취급을 당하는 것도 이젠 지긋지긋하다. 이대로는 천국에 계신 부모님들도 마음이 편치 않을 것이다.

이제 두 번 다시 실패작이라 부르게 놔두지 않을 것이다.

"자, 시작하자."

나는 바닥에 앉아서 눈을 감고 의식을 집중시켰다.

그리고 체내에서 신중하게 마력을 만들었다.

"응. 여기까지는 순조로워."

문제는 다음이다.

이렇게 만들어 낸 마력을 마법으로 변환하는 것이 너무 힘들었다.

"으윽, 으그극."

어찌어찌 마력을 마법으로 변환하는 데 성공한 나는 그것을 팔로, 그리고 손끝으로 천천히 이동시켰다.

그렇게 마법이 무사히 손끝에 도달하면 주문을 외쳐 해방한다.

"하압! 윈드!"

그러자 내 손에서 '피슈욱' 하고 한심한 소리가 났다. 어렵게 준비한 마법이 소멸해서 다시 마력으로 돌아가는 소리였다.

으으, 역시 실패인가. 사실 나의 마법 성공률은 2할에 불과했다. 초급 마법인데도 성공률이 이 모양이었다.

하지만 이 정도는 늘 있는 일이었다. 낙담하고 있을 여유는 없다. 초급 마법을 능숙하게 사용할 수 있게 될 때까지 반복해야 한다.

"좋아! 분발하자!"

하지만 우렁찬 기합 소리도 처음뿐. 이후 아무리 연습을 거듭해도 나의 마법 실력은 향상될 기미가 없었다.

물론 나한테 요령이 없는 탓이기도 했지만, 신경이 쓰이는 부분이 있어서 좀처럼 집중할 수가 없었다.

"으음. 역시 느낌이 좀 이상한걸."

이 숲에 들어온 지도 벌써 며칠이 흘렀다. 평소에도 이상한 분위기가 감도는 숲이지만 오늘은 유달리 더 묘한 느낌이 들었다. 가끔 보이던 작은 동물들이나 곤충도 자취를 감춘 상태였다.

"혹시 마수가 어슬렁거리고 있는 건가……? 오늘은 일찍 끝내는 편이 좋겠어."

이대로 특훈을 계속하고 싶었지만, 목숨보다 소중한 건 없다. 죽으면 성장이고 나발이고 없으니까.

서둘러 짐을 챙기고 돌아갈 준비를 하던 나는 문득 한 가지 사실을 깨달았다.

"뭐지? 저쪽에서 마력이 느껴지는데……?"

그 마력은 마력 탐지 능력이 떨어지는 나도 느낄 수 있을 만큼 거대했다.

평소 같았으면 그 정체 모를 기운에 접근하지 않았을 테지만, 오늘은 달랐다. 정신을 차리고 보니 나는 마치 불빛에 이끌린 날벌레처럼 마력의 발신원을 향해 다가가고 있었다.

"이건…… 구멍?"

이윽고 눈앞에 모습을 드러낸 것은 허공에 뻥 뚫려있는 수수께끼의 구멍이었다. 눈 부신 빛을 발하는 그 구멍은 바닥과 닿을락 말락 수평을 이루고 있었고, 크기는 나의 몸뚱이만 했다.

안쪽을 들여다보고 싶어도 너무 밝아서 아무것도 보이지 않았다.

"이 구멍은 대체 뭐지? 일단 마을 사람들한테 알리는 게 좋겠어."

위험한 마수가 아니라서 다행이지만, 이런 수상한 구덩이를 내버려 둘 수도 없는 노릇이었다.

마을에 돌아가 보고하기로 한 나는 구멍으로부터 등을 돌렸다. 그런데 그 순간── 발을 헛디디고 말았다.

"어?"

변명의 여지가 없는 내 실수였다.

발밑의 낙엽을 밟고 미끄러진 것이 화근이었다. 실로 한심한 이유가 아닐 수 없었다.

평범한 사람이었다면 발을 헛디뎌도 어떻게든 자세를 바로잡았을 것이다. 하지만 운동 신경이 처참하기로 정평이 난 내게는 불가능한 짓이었다.

"아아, 신이시여. 새로 태어난다면 부디 착한 소꿉친구와 남들만큼의 운동 신경을 주시길……."

나는 그 한심한 말을 마지막으로 구멍 속에 떨어지고 말았다.

"으윽…… 아야야…….."

나는 지끈거리는 머리를 문지르며 의식을 되찾았다.

천천히 몸을 일으켜 눈을 떠보니, 놀랍게도 눈앞에는 하늘부터 바닥까지 새하얗게 물든 세계가 끝없이 펼쳐져 있었다.

어디 보자. 내가 왜 이곳에 누워있더라? 특훈 중이었던 것은 기억이 난다. 그러다가 정체불명의 균열을 발견하고…….

"맞아, 그 구멍에 떨어졌지."

위험한 구멍이라고 경계까지 했으면서 이 꼴이다. 흑흑. 자신의 한심함에 눈물이 나왔다.

내가 그렇게 자기혐오에 빠져있을 때였다. 불현듯 뒤쪽에서 누군가가 말을 걸었다.

"어머나. 눈을 떴구나."

"응?"

곱디고운 여성의 목소리. 그 목소리에 뒤를 돌아보니 기다란 흑발이 인상적인 여성이 눈앞에 서 있었다. 엄청나게 예쁜 누님이었다.

날씬한 몸매에 커다란 가슴. 부드러워 보이는 흰 피부와 어둠처럼 새까만 머리카락. 검은색 드레스 사이로 엿보이는 예쁜 다리에 나도 모르게 눈길이 가고 말았다.

우리 마을에 이렇게 예쁜 사람은 없었다.

나는 무심코 넋을 놓고 바라보고 있다가 누님의 머리에서 무언가를 발견했다.

"어어, 뿔……?"

누님의 머리에는 빨갛고 자그만 두 개의 뿔이 돋아나 있었다.

당연한 말이지만 인간의 머리에는 뿔이 나지 않는다. 이러한 특징을 지닌 종족은 하나밖에 없었다.

"호, 혹시 누나는 마족이신가요……?"

"정답♪ 잘 아는구나, 꼬마야."

마족. 강대한 마력과 강인한 육체를 지닌 종족으로, 아인 중에서도 특히나 높은 전투 능력을 지니고 있었다. 역전의 전사들도 마족을 상대로 이기기란 쉽지 않다고 교과서에서 읽은 적이 있었다.

"그렇군요. 처음 뵙겠습니다. 저는 루이샤 버디라고 합니다. 잘 부탁드릴게요."

나는 머리를 꾸벅 숙여서 마족 누님에게 인사했다.

마족들의 예의범절에 대해서는 잘 모르지만, 실례가 되지는 않았을 것이다.

"어머, 마족이라는 말을 듣고도 무서워하지 않는구나."

마족 누님이 신기하다는 듯이 말했다.

확실히 마족과 인간은 사이가 좋지 않으므로 무서워하는 것이 보통이었다. 마족은 잔인하고 교활한 종족이라는 게 인간의 보편적인 인식이다. 하지만 이상하게도 눈앞의 누님이 두렵다는 생각은 들지 않았다.

아마도 두려움을 느끼기 전에 이 사람이 예쁘다고 생각해 버렸기 때문일 것이다. 굳이 거짓말을 할 이유도 없으니 솔직하게 대답하기로 했다.

"그러게요……. 누나가 예뻐서 그런가 봐요."

"뭐……?!"

누님이 얼굴을 빨갛게 물들이며 외쳤다.

혹시 화가 난 걸까? 다시 생각해 보니, 대뜸 처음 만나는 사람의 외모를 언급하는 것은 실례일지도 몰랐다. 앞으로는 주의해야겠다.

한편 얼굴을 새빨갛게 물들이던 누님은 고개를 뒤로 돌리더니 뭐라고 웅얼거렸다.

"지, 진정해, 테스타롯사. 몇만 년 만에 예쁘다는 소리를 들었다고 해서 동요하면 안 돼. 하지만 이 애, 의외로 귀엽게 생겼는데……."

소리가 작아서 뭐라고 하는지는 잘 들리지 않았다. 역시 화나게 만든 걸까? 내가 그렇게 노심초사하고 있자니, 누님의 등 뒤에서 또 다른 여성의 목소리가 들려왔다.

"흠, 벌써 눈을 뜬 건가. 어디, 나도 좀 보자꾸나."

거만한 말투와 함께 모습을 드러낸 것은 열 살 정도의 귀여운 여자아이였다.

피처럼 빨간 눈동자와 반짝이는 은색의 머리카락. 갈색의 피부는 씩씩한 인상을 자아냈다. 그리고 입술 사이로는 칼날처럼 날카로운 치아가 엿보였다.

하지만 진짜로 신경 쓰이는 부분은 따로 있었다. 바로 허리께에 달린 검은색 작은 날개와 엉덩이에 돋아난 파충류 꼬리였다.

"아, 안녕. 나는 루이샤라고 해. 너는?"

나는 기겁하면서도 인사를 건넸다.

그러자 눈앞의 소녀는 만족한 듯 자기소개를 했다.

"음. 말투가 좀 건방지지만, 인사성은 밝아서 다행이군. 어흠! 나로 말할 것 같으면 지상 최강인 용족의 우두머리, 7대 용왕이니라! 편하게 용왕님이라 부르도록!"

"요, 용왕……?!"

소녀의 입에서 터무니없는 단어가 튀어나왔다.

용왕이란 지상 최강의 종족이라 일컫는 용족의 우두머리만이 사용할 수 있는 호칭이다.

그런데 눈앞의 조그마한 소녀가 용왕이라니, 도저히 믿기지 않았다.

"크흐흐, 남들이 놀라는 모습을 보는 것도 오랜만이로고. 설마 이렇게나 놀랄 줄이야. 혹시 저쪽에서 얼굴을 새빨갛게 물들이고 있는 녀석의 이름은 들어봤느냐?"

자신을 용왕이라 칭한 소녀가 마족 누님을 가리키며 말했다.

갑자기 주목을 받은 누님은 "흐에?" 하고 귀엽고 얼빠진 소리를 냈다. 설마 이 누님도 용왕에 버금가는 인물인 걸까?

"그러고 보니 자기소개가 아직이었지! 잘 들어라, 왜소한 인간이여! 나는 어둠을 지배하고 혼돈을 다스리는 자! 마족의 지배자

이자 최강의 마인! 66대 마왕, 테스타롯사 사타니키아 노덴스란 바로 나를 일컫는 말이다!"

누님이 과장된 몸짓과 함께 자기소개했다.

여러모로 태클을 걸고 싶은 부분이 많았지만, 가장 크게 신경 쓰이는 것은 역시 '마왕'이라는 단어였다.

마왕은 강대한 마족 중에서도 최강의 자리에 오른 자만이 자처할 수 있는 칭호.

그런데 이 가냘픈 누님이 마왕이라니……. 이 역시 솔직히 믿기지 않았다.

"어머, 믿기지 않나 보네? 하긴, 무리도 아니지. 나처럼 예쁜 사람이 마왕이라니 거짓말처럼 들릴 거야."

"하아~. 아무리 수만 년 만에 칭찬을 받았다지만, 마왕이라는 작자가 이렇게 들떠서야 원."

"시, 시끄러워! 너야말로 이 애를 발견했을 때 남자애가 나타났다고 흥분했잖아!"

"뭣! 굳이 이 녀석 앞에서 말할 필요는 없잖느냐!"

두 사람은 나를 내버려 두고 티격태격 말다툼하기 시작했다.

사이가 좋은 건지 나쁜 건지 분간이 가질 않았다.

"하아, 하아. 우리끼리 말다툼을 해봤자 끝이 없어."

"도, 동감이다. 일단은 이해를 돕기 위해서 우리의 진정한 모습을 보여주는 게 어떨까."

"꼬맹이 용왕치고는 괜찮은 제안인걸. 그렇게 하자."

"누가 꼬맹이냐. 꼭 한마디가 많다니까."

그렇게 다툼이 끝나는가 싶더니, 두 사람의 몸이 빛을 발하며 변화하기 시작했다.

자신을 마왕이라 칭한 누님은 뿔이 더욱 굵어졌다. 그리고 어째서인지 의상의 노출이 과격해졌는데, 가슴 같은 경우에는 당장이라도 옷 밖으로 흘러넘칠 것만 같았다. 으, 눈을 둘 곳이 없었다. 나한테는 자극이 너무 강했다. 그리고 누님의 등에서는 한 쌍의 날개가 자라났으며, 엉덩이에서는 끝이 뾰족한 꼬리가 돋아났다.

변화는 겉모습뿐만이 아니었다. 폭발적으로 증가한 누님의 마력이 주변 일대로 퍼져나갔다. 살면서 한 번도 느껴보지 못한, 어마어마한 마력이었다. 마력 감지 능력이 떨어지는 나도 규격 외의 마력임을 인식할 수 있을 정도였다.

그리고 자신을 용왕이라 칭한 여자아이는…… 놀랍게도 거대한 흑룡으로 변해 있었다.

몸길이가 어림잡아도 10m는 되어 보였다. 올려다보지 않으면 얼굴을 볼 수조차 없었다.

팔다리와 꼬리는 거대한 통나무처럼 우람했다. 가볍게 휘두르는 것만으로도 우리 마을쯤은 흔적도 없이 날아가 버릴 것이다. 손에 달린 손톱은 하나하나가 대검처럼 큼지막했는데, 척 봐도 굉장히 날카로워 보였다.

"아, 아으아……."

"크흐흐, 이제는 내가 용왕이라는 사실을 믿겠느냐?"

나는 용왕의 압도적인 존재감에 말을 잃고 말았다.

그러자 옆에 있던 마왕 누님이 귀엽게 윙크하며 말했다.

"환영해, 소년. 이곳은 마왕과 용왕이 봉인된 이공간 '무한감옥'이야. 앞으로 잘 부탁해."

이리하여 나와 그녀들의 길고 긴 생활이 막을 열게 된 것이었다.

인간족의 힘이 아직 약하던 시절, 인간이 다른 종족들을 두려워하며 살아가던 시절에 전설의 용사가 태어났다.

용사의 이름은 오거.

전설에 의하면 그는 신장 3m에 달하는 근육질의 육체를 지녔으며, 동시에 마법의 재능까지 뛰어나서 인간 중에는 그에게 대적할 자가 단 한 명도 없었다고 한다. 최강의 종족인 용족조차 그를 피했다고 하니 놀라울 따름이다.

한편, 용사의 강함뿐만 아니라 상냥함 또한 전설을 통해 전해져 내려오고 있었다.

용사는 다른 종족들에게 핍박받고 있던 인간족을 구하기 위해서 잔혹한 마인과 흉폭한 마족들을 차례차례 베어 넘겼고, 끝내 수많은 인간을 구원했다. 오늘날까지 남아있는 수많은 전설을 통해 그의 대단함을 엿볼 수 있다.

용사는 지상 최강의 생물이라 일컬어지던 '마왕'과 '용왕'을 쓰러트린 뒤, 전장에서 은퇴하여 사람들 앞에서 자취를 감추었다고 전해진다.

지금으로부터 삼백 년 전의 이야기였다.

"그런데 설마 그 마왕과 용왕이 이곳에 봉인되어 있었을 줄이 야……."

이 사실이 세상에 알려지면 큰 소동이 벌어질 것이다.

그건 그렇고. 전설의 용사가 두 사람을 쓰러트리지 않고 봉인 한 이유가 무엇일까? 두 사람이 쓰러트리기 어려울 정도로 강했 기 때문에? 으음, 내 머리로는 아무리 생각해도 답이 나오지 않 았다.

먼 옛날 일을 고민하느니 여기서 탈출할 방법을 생각하는 편이 나아 보였다.

새하얀 공간에 혼자만 덩그러니 남겨졌다면 어찌할 바를 몰랐 겠지만, 다행히 이곳에는 나보다 훨씬 대단한 사람이 두 명이나 있었다.

두 사람이라면 이곳에서 나갈 방법을 알고 있을지도 몰랐다. 무섭지 않다고 말하면 거짓말이겠지만, 그래도 용기를 쥐어짜서 말을 걸어보기로 했다.

"저, 저기!"

"응? 왜 그러니?"

대답한 것은 에로틱한 의상을 입은 마왕 누님이었다.

나는 누님의 이름이 테스타롯사라는 사실을 떠올렸다. 머리가 좋아 보이는 인물이니 무언가 알고 있을지도 몰랐다.

"저, 여기서 나가려면 어떻게 해야 하는지 알고 계시나요?"

"여기서 나가는 방법? 후훗. 재밌는 말을 하는구나."

어째서인지 테스타롯사 씨가 싱긋 웃었다.

내가 뭔가 웃기는 말이라도 한 것일까?

"후후후. 미안해, 꼬마야. 딱히 바보 취급을 하려던 건 아니었어."

"그러면 어째서 제 말을 듣고 웃으신 건가요?"

"이곳에서 나가는 건 불가능하거든. 진지한 얼굴로 나가는 방법을 물어보니 나도 모르게 웃음이 나와버렸네."

"여기서 나가는 게 불가능하다고요……?!"

나는 힘이 풀려서 털썩 무릎을 꿇었다.

이럴 수가……. 이 아무것도 없는 공간에 평생을 갇혀 살아야 한다는 건가?!

"당연하지 않으냐. 이곳에서 나가는 방법이 있었다면 우리가 먼저 탈출했을 것이니라."

거대한 용에서 다시 소녀의 모습으로 되돌아온 용왕님이 말했다.

용왕님의 말대로였다. 마왕과 용왕이라는 최강의 콤비도 삼백 년이나 이곳에서 나가지 못하고 있었다. 평범한 인간인 내가 이곳에서 나갈 수 있을 리가 없었다. 웃음이 나오는 것도 당연했다.

"우리는 망할 용사의 봉인 마법에 걸렸느니라. 덕분에 차원을 찢고 탈출하고 싶어도 영혼이 이 공간에 속박되어 빠져나갈 수가 없는 상황이다. 자, 이게 그 증거다."

그렇게 말한 뒤, 용왕님은 불현듯 옷을 반쯤 벗어 내게 상반신을 보여주었다.

그 순간 내 눈에 들어 온 것은 납작한 가슴……이 아니라 작은 마법진이었다. 아무래도 저게 용사가 걸었다는 봉인 마법인 모양이다. 확실히, 한마디로 설명하기 힘든 묘한 마력이 느껴졌다.

그렇다면 무한감옥에 떨어진 내 몸에도 당연히 똑같은 마법진이……. 응? 어라? 몸 어디에도 마법진 같은 건 보이지 않았다. 도대체 어찌 된 노릇일까?

"저기, 제 몸에는 마법진이 없는데요……."

"그럴 리가 없잖니. 아마도 등에 있어서 보이지 않을…… 어? 왜 없지?!"

테스타롯사 씨는 갑자기 큰 소리로 외치며 내 몸을 구석구석 더듬기 시작했다. 으으, 창피해. 이렇게 예쁜 누님이 내 옷을 들추다니.

나는 창피한 나머지 저항을 시도했지만, 마왕님의 터무니없는 완력에 의해 허무하게 제압당하고 말았다. 이 가느다란 팔에서 어떻게 이만한 괴력이 나오는 걸까?

테스타롯사 씨는 한바탕 내 몸을 더듬고 나서야 만족했는지 뒤로 물러났다. 흑흑. 이제 시집가기는 글렀어.

"틀림없어. 이 소년한테는 봉인의 문장이 없어……!"

"뭣이?! 너는 봉인의 문장도 없는데 어떻게 이곳에 들어온 것이냐!"

"저, 저도 몰라요! 이것 좀 놓고 말하세요!"

내 멱살을 붙잡고 마구 흔들어대는 용왕님. 뇌가 충격을 받아서 시야가 흐릿해졌다.

보다 못한 테스타롯사 씨가 떼어내 주지 않았더라면 의식을 잃어버렸을 것이다.

이후 내 설명을 들은 테스타롯사 씨는 한동안 고개를 숙이고 생각에 잠기더니, 씨익 사악한 미소를 지으며 입을 열었다.

"그렇구나. 사정은 대충 파악했어. 이 애는 우연히 생긴 차원의 균열에 빠지고 만 거야. 그래서 봉인되지 않은 거지."

"차, 차원에 우연히 구멍이 뚫리고 그러나요?"

"이 공간은 만들어진 지 300년이 넘었어. 아직도 무너지지 않은 게 이상한 거야. 하자가 생겨도 놀랍지는 않아."

과연.

나는 정말로 운 나쁘게 말려들었을 뿐이었다. 훌쩍.

"중요한 건 그게 아니잖느냐! 이 꼬맹이는 봉인되지 않았다. 즉, 이곳에서 나갈 가능성이 있다는 뜻이니라!"

"네? 여기서…… 나갈 수 있는 건가요!"

용왕의 말을 듣자 순식간에 마음이 가벼워졌다. 다행이다! 이곳에서 생을 마감하지 않아도 되겠어!

"제가 뭘 하면 되나요?! 이곳에서 나갈 수만 있다면 뭐든지 할게요!"

"뭐든지……라고?"

"뭐든지……라고 했느냐?"

두 사람은 어째서인지 굉장히 사악한 미소를 짓고 있었다.

"어…… 왜, 왜들 그러세요?"

내가 당황하면서 묻자 마왕님이 설명하기 시작했다.

"이곳에서 나가는 방법은 단 하나. 스스로 공간에 구멍을 뚫는 것뿐이야. 즉, 네가 지금보다 훨씬 더 강해지지 않으면 불가능해."

"공간에 구멍을 뚫어야 한다고요……?! 검 하나도 제대로 휘두르지 못하는 제가요? 말도 안 돼요! 그만한 경지에 오르기도 전에 할아버지가 되고 말걸요!"

"안심하거라. 이곳은 특수한 공간이거든. 이 공간에 있는 생물은 나이를 먹지 않아. 게다가 우리가 수행을 거들어줄 테니 걱정할 것 없느니라. 물론 그 대가로 무사히 탈출하면 우리가 이곳에서 나갈 수 있도록 협력해 줘야겠지만."

"아으, 아으아."

두 사람이 사악한 미소를 지으며 슬금슬금 다가왔다.

너, 너무 무서웠다. 마왕과 용왕에게 한꺼번에 노려진 인간은 나밖에 없을 것이다.

"저기, 거부권은……."

나는 눈물을 글썽이면서 거부권을 주장했다.

하지만 두 사람은 천사와도 같은 미소를 지으면서 악마처럼 말했다.

““없어♪””
이리하여 나의 길고 긴 지옥 수행의 나날이 시작된 것이었다.

"후후♪ 그럼 내가 마법에 대해서 가르쳐 줄게."

"자, 잘 부탁드립니다!"

수행 1일째.

먼저 마왕 테스타롯사 씨의 마법 수행이 시작되었다.

하지만 나의 마법 실력은 바닥 중에서도 바닥. 도대체 어떻게 가르치려는 것일까?

아, 그러고 보니 나의 마법 실력이 허접하다는 사실을 아직 전하지 않았다. 말하기 부끄럽지만 숨길 수도 없는 노릇이니…….

"저기, 죄송해요. 사실은 저, 마법을…….."

"전혀 쓸 줄 모른다는 거지? 말하지 않아도 다 알아."

정곡을 찔린 나는 움찔하고 몸을 떨었다.

과연 마왕이다. 나의 마법 실력쯤은 보는 것만으로도 아는구나.

"그러면 어떻게 수행을 시켜주시려는 건가요? 마법을 연습하고 싶어도 쓰지 못하면 방법이 없잖아요."

"맞는 말이야. 그래서 너는 우선 충분한 마력을 얻을 때까지 기초 특훈을 하게 될 거야."

"기초 특훈이요?"

어떤 특훈을 말하는 것일까.

여태껏 들어본 적은 없지만, 마력량을 늘리는 것이니만큼 분명 획기적인 특훈이리라.

"마력도 근육하고 다를 바 없어. 근육은 사용할 때마다 상처를 입고 회복되면서 성장하지. 마찬가지로 마력도 한계까지 사용해서 마력의 그릇을 망가트리지 않으면 상한이 늘지 않아. 따라서 너는 죽기 직전까지 마력을 사용한 다음, 회복되면 다시 죽기 직전까지 마력을 사용하는 훈련을 반복하게 될 거야."

"……네?"

방금 굉장히 무서운 소리를 들은 듯한 기분이 드는데. 마력은 생물이 살아가는 데 필요한 힘이다. 지나치게 소모하면 마력 결핍으로 덜컥 죽어버린다.

"그거, 상당히 위험한 방법 아닌가요?"

"그렇지, 뭐. 하지만 마력을 늘리려면 이 방법밖에 없어. 나도 네가 죽지 않도록 조심할 테니까 안심하고 죽음의 문턱을 드나들도록 하렴♪"

"아, 네……."

그랬다. 아름다운 외모 때문에 잊고 있었지만, 이 사람은 마왕이었다.

인간의 상식이 통하는 인물이 아니었다…….

"하지만 이 방법으로는 엄청나게 오랜 시간이 걸리는 거 아닌가요?"

"그렇지도 않아. 어디 보자, 네 수준이라면…… 500년 정도면 어엿한 마법사로 성장할 수 있을 거야."

"500년이요?!"

나는 눈을 휘둥그레 뜨며 경악했다.

아무리 내가 낙오자라지만 그렇게나 오래 걸린다고?!

"그렇게 오랜 시간이 지나면 바깥에 아는 사람이 하나도 남아 있지 않을 거예요!"

부모님은 이미 돌아가셨지만, 오늘날까지 돌봐주고 길러주신 촌장님께 작별의 인사 한마디도 못 한다고 생각하니 서운했다.

"안심해. 이 이공간 '무한감옥'은 시간의 흐름이 아주 느리거든. 이곳에서 1년은 바깥에서 하루 정도란다."

"저, 정말인가요?!"

"그럼. 내가 마법으로 조사해 봤으니까 틀림없어."

테스타롯사 씨는 자부심에 찬 얼굴로 본인의 풍만한 가슴을 탕 때렸다. 그러자 누님의 가슴이 충격을 받아 출렁! 하고 흔들렸다. 그 폭력적이고도 예술적인 움직임에 그만 감동해 버리고 말았다.

테스타롯사 씨의 수행법은 위험한 향기를 풀풀 풍겼지만, 마법의 스페셜리스트인 마왕이 하는 말이니 결코 틀린 말은 아닐 것이다.

그건 그렇고 바깥에서의 일 년이 이곳에서의 하루라니…….

수련에 500년이 걸린다면 원래의 세계에서는 500일이 걸린다는 말인가. 촌장님께 걱정은 끼치겠지만, 그래도 그 정도라면 허용 범위다. 촌장님은 나이가 지긋하신 분이지만 매일 밭일을 하셔서 건강하시니, 그때도 다시 만날 수 있을 것이다.

"……알겠습니다! 저, 힘낼게요!"

"후후. 착한 아이구나."

테스타롯사 씨는 그렇게 말하며 내 머리를 부드럽게 쓰다듬었다.

머리를 쓰다듬으며 나를 바라보는 테스타롯사 씨의 눈은 무척 상냥했다. 마치 돌아가신 어머니 같았다. 이 사람이 마족이라는 사실을 무심코 잊어버릴 것만 같았다.

"그러면 곧바로 시작해 볼까. 만약 진짜로 죽으면 그때는 미안해♪"

"……네."

그렇게 엄청난 불안감을 떠안은 채로 나의 수행은 시작된 것이었다.

=마왕 시점=

소년의 수행을 시작한 뒤로 벌써 10년이라는 시간이 흘렀다.

처음에는 마법의 기초조차 잡혀있지 않던 소년이지만, 내가 철저히 특훈을 시켜준 덕분에 햇병아리 마법사 정도까지는 성장할 수 있었다.

"윈드!"

소년이 외치자 앞쪽에 강력한 바람이 휘몰아쳤다. 음, 나쁘지 않았다.

내 기준에서 보자면 한참 멀었지만 인간족 기준으로는 충분히 우수한 마법사가 되었다.

"테스타롯사 씨! 지금 그거 어땠나요?!"

"조작이 아직 어설퍼! 더 집중하렴!"

"앗, 네! 고맙습니다!"

소년은 씩씩하게 대답하고는 다시 마력 조작 수행에 접어들었다.

꽤 혹독한 훈련이건만, 소년은 아직 한 번도 불평을 늘어놓지 않았다. 불평은커녕 쉬라고 말해도 몰래 숨어서 수행하는 형국이었다. 나 원……. 인간은 다들 저렇게 수행에 미친 종족인가?

오늘도 수행을 시작한 지 한참이 흘렀건만 소년은 질리지도 않고 똑같은 마법을 반복해 가며 연습하고 있었다. 하아. 벌써 마력이 고갈되기 시작했다. 슬슬 말리지 않으면 쓰러져 버릴 것이다.

"자자, 오늘은 그쯤 해둬. 아직 리오와의 수행이 남아있잖아."

"아, 그래도…… 지금 느낌이 꽤 좋아요! 이 감각을 붙잡아 두지 않으면 앞으로 영영 기회가 없을 것 같은 기분이 들어요!"

소년은 그렇게 말하며 수행을 계속하자고 필사적으로 보챘다. ……또 이 얼굴이다. 소년이 때때로 내게 보여주는 얼굴이었다. 불안해 보이는 표정과 어두운 눈동자. 광기처럼 느껴질 정도의 '힘'에 대한 집착은 소년의 마음속에 '어둠'을 만들어내고 말았다.

강해지고자 하는 욕구가 있는 건 좋지만…… 이건 과했다. 일찌감치 조치할 필요가 있어 보였다.

"알겠니? 소년…… 아니, 루이샤. 네가 초조해하는 것도 이해는 가. 휴식을 취하는 동안에 약해져 버릴까 봐 견딜 수가 없는 거지? 하지만 걱정하지 말렴. 너는 착실히 강해지고 있어. 서두를 필요 없단다."

내가 상냥하게 타일렀지만, 소년은 아직 납득하지 못한 눈치였다. 나를 올려다보며 "으으" 하고 입술을 삐죽 내밀고 있다……. 귀여워라. 하지만 혼낼 때는 확실하게 혼내야 한다. 나는 누그러질 것만 같은 입가를 긴장시키며 소년을 엄하게 바라보았다.

"그, 그래도! 이곳에 오기 전까지 저는 헛된 노력만 해왔단 말이에요! 그러니 낭비한 만큼 더 분발해야 해요! 쉬고 있을 틈이 없어요!"

루이샤가 비통한 목소리로 호소해 왔다. ……대충 이해는 되었다. 그런 심정이었구나.

그렇다면 한 가지 가르쳐 줄 것이 있었다. 나는 루이샤의 근처에 웅크려 앉아 머리를 쓰다듬었다.

"으앗!"

부끄러워하는 루이샤. 귀엽다. 남동생이 있다면 이런 느낌일까? ……이런, 안 되지. 지금은 딴생각이나 하고 있을 때가 아니다. 스승으로서 본분을 다해야 했다.

"루이샤, 너는 지금까지 자신이 해왔던 노력이 헛된 짓이었다고 생각하는 모양이구나. 하지만 그렇지 않아."

"입에 발린 말이라면 사양할게요. 왜냐하면 사실이니까요. 이곳에 오기 전까지 제 마법 실력은 아무리 노력해도 제자리걸음일 뿐이었어요."

"확실히 루이샤의 마법적 재능은 인간족 사이에서도 바닥이라 할 수 있어. 혼자서 연습을 거듭했지만, 실력이 늘지 않았다는 말도 사실이겠지. 하지만 그렇다고 해서 그 노력이 전부 헛된 것이었다고 단정할 수는 없어."

"……? 무슨 뜻인가요?"

어리둥절한 얼굴로 되묻는 루이샤. 나는 설명을 위해 루이샤의 손을 붙잡아 그의 눈높이까지 들어 올렸다.

"이 손의 내부에 마력이 흐르는 '마력회로'가 있다는 건 알고 있지?"

그러자 루이샤는 고개를 끄덕끄덕 흔들었다.

"마법의 재능이 없는 사람은 태어날 때부터 이 회로가 좁아. 마력이 잘 흐르지 않아서 마법 실력이 남들보다 뒤떨어지는 거지. 하지만 정말 중요한 점은 마력을 꾸준히 운용하지 않으면 마력회로가 서서히 퇴화한다는 점이야. 즉……."

"재능이 없는 사람이 마법을 사용하지 않는다면 회로가 완전히 닫힌다는 뜻인가요?"

무서운 결론에 도달한 루이샤가 얼굴을 창백하게 물들이며 말했다.

그랬다. 루이샤의 말대로 마력회로는 사용하지 않으면 계속해서 좁아지고, 결국에는 완전히 닫혀버리고 만다. 그렇게 되면 끝이다. 평생 마법을 사용할 수 없다.

"아마도 루이샤의 마력회로는 선천적으로 굉장히 좁았을 거야. 하지만 네가 매일 특훈을 반복한 덕분에 마력회로가 완전히 퇴화하는 사태를 피할 수 있었지. 그뿐만 아니야. 네 마력회로는 평범한 사람들보다 훨씬 더 유연해."

그리고 나는 자신의 마력을 루이샤의 마력회로로 흘려 넣었다. 평범한 사람이라면 다른 사람의 마력, 심지어 마왕의 마력을 받아들이는 건 불가능하다. 하지만 루이샤의 부드러운 마력회로는 나의 마력도 문제없다는 듯 술술 받아들였다.

"어릴 적부터 꺾이지 않고 특훈해 온 너이기에 지금처럼 강해질 수 있었던 거야. 그러니…… 과거를 부정하면 안 돼. 네가 지금까지 해온 노력은 결코 헛된 것이 아니야."

그렇게 이야기를 매듭짓고 눈앞을 바라보니, 루이샤는 고개를 숙이고 몸을 부들부들 떨고 있었다. 혹시 내 말이 불쾌했던 걸까?

"루이샤? 왜 그러니?"

조심스럽게 루이샤의 얼굴을 엿보자 루이샤는 닭똥 같은 눈물을 뚝뚝 흘리고 있었다.

"괘, 괜찮아?!"

"괜찮아요. 기뻐서 그래요."

이윽고 눈물을 훔친 루이샤는 환한 미소를 지으며 말했다.

"제가 지금껏 해왔던 일들이 헛되지 않았다는 사실을 안 것만으로도 이곳에 오길 잘했다는 생각이 들어요. 테스타롯사 씨하고 만나서 다행이에요. 정말로 고맙습니다."

루이샤가 나를 향해서 머리를 깊숙이 숙여 보였다. 그 모습이 너무나도 기특했던 탓일까. 나는 자기도 모르는 사이 루이샤를 끌어안고 있었다.

감정에 휩쓸려 행동하는 것은 이번이 처음이었다. 그 정도로 눈앞의 소년을 사랑스럽게 느껴졌다.

"고맙다는 말은 됐어……. 나는 네 스승이잖니. 좋을 때도, 힘들 때도 함께 짊어지고 나아가 줄 테니까, 나만 믿고서 훈련에 힘쓰렴."

"테, 테스타롯사 씨……!"

내 가슴에 얼굴을 파묻은 루이샤는 다시금 소리 죽여 울기 시작했다. 지금껏 참아왔던 것들이 한꺼번에 터져 나온 것이리라. 강한 아이였다.

그건 그렇고, 별다른 기대 없이 심심풀이로 받아들인 제자에게 이렇게까지 정이 들어버릴 줄이야.

이 아이가 어떻게 성장해 나갈지도 궁금했지만, 내가 어떻게 변화해 나갈지도 신경이 쓰였다.

지루하던 이 공간에서의 나날이 이렇게나 즐겁게 느껴지다니. 세상사 무슨 일이 벌어질지 모르는 법이구나.

수행을 개시하고 100년 뒤.

"하이 파이어!"

루이샤가 발사한 상위 마법이 지면에 충돌하며 거대한 불기둥을 일으켰다.

음. 마력의 제어가 깔끔했다.

"테스타롯사 씨! 지금 거, 어땠나요?!"

루이샤가 이쪽으로 숨 가쁘게 달려오며 외쳤다.

여전히 작은 동물처럼 귀여운 아이다.

"훌륭했어, 루이샤. 하지만 테스타롯사라고 부르지 않기로 했잖니? 자, 뭐라고 부르랬지?"

"으, 저기, 그러니까…… 누, 누나."

"……하윽!"

누나.

그 달콤한 단어를 들은 순간, 하복부에 전류가 흘렀다.

내가 루이샤더러 누나라 부르라고 했던 것은 수행을 개시하고 30년이 흘렀을 무렵이었다.

수행을 끝내고 지쳐있던 루이샤를 돌봐주고 있을 때였다. 루이는 피로감 탓인지 무심코 나를 "누나"라고 불렀다.

그 순간, 영겁과도 같은 세월 동안 봉인되어 있던 나의 모성이 대폭발을 일으켰다.

그날 이후로 루이샤는 나에게 무척 귀여운 남동생 같은 존재가 되어버리고 말았다.

용왕은 매일같이 루이샤에게 달라붙는 나를 보고 황당해했지만, 그러거나 말거나.

나는 내 마음이 가는 대로 살 것이다.

나는 처음으로 '사랑'이란 감정을 가르쳐 준 루이샤를 위해서 살기로 정했다.

이 누나한테 다 맡기렴. 반드시 네가 살던 세상으로 돌아가게 해줄 테니.

설령 그것이 영원한 이별을 뜻한다고 하더라도…….

◇ ◇ ◇

"다크 파이어!"

루이샤가 발사한 흑염이 바닥에 닿자 주변 일대를 지옥의 업화로 불살라 버렸다.

내가 보기에도 훌륭한 위력이었다. 수행을 개시하고 300년 만에 이만큼이나 성장할 줄이야…….

이것이 사랑의 힘이구나.

"봤어, 테스 누나?!"

"응. 봤어. 훌륭한 암흑 마법이었어."

루이샤가 내게로 달려오며 외쳤다. 나는 루이샤의 자그만 머리를 쓰다듬었다.

이 작은 체구로 내 수행을 따라와 주었다는 사실이 기특할 따름이었다.

방금 루이샤가 사용한 것은 '암흑 마법'이다. 원래 마족 중에서도 엘리트밖에 쓸 수 없는 특별한 마법이지만 루이샤는 훌륭히 마스터했다.

"정말로…… 정말로 고생했어……."

루이샤와 이곳에서 함께 지냈던 나날들이 머릿속을 스쳐 지나갔다.

절대 순조롭지만은 않았다. 하지만 굉장히 충실하고 즐거운 시간이었다.

루이샤가 오기 전까지는 이곳에서 즐거운 나날을 보내리라고는 상상해 본 적도 없었다. 무한감옥에 갇히기 전에도 이만큼 즐거운 기분을 만끽해 보지는 못했다. 그 정도로 루이샤는 나에게 커다란 존재가 되어 있었다.

하지만 그 즐거운 나날들도 이제 곧…… 끝나게 된다.

"테스 누나……?"

내 얼굴을 들여다본 루이샤가 당혹스러운 표정을 지었다. 왜 저런 표정을 짓고 있는 걸까?

"울고 계신 건가요……?"

"어……?"

나도 모르는 사이 눈에서 한줄기 눈물이 흘러내리고 있었다.

철든 이후로는 한 번도 눈물을 흘려본 적이 없건만…….

"후후, 설마 최강의 마왕이자 공포의 상징이라 일컬어지는 내가 인간족 소년 때문에 눈물을 흘리게 되는 날이 올 줄이야."

"네?! 제 탓인가요?!"

"맞아. 그러니까 반성해."

"적어도 이유를 가르쳐 주세요!"

"안 돼. 스스로 생각하렴."

나는 여느 때처럼 쓸데없는 대화를 이어나갔다.

머지않아 찾아올 이별의 날을 지금, 이 순간만이라도 잊을 수 있도록…….

=용왕 시점=

꼬맹이의 수행이 시작된 첫날.

마왕 녀석에게 호되게 훈련을 받았는지 너덜너덜해진 녀석이 내게로 왔다.

"헤엑, 헤엑, 헤엑, 주, 죽겠어……."

"크크큭. 마왕 녀석이 아주 인정사정없이 굴린 모양이구나."

"마, 마력이 눈곱만큼도 안 남았어요……. 이 이상 마법을 사용하면 정말로 죽어버릴 거예요……."

확실히 꼬맹이한테서 느껴지는 마력은 풍전등화나 다름없었다. 여기서 마력을 조금이라도 더 사용했다가는 정말로 죽을 것이다. 크큭, 마왕 녀석. 꽤 본격적이군.

하지만 이는 수행이 잘 진행되고 있다는 뜻이었다. 죽음에 가까워지면 가까워질수록 회복했을 때의 마력 상승량이 크기 때문이다.

……아무래도 마왕 녀석은 제법 잘 가르치고 있는 모양이었다.

그 녀석의 숙적으로서 지고 있을 수는 없지.

"좋아! 다음은 내 수행이다! 죽을 각오로 임하도록!"

"네?! 이젠 마력도 없는데요?!"

"나도 알아! 지금부터 하려는 건 마법 수행이 아니라 '기공술' 수행이니라!"

"기공……술?"

꼬맹이의 머리 위에 물음표가 맴돌았다.

으음, 먼저 기공이 뭔지부터 가르쳐야겠군.

"잘 들어라. 기공은 고대 언어로 '오드'라고 하는데, 이것은 생물에게 깃든 힘으로, 마력과는 다른 힘이니라. 이것을 갈고닦으면 너같이 허약한 종족이라도 우리 용족에 필적하는 육체를 얻을 수 있지!"

"괴…… 굉장해요! 그런 기술이 존재했군요!"

나를 향해 반짝이는 선망의 눈빛을 보내오는 꼬맹이.

흠. 기분이 썩 나쁘지는 않군. 하긴, 이곳에 갇히고 몇만 년이 지나도록 이러한 시선을 받아본 적이 없었으니 당연했다.

"그리고 기공술이란 그 '기공'을 다루기 쉬운 형태로 변환시키는 기술을 말한다. 크게 '공격식'과 '방어식'으로 나뉘어 있고, 양쪽 모두 1식부터 9식까지 존재하지."

"그러면 다 합해서 열여덟 개의 기술이 있는 거네요! 멋지다!"

"그게 전부가 아니야. 물속에서 숨을 쉬는 기술이나, 달리는 속도를 빠르게 해주는 기술도 존재하지. 따라서 기공술을 마스터하면 언제, 어느 상황에서도 싸울 수가 있느니라."

"엄청난 기술이네요……! 하지만 그렇게나 굉장한 기술이 왜 마법처럼 널리 사용되지 않는 건가요?"

의아하다는 얼굴로 질문하는 꼬맹이.

예리한 질문이었다. 머리가 좋다……라기보다는 힘에 대한 동경이 강하다고 해야겠지. 실제로 방금까지 헥헥대고 있던 주제에 지금은 새로운 힘에 흥미진진해서는 피로를 잊어버렸다.

크큭, 아무래도 가르치는 보람이 있을 것 같군.

"인간족 사이에 기공술이 알려지지 않은 건 기공술 습득이 어렵기 때문이니라."

"어렵다……? 그게 전부인가요?"

"그래. 반대로 마법이 널리 전파된 이유는 습득하기가 쉽기 때문이지. 마법의 재능이 없는 너는 공감하기 어렵겠지만, 평범한 인간은 별다른 수행 없이도 초급 마법을 사용할 수 있을 정도니까. 하지만 기공술은 혹독한 수행 없이는 간단한 기술조차 사용할 수 없느니라."

"그렇군요. 그러면 저한테는 마법만큼 어렵겠네요!"

"아무렴. 기공술 수련에 재능은 필요 없다. 피를 토하는 노력만

이 양식이 되지.”

“과연……! 저, 열심히 할게요!”

“그래. 좋은 마음가짐이다.”

보아하니 의욕을 불태우는 데 성공한 듯했다.

단, 재능이 필요 없다는 말에 약간의 거짓이 섞여 있었다.

기공술 단련에 노력이 필수인 건 틀림없다. 하지만 기공술도 결국 재능에 따라 습득 속도에 차이가 있다.

어디, 이 녀석은 과연 몇백 년이 걸릴까? 500년 내로 마스터할 수 있다면 다행이련만. 적어도 마법보다는 빠르게 습득하길 바랐다.

어떻게 해서든 마왕보다 빠르게 기공술을 마스터시키겠어!

기공술 수행은 지루한 편이다.

먼저 기나긴 명상으로 자신의 내면에 잠든 기를 느끼는 것부터 시작한다.

범인(凡人)은 대부분은 이 단계에서 좌절하고 포기한다.

하지만 흥미롭게도 꼬맹이는 포기하지 않았다. 그 결과, 불과 10년. 나의 예상보다 훨씬 빨리 자신의 ‘기’를 느꼈다.

근육 단련과 격투기 특훈도 병행하고 있기에 기초 체력과 근력도 순조롭게 성장하고 있었다. 다만 한 가지 걱정거리가 있다면 꼬맹이의 의욕이 너무 과하다는 점이다. 테스타롯사에게 혼이 났다고 들었는데도 여전히 잠깐만 한눈을 팔면 지나친 수행을 하고는 했다.

지금도 그렇다. 잠시 눈을 뗀 사이에 근육 단련을 하는 모습을 발견했다. 아무래도 따끔한 맛을 보여줘야 할 것 같다.

"이 녀석! 뭘 하고 있느냐!"

"히익!"

느닷없는 고함에 놀라서 펄쩍 뛰어오른 꼬맹이는 나를 보더니 부들부들 몸을 떨었다. 나 원. 무례한 녀석이로군. 그런 반응을 보이면 이쪽도 마음에 상처를 받는단 말이다. ……응? 어째서 내가 상처를 받는다는 거지? 이런 꼬맹이가 나를 어떻게 생각하든 아무래도 상관없건만.

뭐, 됐다. 그보다 지금은 이 꼬맹이를 혼내줘야 했다. 이 녀석이 강해지지 않는다면 영원히 이곳에서 나갈 수 없을 테니까.

"질리지도 않고 또 멋대로 수행하다니. 무리하지 말라고 그렇게 말했거늘."

"하지만…… 나는 몸이 약해서 더욱더 열심히 단련해야 하는걸."

"몸이 약해? 딱히 네가 다른 인간들보다 약하지는 않을 텐데."

"그렇지 않아! 나는 내 또래 여자애보다도 달리기가 느렸단 말이야!"

그렇게 말하는 꼬맹이의 얼굴은 진지하기 짝이 없었다. 과연. 그때의 경험이 꼬맹이의 콤플렉스였던 모양이다. 그렇다면 스승으로서 오해를 풀어줄 의무가 있었다.

"너는 크게 착각하고 있느니라. 네 몸은 훌륭하게 성장하고 있어. 결코 다른 인간에게 밀리지 않아."

"……말은 쉽지. 용왕님이 약자인 나의 마음을 어떻게 알겠어."

부루퉁한 얼굴로 꼬맹이가 말했다.

하아, 이건 중증이다. 어서 조치하지 않으면 비뚤어져 버릴 것이다. 손이 많이 가는 제자로군.

앞으로 성큼성큼 걸어간 나는 꼬맹이의 팔뚝을 붙잡아 눈앞에 보여주었다.

"보아라, 네 몸을. 네 노력에 보답해서 힘을 축적해 나가고 있잖느냐."

팔뿐만이 아니었다. 소년의 온몸이 다 탄탄한 근육질이었다. 만약 정말로 약한 체질이었다면 이만큼 단련하기란 불가능했을 것이다.

"하, 하지만…… 나는 노력하지 않은 여자애보다도 힘이 약했단 말이야."

"그건 네가 몸을 기르는 법을 몰랐기 때문일 뿐이야. 네 몸은 훌륭히 성장하고 있느니라."

"그, 그런 거야……?"

꼬맹이는 그렇게 말하며 자신의 몸을 빤히 쳐다보았다.

"네 몸은 상처도 금세 나으니 오히려 축복받았다고 봐야지. 강하게 낳아주신 부모님께 감사하도록."

"부모님께…… 응. 그렇네."

그런데 갑자기 꼬맹이의 눈가에 눈물이 맺히기 시작했다. 호, 혹시 내가 말실수를 한 건가?

그러고 보니 이 녀석이 부모님에 대해 이야기하는 걸 본 적이 없다. 마음에 상처라도 받았으면 어쩌나…….

"어, 어이. 괜찮은 것이냐……?"

내가 조심스레 묻자 꼬맹이는 눈가를 훔치며 "응, 괜찮아" 하고 힘차게 대답했다. 휴, 다행이다.

"있잖아, 용왕님의 부모님은 어떤 사람이었어?"

기운을 차렸나 싶더니 이번에는 또 난데없이 이상한 질문을 해 왔다. 굳이 대답해 줄 이유는 없다만, 내가 말실수를 한 것도 있으니 대답해 주기로 했다.

"우리 부모님은 내가 철들었을 무렵에 돌아가셨다. 그래도 부모님의 이야기는 고향의 동료들을 통해 잔뜩 들었지. 두 분 모두 훌륭한 사람이라 하더군."

"그렇구나…… ."

나의 가족사를 들은 꼬맹이는 완전히 주눅이 들어버리고 말았다. 하핫, 무턱대고 질문했다가 책임감을 느끼는 모양이었다. 귀여운 녀석.

"네가 미안해할 거 없다. 물론, 부모의 얼굴을 기억하지 못한다는 건 슬픈 일이지. 하지만 내게는 부모님께 받은 이 강인한 육체가 있느니라."

그러자 꼬맹이는 "흐흑……" 하고 눈물을 흘리면서 느닷없이 나를 끌어안았다.

"무, 무슨 짓이냐! 이 파렴치한 녀석!"

"용왕님도 고생이 많았구나! 우와앙!"

건방지게도 나를 위로한 꼬맹이는 내 몸을 끌어안은 채로 엉엉 울었다.

하지만 나는 차마 떨쳐내지 못하고 꼬맹이의 머리를 쓰다듬어 주었다. 한동안 그러고 있으니 꼬맹이는 눈물을 그치고는 내게서 물러났다. 아직 눈이 부어있었지만, 표정은 침착함을 되찾았다. 음, 이제 괜찮아 보이는군.

"용왕님도 나랑 똑같구나. 그런데도 나는 매일 불평만 하고, 꼴 불견이야. 더는 약한 소리 하지 않을게!"

"카캇. 훌륭한 마음가짐이다. 하지만 나와 똑같다는 표현은 조금 건방진 게 아니냐?"

"아! 기분이 상했다면 미안해!"

"하핫, 농담이다. 그런 말까지 일일이 마음에 담아두진 않느니라."

대답은 그렇게 했지만, 실은 똑같다는 말을 듣고 기뻤다. 용의 마을에 살던 무렵에는 다들 나를 배려하느라 이런 식으로 다가온 사람이 없었다.

마치 친구처럼 나를 대하는 이 녀석의 거리감이 썩 나쁘지 않았다. 카캇, 천하의 용왕님이 이런 꼬맹이한테 홀라당 넘어가리라고는 아무도 생각하지 못했을 것이다.

"있잖아, 용왕님. 더는 내 몸이 허약하다고 불평하지 않을게. 그리고 앞으로는 자신의 몸을 더욱 소중히 여길게. 이 몸은 부모님께 물려받은 소중한 보물이니까."

"그래, 잘 생각했다. 서두르지 말고 천천히 강해지면 돼. 다행히 시간이라면 잔뜩 있으니까 말이야. 자, 휴식도 충분히 취했겠다 특훈을 재개하마."

"응! 잘 부탁드립니다!"

꼬맹이가 기세 좋게 대답했다.

크큭, 이 녀석이 어디까지 강해질지 기대되는걸.

수행을 개시하고 100년 뒤.

"기공술 공격식 5형태…… 홍련대폭포!"

루이가 바닥에 주먹을 꽂아 넣자, 거대한 충격파가 나타나 전방에 회오리쳤다.

흠, 위력도 규모도 흠잡을 곳이 없다. 이것으로 공격식과 방어식을 절반씩 익힌 셈이군.

"봤어, 리오?! 성공했어!"

"그래, 잘 봤다. 훌륭한걸."

기술을 습득하자 마치 간식을 받은 강아지처럼 기뻐하는 루이샤.

크큭, 귀여운 녀석 같으니.

참고로 지금 루이가 언급한 '리오'는 내 이름이다.

태어났을 때부터 용왕이라 불렸던 나에게는 이름이 없었다. 그런데 루이가 그 사실을 알고는 "그러면 안 돼!"라고 말하며 내게 이름을 붙여주겠다고 나섰다.

처음에는 내게 이름을 붙이다니 불경한 녀석이로군, 하고 생각했다. 하지만 막상 이름으로 불려보니 의외로 나쁘지 않았다.

돌이켜 보면 지금까지 나는 '용왕'으로만 대해져 왔다. 나를 우러러보는 용들도, 나를 두려워하는 적들도. 나의 직함에만 주목할 뿐 그 누구도 나 개인을 봐주지 않았다.

하지만 루이가 이름을 내 지어주었을 때, 나는 처음으로 타인에게 인정받은 듯한 기분이 들었다.

재밌게도 루이가 나를 이름으로 부르기 시작하고 머지않아 테스타롯사 녀석까지 나를 "리오"라고 부르기 시작했다. 지금까지 녀석과는 싸움밖에 해본 적이 없건만, 지금은 루이의 지도 방침을 두고 매일같이 열띤 토론을 하는 사이가 되었다.

정체되어 있던 시간이 루이가 찾아옴으로써 움직이기 시작했다. 크큭, 앞으로 어떠한 변화가 찾아올지 기대되는군······.

"있는 힘껏 때리마. 부디 죽지 마라!"

"응!"

나는 루이를 노리고 있는 힘껏 주먹을 내질렀다.

마력도 기력도 실리지 않은 단순한 주먹이지만, 나는 용이다. 인간이 맞으면 흔적도 없이 사라진다.

"우오오오오! 기공술 방어식 9형태!"

내 주먹이 루이에게 닿은 순간 굉음이 발생했다.

두 힘의 격돌이 거센 충격파를 일으키며 공간을 뒤흔들었다.

내 주먹은 인간이 견딜만한 위력이 아니다. 하지만 루이는 훌륭하게 내 주먹을 막아내 보였다.

"크큭! 기공술 방어식 9형태도 완벽하게 다룰 수 있게 된 모양이군. 용케도 300년 만에 기공술의 모든 형태를 익혔구나. 나도 스승으로서 자랑스럽다."

나는 루이의 어깨에 왼팔을 두르고 오른손으로 녀석의 머리카락을 마구 휘저으며 칭찬했다.

카카캇! 기분 좋구나!

"그, 그만둬, 리오! 머리가 헝클어지잖아!"

"뭣이?! 루이 주제에 나한테 반항하다니, 건방지구나!"

우리는 티격태격하며 자지러지게 웃었다.

간지럽히고, 간지럽힘을 당하고. 마치 장난을 치는 사이좋은 가족처럼.

루이와 이러고 있으면 가슴속이 따뜻해졌다.

평범한 가족이라면 다들 느끼고 있을 이 감정을 나는 여태껏 겪어보지 못했다. 부드럽고, 마음이 가벼워지는 듯한 감정. 이를 가르쳐 준 루이에게는 감사하고 있었다.

하지만 이 감정을 이해하면 이해할수록 수행을 계속하기가 괴로워져 갔다. 왜냐하면 이 수행의 끝은 루이와의 이별을 뜻하기 때문이다.

아마 테스타롯사도 비슷한 심정일 것이다. 그 녀석도 300년간 꽤나 바뀌었으니.

이별은 슬펐다.

하지만 이 아무것도 없는 공간에 루이를 가둬놓을 수는 없었다.

루이를 반드시 원래의 세계로 되돌려 놓겠어.

이것이 그에게 '사랑'을 배운 이 용왕님의 성의이자 보답이었다.

=루이샤 시점=

무한감옥에서 테스 누나와 리오에게 수행을 받은 지 300년이 흘렀을 무렵, 마침내 나는 두 사람으로부터 모든 것을 전수받았다.

그리고 다음 날 아침. 나는 인두로 지지는 듯한 격통에 눈을 떴다.

"끄아아아아악?!"

무한감옥 안에 나의 절규가 메아리쳤다.

그러자 테스 누나와 리오가 헐레벌떡 달려왔다.

"왜 그러니, 루이?!"

"적이 나타났느냐?! 내가 박살을 내주마!"

걱정하며 달려온 두 사람에게 "가, 가슴이 아파⋯⋯!" 라고 말하자, 두 사람은 경쟁하듯 내 옷을 벗겨 가슴을 드러냈다.

""이, 이건⋯⋯!""

내 가슴을 보고서 놀라는 두 사람.

대체 무슨 일인데? 의문을 느끼며 자신의 가슴을 쳐다보니, 내 가슴팍에 나조차 처음 보는 문양이 환한 빛을 발하고 있었다. 이게 대체 뭐지? 문자처럼 보이는 것 같기도 하고⋯⋯.

문양의 크기는 손바닥보다 약간 작았으며, 연한 파란색으로 빛나고 있었다. 뭔가 조금 멋있기는 하지만⋯⋯. 내 몸에 무슨 일이 일어난 거지?

"저기, 혹시 이게 뭔지 알아?"

두 사람에게 묻자, 테스 누나가 평소와 다르게 진지한 얼굴로 설명했다.

"마침내 이때가 왔구나. 루이, 이건 '장군의 문장'이야."

"이게 그 장군의 문장?! 굉장하다! 나한테도 장군의 문장이 생겼어!"

장군의 문장이란 수련을 거듭해 강해진 자, 즉, 달인의 영역에 도달한 자에게 생기는 문양이다. 테스 누나의 수업에서 이것을 배웠을 때, 언젠가 내게도 문장이 생기지 않을까 하고 내심 기대하고 있었다.

"축하해. 수행은 이걸로 종료야. 고생했어."

테스 누나는 상냥하게 내 머리를 쓰다듬어 주며 그렇게 말했다.

따뜻하고, 부드럽고, 쑥스러웠다. 그리고 행복했다.

"고마워, 테스 누나. 그런데 이 문장은 뭘 의미하는 거야?"

"문장에는 그 사람에게 부여된 칭호가 고대어로 쓰여 있어."

그렇게 말한 테스 누나는 자신의 옷을 반쯤 벗어서 왼쪽 가슴의 윗부분을 드러냈다. 갑작스러운 행동에 내가 돌라 당황하고 있자니, 불현듯 테스 누나의 왼쪽 가슴 윗부분에서 문장이 빛을 발했다.

파란빛인 내 문장과는 다르게 황금빛으로 빛나는 문장이었다.

"전에도 가르쳐 줬지만 이게 바로 '왕의 문장'이야. 보여주는 건 처음이네. 이건 장군의 문장보다 한 단계 높은 문장인데, 왕이라 불리기에 걸맞은 자만이 얻을 수 있는 최강의 칭호란다. 내 문장에는 고대어로 '마왕'이라고 적혀 있어."

뒤이어 리오가 오른손 손등의 황금색 문장을 보여주었다.

"내 문장은 이거다. 굳이 말할 필요도 없겠지만 '용왕'이라 적혀 있느니라."

그러고 보니 들어본 적이 있다.

인간에게 있어 왕이란 나라를 다스리는 인물을 일컫는다. 반면 마인과 아인의 나라에서 왕은 다른 의미를 품고 있다고 한다. 그들에게 왕이란 절대적인 실력자였다.

다시 말해서, 왕의 문장을 지닌 실력자만이 왕이 될 수 있다는 뜻이다.

"그러면 내 문장에는 뭐라고 쓰여 있는데?"

수련 중에 고대어 공부도 했기에 조금은 읽을 수 있지만, 내 문양은 가슴 쪽에 있어서 직접 눈으로 보기 어려웠다.

대체 어떤 문장일까?

"어디, 내가 봐주마."

리오가 내 문장을 빤히 바라보았다.

과연 내게는 어떤 칭호가 부여된 것일까. 두근거렸다.

"흐음······? 뭣이?! 이럴 수가!"

내 문장을 보던 리오가 화들짝 놀라서 외쳤다.

"왜?! 뭐라고 쓰여 있는데?! 설마 이상한 칭호는 아니겠지?!"

"이건 마룡장의 문장이니라! 설마 실존할 줄이야!"

마룡장? 그게 뭘까. 들어본 적 없는 단어다 보니 당혹스러웠다.

자세히 물어보기 위해 테스 누나를 바라보니, 항상 냉정한 테스 누나마저 굉장히 놀란 표정을 짓고 있었다.

"마족과 용족의 힘을 자유자재로 다룬다고 하는 '마룡'의 칭호야. 그냥 오랜 전설인 줄만 알았는데······. 설마 루이가 그 칭호를 얻을 줄이야! 대단해!"

그리고 테스 누나는 나를 꽈악 끌어안았다.

아무래도 내 문장은 꽤 대단한 녀석인 모양이다. 야호!

"잠깐? 그러면 내가 마룡장이 되었다는 뜻인가?"

"정확하게는, 아직 문장의 빛이 파란색이니까 전 단계인 '마룡사'라고 해야겠지. 장군의 문장이 각성하면 은색으로 빛나게 될 거야."

살짝 아쉬웠다. 그래도 마왕과 용왕 두 사람의 이름을 전부 물려받을 수 있다고 생각하니 기뻤다.

"어쨌든 수행을 거듭하면 마룡장이 될 수 있는 거지? 좋아, 더욱더 분발해서 수행해야지!"

하지만 기뻐하는 나와는 달리 두 사람의 얼굴은 어두웠다.

어라? 내가 뭔가 잘못 말했나?

"왜들 그래?"

내 질문에 리오가 주저하며 대답했다.

"잘 들어라, 루이. 미안하지만 넌 더 이상 무한감옥 안에서 성장할 수 없다. 최근 들어서 근력, 마력량, 기공의 양 모두 좀처럼 증가하지 않게 되었다는 사실을 너도 눈치챘을 테지?"

"……어?"

나는 리오의 말에 경악했다.

"어, 어째서? 확실히 요즘 성과가 잘 나오지 않기는 했지만, 더 열심히 하면 돼!"

필사적으로 항의해 봤지만 두 사람은 고개를 가로저었다.

"루이의 지금의 네 나이로는 현재의 실력이 한계이니라. 그 이상 강해지고 싶다면 무한감옥을 나가서 육체적으로 성장해야 해."

"그, 그럴 수가…….."

무한감옥 안에서는 나이를 먹지 않는다. 언뜻 좋게만 들리는 말이지만, 뒤집어 말하면 나이를 먹고 싶어도 먹을 수가 없는 것이다. 한창 성장기인 내게는 마이너스로 작용하고 말았다.

나는 더 이상 이곳에서 강해질 수 없다. 그리고 이는 또 하나의 비정한 현실을 의미했다.

"……즉, 이제 무한감옥에서 나가야 한다는 거구나."

내 말에 두 사람은 쓸쓸한 표정으로 고개를 끄덕였다.

마침내 이별의 때가 찾아오고야 말았다.

◇ ◇ ◇

무한감옥에서의 수행은 무척 힘들었다. 도망가고 싶었던 적도 많았다.

매일같이 빈사 상태에 처했으며, 테스 누나와 리오도 수행할 땐 자비가 없었다. 죽을 뻔한 적이 한두 번이 아니었다.

그런 상황에도 수행을 계속할 수 있었던 건 두 가지 이유가 있다.

하나는 스스로가 강해지고 있다는 사실을 실감할 수 있었다는 점.

두 사람의 지도는 굉장히 정확하고 효율적이었다. 나 같은 낙오자도 쑥쑥 강해질 수 있었다.

다른 사람에 비하면 성장이 느린 편일지도 모르지만, 내게 느리고 빠르고는 중요치 않았다. 조금씩이라도 강해지고 있다는 사실이 나는 참을 수 없이 기뻤다.

두 번째 이유는 스승인 테스 누나와 리오가 있었다는 점이다.

처음에는 두 사람이 무척 무서웠다. 하지만 이곳에서 함께 지내는 사이에 조금씩 친해지게 되었고, 현재는 친가족 같은 존재가 되었다.

수행을 시킬 때의 테스 누나는 피도 눈물도 없는 귀신 교관이다. 나도 여러 차례 마음이 꺾일 뻔했다. 하지만 막상 수행이 끝나면 갑자기 누나 모드로 변해서 나를 친동생처럼 대해 주었다.

때로는 정말로 누나가 생긴 것 같아서 나도 모르게 응석을 부리고는 했다.

얼마 전에도 잠결에 무심코 "음냐…… 누나아……" 하고 중얼거린 적이 있다. 그러자 왠지는 몰라도 테스 누나가 코피를 흘리며 쓰러져 버렸다. 크게 다치기라도 했나 싶어 걱정하는 나에게 리오는 "머리를 다쳐서 그렇다. 내버려 둬라"라고 말했다. 정말로 괜찮은 걸까?

한편, 리오와는 마음이 잘 통하는 친구 같은 사이였다.

리오는 짓궂은 면이 있어서 심심하면 나한테 장난을 쳐댔다.

그리고 그때마다 몸을 밀착해 오는 바람에 나는 매번 가슴을 두근거려야 했다. 리오에게 사실 그대로 털어놓자 "무, 무, 무슨 소리냐! 나처럼 빈약한 체형의 여자한테 욕정하다니…… 이 변태가!" 하고 큰소리를 쳤다.

리오의 겉모습이 작은 소녀인 건 사실이지만, 그래도 내가 보기에는 매력적인 여성이었다.

하지만 그렇게 말해도 리오는 얼굴을 새빨갛게 물들이며 화를

낼 뿐, 좀처럼 인정하려 하지 않았다.

확실히 두 사람은 압도적인 힘을 지니고 있었다. 그것은 내가 강해지면 강해질수록 더욱더 명확하게 느껴졌다.

수행을 마친 지금의 나조차 이 두 사람은 당해낼 수 없다. 하지만 두 사람은 밖에서 전해져 내려오는 이야기와 달리 피도 눈물도 없는 괴물이 아니었다. 남들처럼 상처도 받고, 외로움도 느끼는 평범한 여자아이였다.

그 사실을 알게 되었을 때, 나는 두 사람을 반드시 이곳에서 꺼내주기로 맹세했다.

물론 두 사람과의 약속을 어길 생각은 없었지만, 그 약속과 무관하게 두 사람을 구하기로 한 것이다.

하지만 그러기 위해서는 한차례 두 사람과 이별을 해야만 했다.

가족이나 다름없는 두 사람과 헤어지자니 무척 괴로웠다. 괴로웠지만…… 이건 꼭 거쳐야만 하는 길이었다.

이공간 탈출 계획 결행은 내일로 정해졌다. 이곳은 일정 주기로 결계가 약해지는 날이 찾아오는데, 내일이 바로 그날이었다.

그래서 오늘은 내일에 대비해 휴식하기로 했다. 지금 나는 테스 누나가 마법으로 만들어낸 집의 푹신푹신한 침대에서 뒹굴뒹굴하고 있다.

매일같이 수행에 매진해 왔기 때문에 아무것도 하지 않는 날은 정말로 오랜만이었다. 워낙 오랜만이라 무엇을 해야 할지 전혀 모르겠다. 그러는 사이 점점 졸음이 찾아왔다.

"흐암……."

살짝 저항해 보기는 했지만, 딱히 할 일도 없었기에 그냥 얌전히 졸음에 몸을 맡기기로 했다. 그렇게 나는 꿈속으로 여행을 떠났다…….

◇ ◇ ◇

물컹.

"……음?"

잠이 들고 얼마 후. 나는 무언가 매우 부드러운 감촉에 눈을 떴다.

이게 대체 뭘까? 나는 졸린 눈을 비비면서 그것을 주물주물 움켜쥐어 보았다.

"꺄앙♪"

……응? 익숙한 소리가 들리는데?

조심스레 눈을 뜨자 기겁할 만한 광경이 눈앞에 펼쳐져 있었다. 내 이불 속에 테스 누나가 들어와 있었다. 심지어 테스 누나는 검은색의 섹시한 잠옷을 입고 있었다. 여느 때보다도 자극이 강했다.

"뭐, 뭐 하는 거야, 테스 누나?!"

"좋은 아침, 루이♪ 설마 루이가 먼저 내 가슴에 손을 댈 줄이야. 이 누나도 깜짝 놀랐지 뭐니♪"

그제야 나는 자신이 테스 누나의 커다란 가슴을 덥석 움켜쥐고 있다는 사실을 깨닫고 허둥지둥 손을 뗐다. 하지만 부드러웠어! 아니, 이게 아니지! 어째서 이곳에 테스 누나가?!

일단은 서둘러 이불 반대편으로 나가려고 했지만, 이게 웬걸, 반대편에도 누군가가 들어와 있었다. 도주로를 차단당하고 말았다.

"홋, 포기하거라, 루이. 마왕과 용왕의 포위망에서 달아날 수 있을 것 같으냐?"

이불 반대쪽에 들어와 있는 것은 리오였다. 게다가 리오도 프릴이 달린 야릇한 속옷을 걸치고 있었다! 테스 누나가 야한 장난을 치는 것은 하루 이틀 일이 아니라지만, 리오까지?! 평소 같았으면 테스 누나의 폭주를 말렸을 텐데!

"두, 두 사람 모두 어떻게 된 거야?! 오늘은 쉬는 날 아니었어?!"

두 사람의 향기로운 냄새에 둘러싸여 어질어질한 와중에도 나는 대화를 시도했다.

그러자 테스 누나는 그윽한 눈으로 나를 바라보며 이야기하기 시작했다.

"리오하고 이야기를 나눴어. 마지막으로 루이에게 해줄 수 있는 선물이 뭐가 있을지."

"으, 응."

"하지만 수련도 다 마친 네 육체는 이미 한계까지 강해졌고, 지식도 충분히 전수해 주었지. 그래서 달리 뭔가 해줄 수 있는 게 없을까 싶어서 리오와 함께 궁리했어. 그러다 발견한 거야…….

아직 루이한테 주지 못했던 것을."

"그, 그게 뭔데……?"

내가 조심스럽게 묻자, 테스 누나는 나를 꼭 끌어안으며 귓가에 대고 속삭였다.

"우리들의…… 첫, 경, 험♪"

"…………!"

그렇게 말한 테스 누나는 내 입에 입술을 맞췄다.

몇 차례 가벼운 키스를 하는가 싶더니, 느닷없이 입속으로 혀를 밀어 넣어 내 혀를 휘감았다.

"하음, 쪽, 추릅. 후후. 좋아해…… 루이. 정말로 좋아해."

농후한 키스를 하면서 사랑의 말을 속삭이는 테스 누나. 갑작스러운 상황에 혼란에 빠진 나는 미처 대답을 돌려주지 못했다. 너, 너무 기분이 좋아서 영혼이 뽑혀 나가는 줄만 알았어…….

"뭘 그렇게 멍하니 있느냐. 이번에는 내 차례다."

"어? 흐급!"

이번에는 리오가 억지로 내 고개를 비틀어 입술을 빼앗았다.

"쪽…… 음읍, 푸하! 헤헤. 어떠냐. 루이. 나한테 홀딱 반했느냐?"

비록 테스 누나보다 조금 어설펐지만, 정성과 마음이 가득 담긴 키스였다. 나의 가슴이 멋대로 두근거리기 시작했다. 게다가 나보다 작은 여자아이한테 억지로 키스를 당하니 왠지 모르게 굉장히 흥분되었다. ……자칫하면 굉장히 위험한 취향에 물들어 버릴 것만 같았다.

"음…… 쪼옥, 주릅…… 푸하. 이거면 되는 건가. 키스라는 거, 의외로 어렵군."

"어머, 여유로운 척하기는. 귀가 새빨갛게 물들었어, 리오."

"뭣! 그러는 너야말로 온갖 교태를 다 부린 주제에 결국 처녀잖느냐!"

"마, 마왕이 처녀면 안 된다는 법이라도 있어?! 리오는 멍청이!"

"뭐라고? 이 노처녀가!"

두 사람이 말다툼하는 사이 나는 침대에서 탈출을 시도했다.

하지만 탈출에 성공하기 직전, 두 사람에게 어깨를 덥석 붙잡히고 말았다.

그리고 그대로 다시 침대 중앙으로 끌려와 버린 나. 마치 도마 위에 올라온 생선이 된 기분이었다. 잡아먹히기만을 기다리는 불쌍한 식자재였다.

"저, 저기…… 하다못해 상냥하게라도……."

"포기하렴."

"포기해."

두 사람은 그렇게 말하며 빙그레 웃어 보였다. 천사처럼 귀여운 미소였지만 이 순간만큼은 악마의 미소처럼 보였다.

내가 순결을 잃은 다음 날.

우리 세 사람은 한자리에 모여 이별의 때를 맞이하려 하고 있었다.

"루이, 순서는 잘 기억하고 있겠지?"

"걱정하지 마, 리오. 확실하게 외워뒀어."

나는 자신의 머리를 손가락으로 가리키며 리오를 안심시켰다.

탈출 방법은 두 사람에게 귀에 딱지가 앉도록 들었다. 그만큼 무한감옥에서 탈출한다는 것은 위험한 행위였다.

만약 실패한다면 차원의 틈새에 갇혀 영원한 시간을 혼자서 살아가야 한다는 모양이다.

너무 무서웠다. 반드시 성공해야만 한다.

"그러면…… 시작할게."

나는 마법으로 차원을 가르는 검을 만들어내기 위해 마력을 모으기 시작했다.

"루이, 잠깐 기다려."

그때 무슨 이유인지 리오가 나의 마법 발동을 제지했다. 왜 그러지?

리오는 말없이 내 곁으로 걸어오더니, 자신의 귀에 달려있던 귀걸이를 빼내어 나에게 내밀었다. 송곳니 모양의 예쁜 금색 귀걸이였다.

"자, 이걸 쓰도록 해라."

"어?"

"됐으니까 얼른 받기나 해!"

영문을 몰라 망설이는 나에게 억지로 귀걸이를 쥐여주는 리오.

갑자기 귀걸이는 왜 주는 걸까?

"잘 받았지? 그러면 그 귀걸이에 마력을 흘려 넣어 보아라."

리오의 말대로 나는 귀걸이에 마력을 흘려 넣었다.

그러자 귀걸이가 거대해지며 한 자루의 검으로 변화했다. 손잡이까지 포함하면 내 어깨까지 오는 기다란 외날 검이었다. 칼날이 발하는 황금빛이 나도 모르게 홀려버릴 만큼 아름다웠다. 도대체 얼마나 값진 무기일지 짐작도 되지 않았다.

"이게 뭔데⋯⋯?"

"용왕검이다. 선대 용왕, 즉, 우리 아빠의⋯⋯ 어흠, 아버지의 송곳니를 가공하여 만든 전설급 검이니라."

용왕의 송곳니로 만들어진 만큼 검! 아니나 다를까 무지막지한 힘이 느껴졌다.

쥐고 있는 것만으로도 강해진 듯한 기분이 들 정도였다.

"어, 엄청난 검이네. 차원을 가르는 데 쓰라고 빌려주는 거야?"

"틀렸다. 멍청한 녀석 같으니."

아무래도 잘못 짚은 모양이다.

그러면 어째서 지금 내게 이 검을 보여준 것일까?

"네게 그 검을 주마. 우리 아버지의 유일한 유산이니라. 잃어버리면 안 된다?"

리오가 씨익 웃으며 말했다.

"유산?! 돼, 됐어. 그렇게 소중한 물건을 받을 수는⋯⋯."

내가 거절하려는 순간, 리오가 내 입에 검지를 가져다 댔다.

"못 받겠다고 말할 셈이냐? 나도 가벼운 마음으로 이걸 네게 주는 게 아니다. 거절하려면 잘 생각하고 대답해라."

리오가 한층 진지한 눈빛으로 말했다.

사실은 리오도 아버지의 유산을 떠나보내겠다니, 쉽게 말할 수 없을 것이다. 왜냐하면 이것은 리오가 아무것도 없는 이 이공간에서 동족을 떠올릴 수 있는 유일한 물건이니까.

하지만 그렇기에 나는 이 보물을 받아야 했다. 리오의 결심을 존중하는 것이 예의라는 생각이 들었다.

"알았어……. 받을게. 리오라고 생각하고 소중히 하겠어."

"카캇. 알면 됐느니라."

리오는 기뻐하며 고개를 끄덕였다. 진지하던 리오의 얼굴에 다시 평소와 같은 밝은 미소가 피어났다.

이후 용왕검의 사용법을 가르쳐 준 리오는 내게서 몇 걸음 물러나며 말했다.

"자, 휘둘러 봐라."

"……응."

나는 아무것도 없는 공간을 응시하며 용왕검의 칼자루를 강하게 움켜쥐었다.

수행으로 단련된 감지 능력 덕분에 차원 너머의 원래 세계를 느낄 수가 있었다. 그곳을 정확하게 목표로 삼으면서…… 나는 용왕검에 마력을 흘려 넣었다.

동시에 전신으로 기공을 흘려보내 근력을 강화했다. 이것으로 준비는 완료다.

지금이야말로 300년에 걸친 노력의 성과를 보여줄 때다. 반드시 해내 보이겠어!

"하아아압! 차원……참!"

다리에서 허리로, 허리에서 팔로, 팔에서 검으로. 그렇게 전신의 힘을 검 끝에 전달한 나는 용왕검을 횡으로 휘둘렀다!

극한까지 강화된 검이 차원의 벽을 찢었다. 내가 익힌 모든 것을 쏟아부은 일격이 허공을 가른 순간, 검이 지나간 공간에 스윽, 하고 한 줄기의 흐릿한 선이 나타났다. 이윽고 그 선은 점점 확장되어 공간의 틈새로 변했다.

그날 내가 떨어졌던 차원의 틈새와 똑같은 모양이었다. 즉, 성공이다.

성공했음을 확인한 나는 뒤쪽의 두 사람을 돌아보았다. 두 사람의 얼굴은 눈물로 범벅이 되어 있었다. 하지만 분명 내 얼굴도 두 사람 못지않게 눈물범벅이 되어 있을 것이다.

"그럼…… 가볼게."

"그래, 다녀오렴. 조심해야 해, 루이."

"꺾이지 말고 힘내거라. 우리는 언제까지고 기다릴 테니까 말이야."

우리는 마지막 이별을 아쉬워하듯 서로의 어깨를 끌어안았다.

눈시울이 뜨거워지고, 눈앞이 흐릿해졌다. 울면 안 된다. 울면 두 사람이 안심하고 나를 떠나보낼 수 없을 테니까. 하지만 나는 흘러넘치는 눈물을 주체할 수가 없었다.

당연했다. 이곳에는 너무나도 많은 추억이 있었다. 기뻤던 기억, 즐거웠던 기억, 힘들었던 기억, 고생했던 기억. 모든 것이 이곳에 담겨있었다.

하지만 가야 했다. 이곳에서 셋이 지내는 것도 즐거울 테지만, 밖에서 함께 지낸다면 더더욱 즐거울 테니까. 그러니…… 지금은 작별의 인사를 해야 했다.

나는 두 사람에게 달려들고 싶은 마음을 필사적으로 억누르며 두 사람으로부터 물러났다.

"반드시…… 반드시 두 사람을 이곳에서 꺼내 보이겠어. 그러니까 안심하고 기다려 줘."

그리고 나는 두 사람으로부터 등을 돌려 달려 나갔다.

용사의 봉인을 푸는 것이 간단하지는 않을 것이다. 몇 년, 혹은 몇십 년이 걸릴지도 몰랐다.

하지만 그게 무슨 대수란 말인가.

설령 몇백 년이 걸리더라도 반드시 두 사람을 이곳에서 구해낼 것이다.

나는 그렇게 결의하며 차원의 틈새로 뛰어들었다.

"가버렸네……."

루이샤가 차원의 틈새로 뛰어들고 잠시 후. 마왕 테스타롯사는 틈새가 닫히는 모습을 지켜보고는 멍하니 중얼거렸다.

"그래. 이걸로 다시 우리 둘만 남았군. 겨우 300년밖에 지나지 않았는데 무척 오랜만인 것처럼 느껴지는걸."

카카카캇 하고 웃는 용왕 리오와는 반대로 테스타롯사는 한마디도 하지 않은 채 루이샤가 떠나간 공간을 빤히 쳐다보고 있었다.

"왜 그러냐? 혹시 쓸쓸해서 그런가? 뭐라고 말 좀 해라. 기분 나쁘게."

리오가 그렇게 말하자 테스타롯사가 말없이 리오를 향해 돌아섰다. 그리고 무릎을 꿇어 리오와 눈높이를 맞춘 테스타롯사는 리오의 어깨를 덥석 움켜잡았다.

"우옷! 갑자기 무슨 짓을?!"

상당히 강하게 붙잡혀 당황하는 리오.

루이샤가 오기 전에는 서로 죽일 기세로 싸워댔던 것이 떠올랐다. 리오의 얼굴에 긴장감이 피어올랐다.

하지만 다음 순간, 테스타롯사의 입에서는 예상외의 말이 튀어나왔다.

"다, 당연히 쓸쓸하지! 우와앙~!"

눈물을 펑펑 흘리면서 울음을 터트리는 테스타롯사.

리오는 여태껏 테스타롯사가 우는 모습은커녕 약한 소리를 내뱉는 모습조차 본 적이 없었기에 당혹스러울 따름이었다.

"하, 한심한 녀석! 울지 마라!"

"우에엥~! 루이가 떠나버렸어~!"

"미치겠네! 자, 착하지! 울음 뚝!"

리오는 엉엉 우는 테스타롯사를 필사적으로 달랬다.

하지만 테스타롯사의 울음은 좀처럼 그칠 기미가 없었다. 결국 두 시간이 지나고 나서야 간신히 진정시킬 수 있었다.

"흐흑……."

"하아, 울보가 따로 없군. 이게 역대 최강이라 일컬어지는 마왕이라니, 마족들도 갈 데까지 갔구나."

"훌쩍. 미안해, 리오……."

두 사람 사이에 어색한 침묵이 흘렀다.

지금까지 이렇게 오랜 시간을 둘이서 함께했던 적은 없었다. 둘 사이에는 늘 루이샤가 있었다.

그래서 양쪽 모두 어떻게 대화를 이어나가야 할지 갈피를 잡지 못했다.

"그래서? 루이가 돌아올 때까지 어떻게 지낼 생각이지? 또 전처럼 싸움이라도 하겠느냐?"

"관둬. 리오도 딱히 그러고 싶은 생각은 없잖아?"

"카캇. 농담이니라, 농담."

함께 제자를 단련시키고, 키우고, 돌봐주고, 사랑하는 사이에 두 사람 사이에는 우정이라 할만한 것이 피어나 있었다.

예전에 두 사람이 적대했던 것은 사실이다. 하지만 그것은 마족과 용족의 사이가 나빴기 때문이었을 뿐, 딱히 두 사람 사이에 불화가 있었던 것은 아니었다.

그리고 두 사람 모두 젊은 왕으로서 어느 정도 서로를 의식하고, 존경하고 있었다.

"리오는 쓸쓸하지 않아?"

"쓸쓸하지 않다면 거짓말이겠지. 하지만 그 이상으로 나는 루이를 믿고 있느니라. 그러니 괜찮다."

리오는 철들기도 전에 부모를 잃었다.

동족들은 용왕의 유일한 혈육인 리오를 신성시했고, 그 누구도 리오와 깊은 인연을 가지려 하지 않았다.

따라서 루이샤는 리오에게 있어 첫 친구이자, 첫 가족이나 다름없는 존재였다.

"나는 녀석과 만나기 전이 훨씬 고독했지. 그때와 비교하면 지금은 하나도 쓸쓸하지 않아."

그렇게 말하며 씨익 웃는 리오.

"리오…… 너……."

"음? 왜 그러지?"

"굉장히…… 귀엽구나!"

"엉?"

"하악, 하악……. 이, 있잖아, 시험 삼아서 '언니'라고 불러보지 않을래?"

"무슨 소리냐! 머리라도 다친 거냐?!"

갑작스러운 발언에 당황하는 리오. 테스타롯사는 그런 리오에게 와락 달려들었다.

"잠깐, 그만!"

리오는 저항했지만, 테스타롯사의 엄청난 힘과 기세에 밀려 깔아 눕혀지고 말았다.

"하아, 하아. 쓸쓸하다면 우리 둘이서 몸을 섞으면 되겠네."

"지, 진정해. 너 설마……."

이성을 잃어버린 테스타롯사의 눈을 보고 리오는 깨달았다.

저건 루이샤를 덮쳤을 때와 똑같은 눈이다.

"이봐, 잠깐, 어딜 만지는…… 앗, 거기는! 흐아아아아앗!"

무한감옥 안에 리오의 교성이 울려 퍼졌다.

그리고 리오는 절실하게 빌기 시작했다.

부탁이야. 빨리 돌아와 줘, 라고.

차원의 틈새 안쪽은 이상한 공간으로 이루어져 있었다.

보라색과 하늘색과 분홍색을 마구 뒤섞은 듯한 배경에, 중력이 없는지 어디가 위고 어디가 아래인지도 구분이 되지 않았다.

게다가 공간이 뒤틀려 있다 보니 루이샤의 몸은 당장이라도 뜯겨나갈 것만 같았다.

신체를 강철처럼 단단하게 만드는 기술인 기공술 방어식 1형태 '철괴'를 사용하지 않았더라면 루이샤의 몸은 산산조각이 나고 말았을 것이다.

한동안 공간 속을 나아간 루이샤는 빛이 흘러나오는 균열을 발견했다.

분명 저곳이 출구일 것이다. 그렇게 확신한 루이샤는 다시금 차원참을 사용해 균열을 더욱 넓혔다. 그러고는 다리에서 마력을 방출해 벌어진 균열 안으로 뛰어들었다.

"눈부셔……!"

밝은 빛이 시야를 한가득 뒤덮었다.

잠시 후 빛이 서서히 잦아들고…… 눈앞에 낯익은 숲이 펼쳐졌다. 루이샤가 발을 헛디뎌 무한감옥에 빠졌던 바로 그 숲이었다.

"정말로…… 돌아왔어……!"

길었다. 중간에 몇 번이고, 몇 번이고 좌절할 뻔했지만 결국에는 원래의 세계로 돌아오고야 말았다!

"해냈다아아앗!"

고함을 내질러 기쁨을 표출하는 루이샤.

소리가 너무나도 커다란 나머지 나무들이 흔들리고 야생 동물들이 뿔뿔이 달아났다. 괴물 같은 수준으로 성장한 폐활량으로 인해 함성이 충격파를 일으켜 버린 것이다.

"공기가 상쾌해. 다양한 색이 뒤섞인 풍경도 좋고. 무한감옥의 풍경은 무척 지루했는데."

오랜만에 마주하는 현실 세계의 모습에 감동하는 루이샤. 하지만 언제까지고 감동에 빠져있을 수만은 없었다.

"이런, 들떠있을 때가 아니지. 우선은 마을로 돌아가자."

마을에는 아무런 미련도 없지만, 자신을 돌봐주신 촌장님께 작별 인사 정도는 해두고 싶었다.

그대로 돌아가려던 루이샤는 마을의 위치가 기억나지 않는다는 사실을 깨달았다. 그럴 만도 했다. 마지막으로 루이샤가 이곳을 방문한 것이 300년 전이다. 잊어버리는 것도 무리가 아니었다.

루이샤는 이 상황을 어떻게 해결할지 팔짱을 끼고 생각했다. 잠시 후, 고개를 한쪽으로 기울인 루이샤가 "아!" 하고 소리를 냈다.

"맞아! 높은 곳에서 찾으면 되잖아!"

명안을 떠올린 루이샤가 그대로 있는 힘껏 점프했다. 하지만 문제가 생겼다. 원래는 나무 꼭대기에 착지할 작정이었으나, 계산을 잘못해서 높은 하늘까지 뛰어오르고 말았다.

"으아, 으아아!"

루이샤는 아무것도 없는 공간에서 특훈을 해왔기 때문에 본인이 이만큼까지 높이 도약할 수 있을 줄은 미처 몰랐다. 하늘에 내던져진 루이샤는 서둘러 마력으로 자세를 바로잡은 뒤, 주변을 둘러보았다.

그러자 루이샤의 눈앞에 펼쳐진 것은······.

"굉장하다······."

초록색으로 뒤덮인 대지.

오른쪽 전방으로는 거대한 물웅덩이가 펼쳐져 있었다. 아마도 저곳은 바다일 것이다. 그리고 그 앞쪽으로 보이는 건물들이 바로 루이샤가 살았던 마을이다.

루이샤는 이 넓은 세계에 비하면 자신이 살던 마을은 티끌에 불과하다는 것을 느꼈다.

"······내가 두 사람을 구해낼 수 있을까."

앞으로 이 드넓은 세계에서 두 사람을 구해낼 방법을 찾아내야만 했다.

솔직히 불안했다. 기댈 수 있는 사람도 없거니와, 단서도 거의 없었다.

"그래도 해야만 해. 나보다 두 사람이 더 불안해하고 있을 테니까······!"

중력에 이끌려 바닥에 착지한 루이샤는 하늘에서 확인한 방향으로 달려 나갔다. 전에는 숲속으로 들어오는 데 한 시간이 걸렸지만, 특훈으로 바람처럼 달리게 된 루이샤는 똑같은 길을 고작 몇 분 만에 주파해 냈다.

"후우, 드디어 돌아왔구나."

300년 만에 자신이 태어난 마을을 방문한 루이샤는 감회에 빠진 채로 마을을 둘러보았다.

마을의 모습은 예전과 크게 달라진 점이 없었다. 현실 세계에서는 1년 정도밖에 지나지 않았으니 당연했지만.

"괜히 오래 머물면 소란스러워질 테니 몰래 다녀가야겠어."

1년이나 소식이 끊기면 보통은 죽었다고 생각하기 마련이다. 그랬던 인간이 갑자기 돌아온다면 마을 사람들은 혼란에 빠질 것이다. 차라리 죽었다고 생각하게 놔두는 편이 나았다.

그래서 루이샤는 마을 사람들에게 발각되지 않도록 몰래 자신의 집으로 향했다.

나무로 지어진 작은 집은 관리가 이뤄지지 않아 너덜너덜했지만 그래도 철거되지 않고 남아있었다. 루이샤는 무사히 남아있는 자신의 집을 보고 "다행이다" 하고 한숨을 내쉬었다.

"다녀왔습니다……."

300년 만에 귀가한 루이샤는 적당히 휴식을 취한 다음 집 안에서 도움이 될만한 물건들을 챙기기 시작했다. 지금 루이샤는 땡전 한 푼 없는 몸이다. 아무리 강해졌다지만 아무 준비도 없이 먼 길을 떠나자니 걱정이 되었다.

"흠……. 이거랑 이거. 아, 지도도 필요하겠다."

루이샤가 집어 든 물건은 싸구려 나이프와 랜턴, 그리고 지도와 약간의 돈이었다. 집을 구석구석 뒤져봤지만 쓸만한 물건은 이 정도가 다였다.

"이쯤 하고 움직일까. 실은 좀 더 느긋하게 쉬고 싶지만, 너무 오래 머물면 결심이 흔들릴 거야."

루이샤는 챙긴 물건들을 해진 자루에 담아 집을 나왔다. 그리고 그대로 집 뒤뜰에 있는 부모님의 묘지로 향했다.

"오랜만이에요……. 엄마, 아빠."

커다란 돌을 세워둔 것이 전부인 간소한 묘비였다. 누가 성묘를 다녀갔는지 묘비 앞에 꽃이 하나 놓여 있었다.

"누가 와줬던 걸까? 어느 분인지는 모르겠지만 고맙습니다."

루이샤는 꽃을 놓아준 누군가에게 감사하면서 묘지 앞에 무릎을 꿇고 합장했다.

"오랫동안 찾아뵙지 못해서 죄송해요. 사정이 좀 생겼거든요. 그리고 돌아오자마자 죄송하지만…… 저는 다시 집을 떠나야 해요."

루이샤의 아버지는 루이샤가 아직 철들기도 전에 죽고 말았다. 하지만 어머니에 대해서는 잘 기억하고 있었다. 여자의 몸으로 혼자서 루이샤를 키운 어머니. 그러나 몸에 무리가 가셨는지 젊은 나이에 병으로 세상을 떠나고 말았다.

그래서 루이샤는 가족을 잃는 고통을 잘 알고 있었다.

그러니…… 이번에는 자신의 힘으로 지켜낼 것이다. 그렇게 결심했다.

"다음에 올 때는 새로운 가족들을 소개할게요. 두 사람 모두 굉장히 좋은 사람이에요. 분명 아빠와 엄마도 마음에 드실 거예요."

셋이서 성묘를 오는 광경을 상상한 루이샤는 살짝 눈물이 맺히고 말았다. 서둘러 팔로 눈가를 닦는 루이샤. 부모님께 약한 모습을 보여드릴 수는 없었다.

"그럼…… 이만 갈게요."

그런데 바로 그때, 불현듯 뒤쪽에서 목소리가 들려왔다.

"너 혹시…… 루이샤인 게냐……?"

소리가 들려온 방향으로 고개를 돌리자 지팡이를 든 노인이 서 있었다.

루이샤는 이 인물을 알고 있었다. 1년 사이에 주름살이 더욱 늘기는 했지만 틀림없었다.

"초, 촌장님!"

이 노인은 이곳 케벡 마을의 촌장인 '가파드'였다. 부모님을 여읜 루이샤를 딱하게 여겨 돌봐주었던 은인이다.

1년 만에 재회한 촌장은 무척이나 늙어 보였다. 허리는 굽고, 주름은 늘어나고, 몸도 많이 말랐다.

"이렇게 봬서 기쁘네요. 느닷없이 모습을 감춰서 죄송해요."

갑작스러운 재회에 루이샤의 눈이 다시금 축축해졌다. 마음 같아서는 당장이라도 엉엉 울면서 위로받고 싶었다. 하지만 그럴 수는 없었다. 그랬다가는 마을을 떠나겠다는 결심이 무뎌지고 만다.

"지금까지 어디에 있다 왔느냐……."

걱정스러운 얼굴로 루이샤를 향해 다가오는 촌장.

아무래도 상당히 걱정을 끼친 모양이었다.

"설명하기 어렵네요. 그냥 일이 좀 있었어요……."

지금까지 있었던 일들을 낱낱이 설명해 주고 싶었지만, 이것도 안 될 일이었다.

솔직하게 설명한다고 해서 믿어줄 만한 이야기도 아니거니와, 믿으면 믿는 대로 죽은 줄 알았던 마왕과 용왕이 살아있다는 이야기를 퍼트리는 꼴이니, 괜한 사건에 휘말릴 가능성이 컸다.

테스타롯사는 말했다. 만약 두 왕이 살아있다는 사실이 알려진다면 왕을 부활시키기 위해 마족과 용족 간에 전쟁이 벌어질지도 모른다고. 그렇게 되면 인간과 수인들까지 끌어들이는 세계 규모의 전쟁으로 발전할 것이다.

루이샤도 테스타롯사도, 리오도 그런 사태는 바라지 않았다. 그러므로 이 문제는 혼자서 해결해 나가야만 했다.

"뭐, 무사했다면 그걸로 됐다. 따뜻한 음료라도 내줄 테니 우리 집으로 오거라."

루이샤의 사정을 알 턱이 없는 촌장이 상냥한 얼굴로 말했다.

루이샤의 불안한 마음에 그 상냥함이 스며들었다.

촌장의 제안에 따르고 싶었지만, 루이샤는 이를 악물고 참았다. 아쉽게도 촌장과 루이샤의 길은 엇갈리고 말았다. 루이샤의 미래에 이 마을에서 평화롭게 지내는 선택지는 없었다.

"……죄송해요, 촌장님. 저는 이만 가봐야 해서요."

"가다니? 어딜 간다는 게냐? 너 혼자서는 옆 마을에 가는 것조차 무리잖느냐."

촌장이 의아하다는 듯이 물었다.

옛날의 루이샤는 약골 그 자체였다. 촌장이 이런 반응을 보이는 것도 당연했다.

하지만 루이샤는 변했다.

"괜찮아요. 저, 강해졌거든요."

루이샤는 그렇게 말하며 오른손을 들어 올렸다. 그러고는 화르륵! 거대한 화염구를 만들어냈다. 화염구의 열기가 주변 일대를 뒤덮었고, 촌장의 얼굴에는 순식간에 땀방울이 맺혔다.

촌장이 "허엇……?!" 하고 눈을 휘둥그레 떴다. 촌장이 알던 루이샤는 작은 불꽃도 제대로 만들어내지 못했으니 무리도 아니었다.

실은 훨씬 더 엄청난 마법도 구사할 수 있었지만, 너무 놀라게 하면 촌장의 심장이 멈춰버릴지도 모르기에 이 정도 선에서 그치기로 했다.

촌장의 반응을 확인한 루이샤는 화염구를 제거한 뒤 놀란 촌장에게 말을 걸었다.

"걱정해 주셔서 고마워요. 하지만 가야만 하는 이유가 있어요. 그러니 저는 떠날 거예요. 지금까지 감사했습니다."

머리를 깊이 숙이는 루이샤. 그러자 촌장은 루이샤의 어깨를 부드럽게 붙잡아 고개를 들게 했다.

"무슨 일이 있었는지는 모르겠다만, 눈빛을 보니 네 결의가 얼마나 강한지는 알겠구나. 그 이유라는 건 네가 반드시 이뤄야만 하는 것인 게지? 그렇다면 말리지 않으마. 이 집은 내가 지키고 있을 테니 걱정하지 말고 다녀오거라."

"촌장님…… 고맙습니다."

울음보가 터질 뻔했지만, 간신히 참아낸 루이샤는 촌장의 곁을 지나쳐 걸어갔다. 촌장의 손에는 묘지에 놓인 꽃과 같은 꽃이 쥐어져 있었다. 묘지에 꽃을 두고 갔던 것은 촌장인 모양이었다. 루이샤는 그 사실을 깨닫고 마음속으로 다시 한번 감사를 표했다.

이윽고 루이샤에게 촌장의 마지막 잔소리가 날아왔다.

"마을을 나가면 조심하거라. 최근 흉포한 마물이 출몰한다더구나."

"……네, 고마워요."

그 대답을 끝으로 루이샤는 촌장의 곁을 떠나갔다.

"드디어 찾았네."

마을을 나서려던 순간, 불현듯 누군가가 루이샤에게 말을 걸었다.

익숙한 목소리였다. 그 목소리를 듣는 것만으로도 루이샤의 흑역사가 되살아났다.

가능하면 마주치고 싶지 않았지만 이렇게 된 이상 어쩔 수 없었다. 루이샤는 자신의 과거와 결판을 짓기 위해서 뒤로 돌아 목소리의 주인에게 대답했다.

"오랜만이야……. 엘레나."

맹금류처럼 날카로운 눈빛과 타오르는 듯한 붉은 머리카락. 잘못 봤을 리가 없다. 최악의 소꿉친구인 엘레나다.

엘레나는 전에 만났을 때보다 성장해 더욱 예뻐져 있었다. 하지만 성격은 여전히 괴팍해 보였다. 엘레나는 특유의 날카롭고도 위압적인 눈빛으로 루이샤를 노려보았다.

"1년이나 보이지 않아서 걱정했어, 루이샤. 하지만 이렇게 마을로 돌아왔다는 건 나하고 다시 친하게 지내겠다는 거지? 원래는 나를 배신한 벌로 흠씬 두들겨 때려줘야겠지만……. 나는 상냥하니까 특별히 용서해 줄게."

저 특유의 내려다보는 눈빛과 말투. 루이샤는 옛 기억이 떠올라서 살짝 현기증을 느꼈다.

지금 생각해 보면 황당할 정도로 불합리한 말이었다. 옛날에는 공포에 사로잡혀 깊게 생각해 본 적이 없었지만, 여유가 생긴 지금은 지적할 부분이 너무 많아서 웃음이 나올 지경이었다.

"여전하구나, 엘레나. 그만 철 좀 드는 게 어때? 우리는 평생 어린애로 살 수 없어."

"뭐, 뭐라고……?"

엘레나는 루이샤의 반격에 놀라 물고기처럼 입을 뻐끔거렸다.

루이샤가 거북한 표정을 지은 적은 여러 차례 있었지만, 대놓고 말대답한 것은 처음이었다. 엘레나는 충격을 받은 얼굴이었다.

루이샤는 엘레나의 우스꽝스러운 얼굴을 보고 자기도 모르게 "푸풋" 하고 웃었다.

"야, 약골인 루이샤 주제에 나한테 대들다니! 용서 못 해…⋯. 벌을 줘야겠어!"

격앙된 엘레나가 주먹을 움켜쥐며 루이샤에게 뛰어들었다. 예전의 루이샤는 범상치 않은 재능을 지닌 엘레나의 공격에 제대로 반응조차 할 수 없었다.

하지만 지금은 달랐다.

루이샤는 왼손을 앞으로 내밀어 엘레나의 주먹을 손바닥으로 척 받아냈다.

엘레나는 무의식적으로 주먹에 마력을 두르고 있었고, 그 위력은 바위에 금이 갈 정도였다. 하지만 기공술을 익힌 루이샤는 엘레나의 공격을 간단히 받아낼 정도로 강해져 있었다.

"이, 이럴 수가⋯⋯?! 어떻게 루이샤가 내 공격을 막아내는 거야?!"

"엘레나는 정말로 자신 이외에는 보질 않는구나. 다른 사람도 강해질 수 있다는 생각은 눈곱만큼도 하지 않아."

"시, 시끄러워! 시끄럽다고! 루이샤는 내 말에 고분고분 따르기만 하면 돼!"

흥분한 엘레나는 막무가내로 주먹을 휘둘러 공격해 왔다. 하지만 루이샤는 여유로운 표정으로 회피해 버렸다.

너무나도 단조롭고 직선적인 공격이었다. 이런 공격이라면 눈을 감고도 피할 수 있었다.

"말도 안 돼?! 어째서 공격이 맞질 않는 거야?!"

놀라는 엘레나.

엘레나는 루이샤가 예전 그대로라 생각할 테니 당연한 반응이었다. 하지만 루이샤는 예전과 달랐다. 육체는 물론이고, 정신적으로도 두 스승에게 단련을 받아 강해졌다.

예전에는 엘레나에게 바보 취급을 당하면 분해서 속이 타들어 갔다. 하지만 마음에 여유가 생긴 지금은 엘레나에게 동정심밖에 일지 않았다.

그래서 더는 복수할 마음도 들지 않았지만…… 예전의 자신과 결별하기 위해서라도 루이샤는 엘레나를 쓰러트려야만 했다.

엘레나의 공격을 회피하던 루이샤는 찰나의 빈틈을 노려 단숨에 접근했다. 그러고는 무방비한 턱을 향해서 발차기를 날렸다.

"기공술 공격식 3형태, 시라누이!"

그 발차기는 타오르는 화염과도 같으니. 용왕에게 직접 전수받은 고속 발차기가 엘레나의 턱 끝에 명중했다. 보이지 않는 속도로 턱을 걷어차인 엘레나의 머리가 순간적으로 흔들렸고, 결국 엘레나는 묵직한 뇌진탕을 일으키며 자리에 쓰러졌다.

"바, 방금 뭐가 어떻게……?! 야, 루이샤! 가만히 보고만 있지 말고 얼른 일으키란 말이야!"

바닥에 쓰러진 채로도 거만한 태도를 무너트리지 않는 엘레나. 하지만 그녀의 얼굴은 수치심과 분노로 빨갛게 물들어 있었다.

 그나저나 본인이 먼저 공격해 왔으면서 일으켜 달라니. 엘레나의 뻔뻔한 태도에 루이샤는 "하아" 하고 한숨을 내쉬었다.

 "잘 지내, 엘레나. 나는 이만 떠날 거야. 앞으로 다른 사람한테 민폐 끼치지 말고."

 루이샤는 바닥에 쓰러진 엘레나를 내버려 두고 마을을 뒤로 했다.

 한편 엘레나는 떠나가는 루이샤를 향해 팔을 뻗으면서 원망스럽게 중얼거렸다.

 "루이샤……. 반드시 너를 내 걸로 만들겠어……."

 하지만 엘레나의 원망 서린 목소리는 루이샤에게 닿지 않았다.

◇ ◇ ◇

 "어디 보자……. 이제부터 어떻게 해야 하지? 아, 그러고 보니 테스 누나한테 물어본 적이 있었지."

 마을을 나선 루이샤는 예전에 테스타롯사에게 했던 질문을 떠올렸다.

 "있잖아, 무한감옥에서 나가면 먼저 뭐부터 해야 할까?"

 "글쎄. 우선은 우리를 봉인한 용사에 대한 정보를 모아야겠지. 이 봉인술을 푸는 방법은 용사밖에 모를 테니까."

"그렇구나. 하지만 용사는 인간이잖아? 일찌감치 죽었을 것 같은데. 어떻게 조사할 방법이 없을까."

수백 년을 사는 마족이나 용족과 달리 인간족의 수명은 짧다. 용사가 아무리 괴물 같은 강함을 지녔다고 해도 이런 한계를 벗어날 수는 없을 것이다.

루이샤가 되묻자 테스타롯사는 잠시 생각한 뒤 이야기하기 시작했다.

"이건 어디까지나 추측인데, 인간들은 용사의 핏줄이 중간에 끊어지는 걸 아까워하지 않았을까. 오거의 직계 자손이나 친족들의 핏줄이 지금도 이어져 내려오고 있을 거라고 봐."

"과연! 그러면 먼저 용사의 자손을 찾아야겠네! 역시 테스 누나는 머리가 좋다니까!"

"엣헴! 내가 좀 똑똑한 편이지! 또 곤란한 일이 생기거든 리오가 아니라 이 누나한테 물어보렴!"

이런 느낌의 대화였다.

그러므로 루이샤는 용사 오거의 자손을 찾아 나서기로 했다. 하지만 용사의 자손이 어디에 있는지 변경의 시골에서 자라난 루이샤로서는 알 길이 없었다. 일단은 용사의 자손에 대한 정보를 찾자고 마음먹었다.

"그럼 결국…… 왕도로 가야겠군."

루이샤가 나고 자란 케벡 마을은 키탈리카 대륙이라 불리는 대륙의 동부에 있다. 그리고 이곳 일대를 통치하고 있는 것이 엑사도르 왕국이었다.

그리고 케벡 마을에서 마차로 3일 정도 떨어진 곳에는 왕국에서 가장 커다란 도시인 '왕도 엑사도리아'가 존재한다. 엑사도리아는 키탈리카 대륙에서도 1, 2위를 다투는 커다란 도시로, 국내외를 막론하고 수많은 사람이 모인다.

왕도로 간다면 분명 용사의 자손에 대한 정보를 얻을 수 있을 것이다. 그렇게 확신한 루이샤는 "좋아! 가자!" 하고 기합을 넣으며 달려 나갔다.

그리하여 소년, 루이샤 버디는 장대한 모험으로 이어지는 첫걸음을 뗀 것이었다.

"망했다. 길을 잃었어."

마을을 출발하고 한 시간 뒤, 루이샤는 미아가 되어 있었다.

"흐음. 저쪽이 북쪽이니까 이쪽이 동쪽이겠지……?"

지도를 이리저리 돌려가면서 자문해 보았지만, 답은 나올 기미가 없었다.

"으으, 지도가 낡아빠져서 알아볼 수가 없어. 촌장님한테 가는 방법을 물어볼 걸 그랬네. 아니, 애초에 길만 잘 따라가면 됐을 텐데."

달리기가 기분 좋은 나머지 멋대로 길에서 벗어나 버린 결과였다.

"이걸 어쩐담. 마을로 돌아가면 알 수 있겠지만 어느 쪽으로 왔는지도 잊어버렸어."

루이샤는 머리를 풀회전시켜 타개책을 모색했다. 한동안 그렇게 고민에 빠져있던 루이샤는 불현듯 "아!" 하고 소리쳤다. 좋은 생각이 떠오른 모양이었다.

"맞아, 마력탐지를 사용하면 되잖아! 왕도에는 사람들이 많으니까 마력 반응도 잔뜩 나타날 거야! 좋았어, 마력탐지 발동!"

자신의 감각 기관을 확장하는 이미지. 이것이 테스타롯사에게 배운 마력탐지의 요령이다.

마력탐지는 마족의 특기로, 인간족이 이 기술을 습득하기란 쉽지 않았다. 심지어 넓은 범위에 걸쳐서 마력탐지를 발동시킬 수 있는 인간은 극히 드물다고 테스타롯사는 말했다.

실제로 루이샤가 마력탐지를 사용할 수 있게 된 것은 수행을 시작하고 100년이 지난 뒤였다. 하지만 300년간 테스타롯사에게 수련받은 지금은 인류 역사상 최고 레벨에 달해 있었다.

그러니 분명 왕도도 찾아낼 수 있을 터. 루이샤는 "끄으응……" 하고 마력탐지를 개시했다.

곧 근처에서 몇 개의 반응을 느꼈지만, 기껏해야 수백 명에 불과한 규모였다. 아마도 작은 마을일 것이다. 왕도에는 훨씬 더 많은 사람이 있을 테니까.

루이샤는 포기하지 않고 계속해서 범위를 넓혀나갔다. 그러자 갑자기 터무니없이 많은 수의 마력 반응이 탐지되었다. 아까와는 전혀 다른 규모였다. 워낙 많아서 몇 명인지 가늠이 되지 않을 정도였다.

"사, 사람이 엄청나게 많아! 근방에 이만큼 북적이는 곳은 없으니 분명 여기가 왕도일 거야. 좋아, 어서 가자!"

루이샤는 기합을 넣고 앞으로 나아가……려고 했으나, 어째서인지 걸음을 뚝 멈추었다.

"……하지만 그 전에."

중얼거리며 고개를 돌린 루이샤는 울창한 숲속을 향해 말을 걸었다.

"밖으로 나와. 거기에 있는 건 알고 있어."

그리고 다음 순간, 숲속에서 거대한 그림자가 나무들을 베어 넘어트리며 모습을 드러냈다.

그림자의 정체는 바로 거대한 곰 형태의 마수였다. 까맣고 단단한 모피와 칼날처럼 날카롭고 커다란 발톱과 송곳니. 곰의 눈에는 핏발이 서 있었고, 입에서는 침이 뚝뚝 흘러내렸다.

이 마수의 이름은 킬러베어. 이름처럼 흉포하기로 유명한 마수였다.

토벌 난이도는 B랭크. 이 난이도의 토벌 의뢰를 해결하기 위해서는 베테랑 전사 여러 명이 힘을 합쳐야 했다. 즉, 루이샤 같은 일개 마을 사람은 몇백 명이 달려들어도 이기지 못할 상대였다.

"촌장님이 말했던 마수가 바로 너구나. 확실히 근처 다른 마수들과는 차원이 다르게 강한걸."

킬러베어의 신장은 5m 정도. 이 근방에 이만한 크기의 마수는 달리 없다. 아마도 먹잇감을 찾아서 방황하다가 이곳에 흘러든 것이리라.

"그르르르……!"

으르렁거리는 소리를 낸 킬러 베어는 상당히 배가 고팠는지 굵은 침방울을 떨어트리며 루이샤를 위협해 왔다.

하지만 루이샤로서도 순순히 잡아먹힐 수는 없는 노릇. 도망치는 것도 한 방법이지만 그랬다가는 이 마수가 고향인 케벡 마을을 습격할지도 모른다.

결국 이대로 내버려 두고 떠날 수 없었기에 루이샤는 지금 쓰러트리기로 했다.

"그라아아!"

킬러베어가 고막을 찢는 듯한 포효와 함께 발톱을 휘둘렀다.

킬러베어의 발톱은 나무도 간단히 박살 내는 위력을 지니고 있다. 인간이 저 발톱에 맞았다가는 곤죽이 되어버릴 것이다. 게다가 킬러베어의 공격은 일반인이 반응할 수 없을 정도로 빨라 피하기도 어렵다.

하지만 용왕 리오에게 기공술을 배운 루이샤의 신체 능력과 반응 속도는 마수조차 능가할 만큼 성장해 있었다.

루이샤는 발톱이 킬러베어가 발톱을 휘두르기도 전에 품속으로 파고든 다음, 주먹에 기를 모았다.

머릿속으로 거대한 운석을 떠올리며 그 이미지를 주먹에 싣고,

몸을 발사대로 삼았다. 오른팔을 뒤쪽으로 한껏 당긴 루이샤는 전신을 용수철처럼 움직여 주먹을 내질렀다.

"기공술 공격식 1형태…… 운철권!"

운석과도 같은 위력의 주먹이 킬러베어의 복부에 명중했다.

킬러베어가 발톱을 바닥에 박아 넣고 버티는 것처럼 보이기도 잠시. 곧 엄청난 기세로 날아가 버린 킬러베어는 커다란 바위와 격돌하며 주변에 커다란 굉음을 일으켰다.

킬러베어는 "그르르……" 하는 울음소리를 마지막으로 고개를 푹 떨구었다.

루이샤는 그 모습을 보고 안도했다. 이만큼 아픈 꼴을 봤으면 더는 이 근처를 어슬렁거리지 않을 것이다. 원래 마수는 인간을 경계해서 마을 근처로 잘 접근하지 않는 법이다.

"후우. 그래도 일격에 쓰러트렸네. 실전은 처음이라서 좀 긴장했는데……. 잘 풀려서 다행이야."

킬러베어의 공격은 확실히 빨랐다. 하지만 지금의 루이샤라면 이 정도 공격은 여유롭게 대처할 수 있었다. 용왕인 리오의 공격에 비하면 전혀 대단할 게 없었다.

"자! 기분을 다잡고 출발하자!"

아직 가본 적 없는 왕도에 기대를 품으며 루이샤는 여행을 재개했다.

마을에서 왕도까지는 마차로 3일 정도 떨어져 있다.

걸어서 가면 두 배는 넘게 걸리는 거리지만, 루이샤에게는 신체 능력을 늘려주는 기공술이 있다. 여차하면 육체 강화 마법도 사용할 수 있다. 다만 마법으로 신체 능력을 끌어올리면 몸에 무리가 간다. 다치거나, 근육통에 시달리는 등 부작용이 발생하는 것이다. 마력으로 근육을 혹사하는 셈이니 당연했다.

반대로 기공술은 육체 자체를 강화하는 방식이기에 아무런 문제가 없었다.

"기공보행술…… 비각!"

그렇게 외친 루이샤는 마치 바람과도 같은 속도로 질주하기 시작했다. 이는 하반신에 기를 집중해 다리의 근력을 폭발적으로 강화하는 기술로, 등에 날개라도 자라난 것처럼 몸을 가볍게 해주고, 속도를 상승시켜 주었다.

루이샤는 빨라진 다리로 대지를 단숨에 가로질렀다.

"굉장해! 세상이 등 뒤로 휙휙 지나가고 있어! 새하얀 무한감옥에서는 기공술을 사용해서 달려도 감흥이 없었는데, 밖에서 달리니까 이렇게나 기분이 좋구나!"

왕도를 향해 내달리는 루이샤의 눈앞으로 나무와 호수, 동물, 산, 형형색색의 자연들이 나타났다가 뒤로 사라져 갔다.

"신난다아아앗!"

고함을 지르면서 엄청난 속도로 질주하는 루이샤를 새와 동물들이 화들짝 놀라면서 배웅했다.

단련하기 전에는 잠깐 달리는 것만으로도 뻗어버리곤 했다. 그래서 달리기가 이토록 즐겁다는 사실을 알지 못했다. 루이샤는 시간이 흘러가는 것도 잊어버린 채 달리고, 뛰고, 구르기를 반복했다.

그리고 얼마 후. 루이샤는 날이 저물기도 전에 왕도 앞까지 도착해 버리고 말았다.

"허억, 허억. 나도 모르게 들떠서 정신없이 달렸네."

오늘 하루는 노숙할 작정이었지만 예정이 완전히 틀어져 버렸다. 지금 시각은 대략 오후 2시경. 아직 대낮이나 다름없는 시간대였다.

그러나 일찍 도착해 버린 이상 되돌아갈 수도 없는 노릇. 예정보다 이르기는 하지만 왕도에 들어가기로 했다.

결정을 내린 루이샤는 왕도를 빙 둘러싸고 있는 성벽 한쪽에 있는 유달리 커다란 문으로 향했다. 아마도 저곳이 입구일 것이다.

"오, 사람이 잔뜩 있네. 역시 저기가 입구인가 보다."

길을 따라서 문으로 다가가자 열 명쯤 되는 사람들이 줄을 서고 있었다.

가죽 갑옷을 입고 허리에는 검을 찬 모험가부터 마차에 짐을 가득 실은 상인까지 각양각색의 사람들이 늘어서 있었다.

그리고 은색의 갑옷을 입은 자들이 그들을 상대하고 있었다. 자세히 보니 갑옷 흉부에 엑사도르 왕국의 엠블렘이 새겨져 있었다. 왕도의 문지기인 듯했다.

"다음, 들어와라!"

창을 움켜쥔 중년의 남성 문지기가 서 있는 사람들에게 외쳤다. 루이샤는 어떤 검사가 행해지는 것일까 하고 앞쪽을 관찰하면서 맨 뒷줄에 섰다. 문지기들의 심사는 순조롭게 진행되었고, 그만큼 행렬도 빠른 속도로 줄어들었다. 조금만 기다리면 루이샤의 차례가 올 듯했다.

얼른 왕도로 들어가서 조사를 진행하고 싶네, 하고 느긋한 마음으로 기다리는 루이샤. 하지만 문지기의 다음 한마디에 상황이 바뀌고 말았다.

"입국 증명서를 제출하도록."

문지기가 그렇게 말하자 모험가로 보이는 인물이 품속에서 종이 한 장을 꺼내 문지기에게 건넸다. 종이를 꼼꼼히 확인한 문지기는 "좋아, 지나가라!" 하고 그를 통과시킨 뒤, 다음 사람을 불렀다.

그 광경을 목격한 루이샤는 초조함에 사로잡혔다.

"……어라? 혹시 왕도로 들어가려면 저 종이가 필요한 거야? 저, 전혀 몰랐어! 테스 누나한테 아무 말도 못 들었는데!"

테스타롯사가 봉인되기 전에는 입국 증명서 제도가 없었기에 모를 수밖에 없었다. 게다가 이런 사실이 지금의 상황을 무마해 주지도 않았다.

"어, 어어, 어쩌지?"

갑작스럽게 찾아온 비상사태에 루이샤는 몸을 떨었다. 머리를 필사적으로 돌려 타개책을 생각해 봤지만, 아무것도 떠오르지 않았다.

"다음!"

그리고 무정하게도 루이샤가 어쨌든 사람들의 행렬은 앞으로 척척 나아갔다.

만약 입국 증명서가 없다는 사실을 들키면 어떻게 될까? 자칫하면 체포당할지도 몰랐다.

최악의 사태를 상상해 버린 루이샤의 등줄기에 식은땀이 흘렀다.

"이렇게 된 이상 다른 사람의 입국 증명서를 훔쳐서……. 아니야, 안 돼. 그건 몹쓸 짓이야."

한순간 나쁜 생각을 떠올린 루이샤는 허둥지둥 마음을 고쳐먹었다. 이 나이에 범죄자가 되었다가는 돌아가신 부모님을 뵐 낯이 없다.

"다음!"

"앗, 네. 갈게요!"

그러는 사이에 결국 루이샤의 차례가 돌아오고야 말았다.

"어, 어쩌지. 아직 방법을 못 찾았는데……."

심장을 콩닥거리며 문지기 앞으로 다가가자, 어째서인지 문지기가 "응?" 하고 루이샤를 빤히 쳐다보기 시작했다.

문지기의 영문 모를 행동에 '뭔가 잘못이라도 저질렀나?' 하고 긴장하는 루이샤. 그러자 문지기는 한동안 루이샤를 관찰하더니 입을 열었다.

"이런! 꼬마야, 너 혹시 마법 학교 입학 희망자 아니냐?!"

"⋯⋯네?"

마법 학교라는 낯선 단어에 당황한 루이샤는 머리 위에 물음표를 띄웠다.

"저, 마법 학교라니 무슨⋯⋯."

"이런 데 뭘 하고 있어?! 이제 곧 시험이 시작된단 말이다! 얼른 들어가라! 지금이라면 늦지는 않았을 거다!"

문지기는 그렇게 외치더니 여전히 상황 파악이 안 된 루이샤를 안쪽으로 떠밀었다.

"엑?! 들어가도 되는 건가요?!"

"물론이지! 얼른 시험장으로 가라! 시험장은 들어가서 똑바로 나아가면 있어!"

"아으아!"

루이샤는 무슨 일이 일어난 건지도 모른 채 문을 지나쳐 왕도로 진입하게 되었다.

"힘내라 꼬마야! 합격하길 기원하마!"

문지기는 씨익 웃으며 루이샤를 향해 엄지를 치켜세웠다.

뭐가 어떻게 된 것인지는 불명이지만, 어쨌든 루이샤는 무사히(?) 왕도 안으로 들어올 수 있었다.

"괴, 굉장해……! 세상에는 사람이 이렇게나 많구나……!"

왕도에 들어선 루이샤의 눈에 가장 먼저 비친 것은 수많은 사람이었다. 미처 세지도 못할 정도로 많은 사람이 이곳에서 생활하고 있었다.

"말로는 들었지만, 상상 이상인걸. 너무 많아서 현기증이 날 정도야."

루이샤는 많은 인파에 어지러움을 느끼며 주변을 둘러보았다.

루이샤가 통과한 정문 앞쪽에는 광장이 자리 잡고 있었다. 이곳 광장에서 세 방향으로 커다란 길이 뻗어나가는 것이 보였다. 근처에 세워진 간판을 보니 각각 거주구, 상업지구, 그리고 학원지구로 이어져 있는 듯했다.

아마도 이 학원지구라고 쓰인 길을 따라가면 문지기가 언급한 마법 학교가 있을 것이다. 그리고 문지기의 말이 사실이라면 오늘은 학교의 입학식이 행해지는 날일 터였다.

"학교라. 동경은 있지만, 나랑은 인연이 없는 곳이겠지."

루이샤는 친구들과 함께 놀고, 다양한 지식을 배우는 자신의 모습을 상상했다. 무척 즐거운 나날들일 것이다.

하지만 루이샤에게는 우선해야 할 일이 있었다. 루이샤는 두근거리는 마음을 꾹 억눌렀다.

"어디 보자. 맞아, 먼저 정보를 모아야지. 가장 쉬운 방법은 주점에 들르는 거겠지?"

주점에서 주정뱅이에게 귀중한 정보를 듣는 것. 모험담에서 곧잘 등장하는 장면이다. 나쁘지 않은 방법이기는 했지만, 아직 소년에 불과한 루이샤가 주점에 들어가면 분명 눈총을 받을 것이다. 주점 주인에게 강아지처럼 들려 내쫓기는 모습을 상상한 루이샤는 다른 방법을 택하기로 했다.

"그러면…… 모험가 길드로 가야 하나…….."

모험가 길드는 이름 그대로 모험가들이 소속된 조직이었다. 길드를 방문하면 세상 곳곳을 돌아다니는 모험가들을 만나 다양한 이야기를 들을 수 있을 것이다.

아예 모험가 길드에 가입하는 것도 한 방법일지 몰랐다. 모험가가 되면 다른 나라에 입국하기도 쉬워질 테고, 돈도 벌 수 있다. 그야말로 일석이조였다.

여기까지 생각한 루이샤는 "좋아! 모험가가 되자!"라고 소리치며 모험가로 전직하기로 마음을 먹었다.

사실 예전부터 루이샤는 모험가에 강한 동경심을 품고 있었다. 학교에 들어가지 못하게 된 것은 아쉽지만 모험가가 될 수만 있다면 기꺼이 체념할 수 있었다.

다음 목적지를 모험가 길드로 정한 루이샤는 모험가 길드가 위치한 상업지구 쪽으로 몸을 돌렸다. 그리고 모험가가 되기 위한 첫걸음을 내디디려던 찰나…… 불현듯 뒤쪽에서 누군가가 루이샤의 팔을 붙잡았다.

루이샤는 화들짝 놀라서 뒤를 돌아보았다. 루이샤의 팔을 붙잡은 것은 펑퍼짐한 체구의 낯선 아주머니였다. 루이샤의 얼굴을 들여다본 아주머니는 일면식도 없는 사이라고는 생각하기 힘든 친근한 태도로 말을 걸어왔다.

"꼬마야, 길을 잃은 거니?! 마법 학교는 저쪽이란다! 아직 늦지 않았으니까 어서 가렴!"

"어어, 네?"

당황을 금치 못하는 루이샤. 보아하니 아주머니도 문지기처럼 루이샤를 수험생이라 착각한 모양이었다.

"아, 아뇨. 저는 딱히……."

"떨어질까 봐 무서운 마음은 이해하지만, 그래도 도망치면 안 돼! 자! 아주머니가 같이 가줄 테니까 정신 바짝 차리렴!"

"잠깐만요, 아주머…… 우왓, 힘이 엄청 세!"

루이샤도 저항을 시도하기는 했지만 이럴 때의 중년 여성은 강하다. 아주머니는 루이샤를 질질 끌고 학원지구로 이어지는 길에 들어섰다.

"아아……. 앞으로 어떻게 되는 걸까……."

결국 저항하기를 포기한 루이샤는 끌려가면서 나지막이 중얼 거렸다…….

왕립 프로이 대마법학교.

그것이 이 마법 학교의 정식 명칭이었다.

드넓은 왕도의 2할에 달하는 면적을 차지하며 지어진 이 학교는 이미 작은 나라라 불러도 손색이 없을 정도였다. 재학 중인 학생의 수도 천 명을 웃돌았다. 이 대륙에서도 손에 꼽는 학생 수였다.

왕국이 이토록 이 학교에 공을 들이는 이유는 군사 국가인 제국을 경계하고 있기 때문이었다.

왕국과 제국은 오래전부터 사이가 좋지 못했다. 두 나라는 곧잘 작은 분쟁을 일으켰고, 역사적으로 영지를 빼앗고 빼앗기는 일이 반복되었다.

그래도 오랜 세월 동안 큰 전쟁 없이 서로를 잘 견제해 오기는 했지만, 아주머니의 말에 따르면 얼마 전부터 그 균형이 무너지기 시작했다는 모양이다. 그것도 왕국에 불리한 방향으로.

그래서 엑사도르 왕국의 국왕은 이러한 상황에 대비하고자 우수한 재능을 지닌 아이들을 모집해 육성하는 학교를 설립했다고 한다. 물론 높은 성적을 낸 학생은 졸업과 동시에 왕국에서 고용하기로 되어 있다.

왕국은 뛰어난 학생을 모으기 위해서 우수한 성적을 기록한 학생에게 학비와 생활비를 지원해 주고 있다는 모양이다. 그 때문에 국내외 다양한 지역에서 수많은 입학 희망자들이 쇄도하고 있으며, 이들을 걸러내기 위해 엄격한 시험이 행해진다고 한다.

여기까지가 아주머니에게 질질 끌려가며 들은 이야기였다.

"자! 도착했구나! 여기가 시험장이란다!"

루이샤가 도착한 곳은 사람들이 잔뜩 모여있는 광장이었다. 광장에 있는 사람들 대부분이 루이샤 또래의 소년 소녀들이었다. 다들 수험생인지 눈에는 핏발이 서 있었다. 이 시험에 대한 태도를 엿볼 수 있는 대목이었다.

한편, 시험을 앞두고 기가 죽었다고 생각한 것일까. 아주머니는 난감해하는 루이샤에게 밝은 목소리로 말했다.

"멍하니 있지 말고 얼른 시험 접수부터 하렴! 힘내거라!"

짝! 아주머니가 루이샤의 등을 때렸다. 결국 루이샤는 "우와왓!" 하고 외치며 반강제로 시험장에 발을 들여야만 했다. 뒤를 돌아보니 아주머니가 빙그레 웃으며 손을 흔들고 있었다. 이제는 착각이라고 말하기도 어려운 분위기였다.

"……하아. 여기까지 온 이상 어쩔 수 없지. 왕도에 들어온 것도 마법 학교 덕분이었으니, 이것도 일종의 인연이라 생각하고 하는 데까지는 해보자."

쓴맛을 다시며 접수대로 향한 루이샤는 이름을 써 등록을 마쳤다.

많은 사람이 시험을 치르게 하기 위함인지 절차가 복잡하지는 않았다. 10세부터 16세에 해당하는 나이라면 국적, 종족을 불문하고 시험을 치를 수 있었으며, 수험료도 받지 않았다. 입국 증명서도 굳이 확인하지 않았기에 루이샤는 안도했다.

루이샤가 등록을 끝내자, 접수를 담당하는 교직원임 직한 인물이 번호가 새겨진 명패를 건넸다.

"네 번호는 39번이다. 그건 그렇고 아슬아슬했구나. 이제 곧 접수를 마칠 예정이거든. 늦잠이라도 잔 건가?"

"하하하……. 그렇게 됐어요."

"제때 맞춰 도착했으니 다행이다만, 다음부터는 조심하거라. 그러면 우선 마법 적성 시험을 치러야 하니 저쪽 회장으로 이동하도록."

접수원의 말에 루이샤는 접수대 근처에 있는 마법 적성 시험장으로 향했다.

회장에서는 수험생들이 마법을 발동시켜 멀리 떨어진 동그란 과녁을 맞히고 있었다. 과녁은 마법으로 공중에 떠 있었는데, 가만히 정지한 과녁이 있는가 하면 이리저리 움직이는 과녁도 있었다.

루이샤가 시험장에 들어서자 담당 시험관으로 보이는 인물이 말을 걸어왔다.

"흠, 새로운 수험생인가. 보다시피 이곳에서는 마법으로 과녁을 맞히는 시험이 치러지고 있다. 네가 마법을 얼마나 잘 다루는지 확인하기 위함이지. 마법은 뭘 사용하든 자유다. 제한 시간 내에 최대한 많은 과녁을 파괴하면 돼."

30m쯤 떨어진 장소에 열 개의 과녁이 준비되어 있었다.

수험생 아이들은 과녁을 부수기 위해 필사적으로 화염구나 바람의 칼날을 발사했지만, 대부분은 흐느적거리다가 과녁에 닿기 전에 소멸하거나 바닥에 추락하곤 했다. 루이샤가 지켜본 바에 따르면 과녁을 하나라도 부순 학생은 매우 드물었다.

"아깝네. 다들 나보다 훨씬 커다란 재능을 가졌는데. 마법을 만들어내는 방법을 전혀 모르고 있어."

같은 랭크의 마법일지라도 사용자의 기량에 따라 위력은 천차만별로 달라진다. 마왕 테스타롯사에게 기초부터 착실히 교육받은 루이샤의 마법에 비하면 학생들의 마법은 겉모습만 그럴듯할 뿐 내용물이 부실했다. 좋은 스승을 만나지 못했기 때문일 것이다.

그런 생각을 하는 사이 시험관이 루이샤의 이름을 불렀다.

"다음! 루이샤 버디!"

"아, 네!"

호명된 루이샤는 지정된 위치로 이동했다. 이를 확인한 시험관은 마법으로 과녁을 띄워 불규칙적으로 움직이기 시작했다.

이미 시험을 마친 수험생과 차례를 기다리는 수험생들이 루이샤가 마법을 사용하는 모습을 관찰했다. 하지만 크게 흥미가 있어 보이지는 않았다. 너덜너덜한 옷차림의 루이샤는 마을에 사는 평범한 소년 그 자체였다. 얕보이는 것도 무리가 아니었다.

솔직히 말해서 루이샤는 적당히 힘을 빼고 시험을 치르려 했었다. 그런데 막상 이 자리에 서서 다른 학생들의 시선을 받고 나니 마음이 변했다. 여기서 얕보이면 스승인 두 사람의 얼굴에 먹칠하는 짓이라는 생각이 들었다.

루이샤도 바보는 아니다. 자신의 실력이 같은 또래의 수준을 크게 웃돌고 있다는 것 정도는 눈치채고 있었다. 그 사실을 알고도 실력을 보여주기로 마음먹은 것이다.

두 스승의 제자로서 마땅히 그래야 한다고 루이샤는 생각했다.

"하아아앗! 폴 파이어!"

앞으로 내민 루이샤의 두 손에서 직경 6m에 달하는 거대한 화염구가 나타났다. 이윽고 지면을 콰과과과! 하고 도려내며 날아간 화염구가 과녁에 작렬해 거대한 폭발을 일으켰다. 폭발과 함께 발생한 무지막지한 충격파에 시험장 전체가 크게 흔들렸고, 학생들은 지진인가 하며 혼란에 빠졌다. 한편, 옆에서 루이샤를 지켜보고 있던 학생들은 세상을 뒤덮은 빛과 굉음에 넋이 나가버렸다. 개중에는 기절하는 자들까지 나왔다.

운 좋게 의식을 잃지 않았던 학생들도 대부분은 루이샤의 마법을 목격하고 다리에서 힘이 풀려 버리고 말았다.

"으아아…… . 대체 뭐지, 방금 그 마법은……?!"

"저걸 봐! 연기가 걷혔어!"

한 학생이 소리친 대로 피어오르던 연기가 잦아들며 내부의 모습이 드러났다. 루이샤의 화염구가 폭발한 지점에는 커다란 크레이터가 만들어져 있었다. 마치 운석이라도 떨어진 듯한 광경이었다. 심지어 구덩이는 아직 빨갛게 달아오른 상태였다. 그 위력을 상상한 학생들은 등줄기가 오싹해지는 것을 느꼈다.

"……음, 나쁘지 않은걸!"

자신의 마법에 만족한 루이샤는 "좋았어!" 하고 팔에 힘을 주었다. 살짝 과했나 싶기도 하지만, 이 정도라면 고득점은 확실할 것이다.

"어땠나요, 시험관 아저씨?"

루이샤가 시험관에게로 고개를 돌리며 물었다. 하지만 시험관은 대답하지 않았다. 왜냐하면…….

"시험관 아저씨? 듣고 계세요? ……어라?"

"………….."

시험관도 눈을 까뒤집고 기절해 버렸기 때문이었다.

[미래의 어느 인터뷰]

"그러면 인터뷰를 시작하도록 하겠습니다. 레거스 선생님, 우선 '그'와의 첫 만남을 이야기해 주실 수 있겠습니까?"

"예, 좋습니다. 아직도 잊을 수가 없군요. 마법 학교 입학시험 날이었지요. 그는 시험이 끝물에 접어들었을 무렵에 홀연히 나타 났습니다. 겉모습은 평범한 소년이었어요. 평범하다 못해 연약해 보일 정도였죠."

"그거 놀랍군요. 그러면 그가 범상치 않은 인물임을 처음으로 인식하신 것은 언제인가요?"

"바로 그 직후이었습니다. 당시에 저는 마법 적성 시험을 담당하고 있었는데, 놀랍게도 그는 시험장에서 초위마법을 구사하더 군요! 믿어지십니까?!"

"초, 초위마법?! 온 나라를 찾아도 쓸 수 있는 사람이 고작 한두 명밖에 없다는 그 초위마법을 어린애가 사용했다는 건가요? 도무지 믿을 수가 없군요!"

"제 말이 그 말입니다. 선생인 저조차 두 단계 아래인 중위 마법밖에 사용하지 못하는데 말이죠. 교사 체면이 말이 아닙니다. 핫핫하."

"인터뷰 시작부터 흥미로운 이야기를 들었군요. 역시 전설의 학생이네요. 입학시험부터 일화를 남기다니. 그래서 그 뒤로 어떻게 되었습니까?"

"……."

"레거스 선생님?"

"……저도 모릅니다."

"어, 어째서죠?!"

"……놀라서 기절해 버렸거든요."

"……그러면 이것으로 인터뷰를 마칩니다."

"시, 시험관 아저씨! 괜찮으세요?!"

루이샤가 레거스 시험관에게로 달려가며 외쳤다. 하지만 그는 초위마법 '폴 파이어'의 충격파와 폭발음에 놀라 완전히 기절해 버린 상태였다.

몸을 흔들고 큰 소리로 불러도 봤지만, 전혀 정신을 차릴 기미가 없었다. 어떻게 해야 하나 난감해하던 루이샤는 근처에 있던 다른 시험관에게 말을 걸었다.

"저, 저기……. 담당 시험관께서 기절해 버리셨는데, 혹시 실격으로 처리될까요……?"

"헉! 나 말이냐?!"

루이샤에게 지목받은 시험관은 당황해서 허둥거렸다. 방금 마법은 베테랑으로 구성된 마법 학교의 교사 중에서도 사용할 줄아는 인물이 없었다. 그런 마법을 사용하는 인물을 눈앞에 두고달아나지 않은 것만으로도 칭찬해 줄 만했다.

"어, 그게, 그러니까……. 아마도 실격은 아니지 않을까? 이, 일단은 다음 시험을 받도록 하렴. 기절한 이 녀석은 우리가 돌볼테니까!"

시험관의 말에 루이샤의 표정이 확 밝아졌다.

"고맙습니다. 깨어나면 놀라게 해서 죄송하다고 전해 주세요."

그렇게 말하고 고개를 꾸벅 숙인 루이샤는 다음 시험장으로 향했다.

잠시 후, 시험관은 떠나가는 루이샤의 뒷모습을 쳐다보며 중얼거렸다.

"오, 올해 신입생 중에는 위험한 녀석들이 많군……."

이어진 입학시험에서도 루이샤는 차례차례 경이로운 성적을 기록했다.

완력을 측정하는 마도구를 주먹으로 때려서 산산조각 내버리는가 하면, 마력량을 측정해 주는 마도구를 폭발시키고, 시험관도 여럿 기절시켰다.

필기시험도 마찬가지였다. 근래 역사는 아는 게 별로 없었지만, 그 이전의 역사에 관해서는 어렵지 않게 답을 적어 낼 수 있었다. 테스타롯사에게 배운 덕분이었다.

필기시험 중에서도 특히나 주변을 술렁이게 한 것은 마법학 시험이었다. 시험관들이 듣도 보도 못한 이론을 루이샤는 술술 늘어놓았고, 시험장은 대혼란에 빠졌다. 시험관들은 루이샤가 설명한 이론이 옳은지 검증하는 작업에 몰두해야 했다.

하지만 이 짧은 시간에 마법 이론을 증명하기란 도저히 무리였다. 결국 시험 결과는 보류되었지만, 담당 시험관은 루이샤를 반드시 입학시켜야 한다고 학교 측에 탄원서를 제출했다.

그렇게 시험을 치르는 사이, 시험관들뿐만 아니라 수험생들 사이에서도 "엄청난 수험생이 있다"라는 소문이 자자해진 상태였다.

"어, 어째 시선이 느껴지네……."

주변에서 쏟아지는 시선에 전신의 털이 빳빳하게 솟았다. 루이샤는 너무 나댔나 하고 후회했지만, 정작 다른 학생들은 경이로운 실력을 지닌 루이샤를 향해 선망의 눈빛을 보내고 있었다.

하지만 루이샤가 워낙 강하다 보니 수험생들은 말을 붙일 용기를 내지 못했다.

"야, 뭐라고 말 좀 걸어봐……."

"그러는 너야말로……."

이런 식으로 수험생들은 서로에게 떠넘기느라 바빴다.

그러는 사이, 수험생 하나가 루이샤에게 다가와 산뜻한 목소리로 말을 건넸다.

"반가워. 잠시 이야기를 나눌 수 있을까?"

"네? 저 말인가요?"

"그래, 맞아."

루이샤에게 말을 건 것은 화려한 금발을 지닌 미청년이었다.

아름다운 녹색의 눈동자와 뚜렷한 이목구비. 꽃미남의 대명사 같은 사람이구나, 하고 루이샤는 생각했다.

"아, 안녕하세요. 루이샤라고 합니다. 잘 부탁드릴게요."

"후후, 정중한 인사 고마워. 내 이름은 유리. 잘 부탁해."

인사를 건넨 유리는 자연스러운 동작으로 손을 내밀어 루이샤와 악수했다.

이런 상황에 익숙하지 않은 루이샤는 다소 쑥스러움을 느꼈다.

"너무 격식을 차릴 필요 없어. 너나 나나 수험생이잖아."

"하, 하긴 그렇네요! 저 그런데…… 유리 씨는 저한테 무슨 용건이신가요?"

"편하게 말 놓아도 돼, 루이샤. 나도 그게 더 편하고."

"아, 응……. 그럼 유리라고 부를게."

"그래. 그거면 돼."

유리는 만족한 듯 고개를 끄덕이더니, 곱상한 얼굴로 미소를 지어 보였다. 같은 남자인 루이샤조차 살짝 두근거렸을 정도의 파괴력. 이 미소가 여자아이한테 향한다면 순식간에 함락당하고 말 것이라고 루이샤는 생각했다.

"참, 무슨 용건이냐고 물었지? 이유는 간단해. 입학시험에서 압도적인 결과를 기록한 무명의 수험생. 굳이 내가 아니더라도 관심이 생길 수밖에 없지 않겠어?"

"아……."

역시 좀 지나쳤다. 루이샤는 반성했다.

중간부터는 신이 나서 그만 진심으로 임하고 말았다. 눈에 띄는 행동은 피하자고 다짐했건만, 주변 사람들이 놀라는 것이 즐거운 나머지 자기도 모르게 실력을 발휘해 버렸다.

"올해의 최우수 성적 입학생은 그 여자라고 생각했는데. 설마 너 같은 다크호스가 있었을 줄이야."

"그 여자? 수험생 중에 그렇게나 대단한 사람이 있어?"

"몰랐어? 지금 나라 전체가 그 화제로 떠들썩해."

유리가 놀랐다는 듯이 루이샤에게 되물었다. 누군지는 몰라도 상당한 유명인인 모양이었다.

"헤헤, 실은 이곳에 도착한 지 얼마 안 돼서……. 아니, 왕도에 오는 것 자체가 처음이라서 그런 이야기는 잘 몰라."

루이샤가 쑥스러워하며 사실을 털어놓자, 유리는 생각에 잠긴 듯 중얼거렸다.

"(이제 막 왕도에 도착했다고? 과연, 그래서 내가 포착하지 못했던 건가. 하지만 어째서 굳이 학교에? 힘도 숨기지 않고. 나쁜 인물 같아 보이지는 않지만, 일단 경계해야겠군…….)"

"유리? 왜 그래?"

대화 도중에 혼자만의 세계로 빠져버린 유리를 걱정해 주는 루이샤.

"미, 미안. 혼잣말이니 신경 쓰지 않아도 돼. 어쨌든, 그 여자에 대해서 알고 싶은 거지?"

"응. 대체 어떤 인물이길래? 그렇게나 강해?"

루이샤가 흥미진진한 얼굴로 물었다. 소문대로 강하다면 한번 붙어보고 싶다는 생각이 들었다. 루이샤는 싸움을 싫어했지만, 합의로 이루어지는 대련은 별개였다. 수행의 성과를 발휘할 기회가 생길지도 모른다고 생각하니 기대감이 부풀어 올랐다.

"강하다는 말도 부족할 정도야. 어른들조차 상대가 안 되니까."

"오오! 굉장한걸! 어떻게 그렇게 강하대?"

"후후, 듣고서 놀라지 마. 사실 그 여자는 말이지…… 전설의 용사 오거의 후손이야."

그 말을 들은 순간, 루이샤는 시간이라도 멈춘 것처럼 굳어져 버렸다.

"용사의 후손이…… 이곳에……?!"

루이샤는 놀라움과 함께 마음속에서 어두운 감정이 피어오르는 것을 느꼈다. 증오, 그리고 분노. 루이샤가 웬만하면 품지 않는 감정이 전신을 소용돌이치며 냉정함을 앗아갔다.

하지만 루이샤가 이런 반응을 보이는 건 당연한 일이었다. 용사는 루이샤가 아끼는 두 사람을 봉인한 장본인이다. 자손에게 그 책임을 따질 생각은 없지만, 그래도 어두운 감정이 샘솟는 것을 막을 수는 없었다.

루이샤는 "후우, 하아" 하고 심호흡을 반복해 자신의 감정을 필사적으로 가라앉혔다. 그리고는 냉정함을 가장하며 유리에게 물었다.

"용사의 자손은 어떤 사람이야……?"

"응? 그렇게나 신경 쓰여? 하긴, 무리도 아니지. 남자로 태어난 이상, 한 번쯤은 전설의 용사 오거를 동경해 보기 마련이니까."

"그건 그렇지……."

실제로, 루이샤도 한때는 용사에게 동경심을 품었던 소년 중 하나였다. 힘에 대한 열망이 강했던 만큼 루이샤의 동경심은 다른 아이들보다도 강한 축에 속했다.

하지만 지금은 달랐다.

어떤 이유가 있었는지는 모르지만, 용사는 마왕과 용왕을 토벌해 두 사람을 무한감옥에 가둔 장본인이다.

인간족들 사이에서 전해져 내려오는 이야기에 따르면 마왕과 용왕은 악의 화신이나 다름없는 존재지만, 정작 두 사람은 악의 화신은커녕 무척이나 상냥한 이들이었다.

이는 용사에게 동경심을 품고 있던 소년을 돌아서게 만들기에 충분한 사실이었다.

"그 용사의 후손은 어디로 가면 만날 수 있어?"

"후후, 어지간히도 신경이 쓰이는 모양이네. 서두를 필요 없어. 어차피 저쪽에서 먼저 너를 만나러 올 테니까. 이번 용사님은 말괄량이거든."

"말괄량이?"

루이샤는 '용사'와 '말괄량이'라는 단어가 좀처럼 연결이 되질 않았다. 전설의 용사 오거는 온화하고 고결한 성격을 지닌 인물로 알려져 있다.

루이샤는 용사의 자손에 대해 좀 더 캐물어 보려고 했으나, 마침 유리가 누군가를 발견하고는 입을 열었다.

"오! 저기 봐, 호랑이도 제 말 하면 온다더니."

유리는 그렇게 말하며 루이샤의 등 뒤를 가리켰다.

뒤를 돌아본 루이샤는 이쪽을 향해 달려오는 한 인물을 발견했다. 핑크색의 풍성한 머리카락이 인상적인 미소녀였다.

곱상한 이목구비에 앵두처럼 반들거리는 입술. 키는 루이샤보다 조금 작지만, 허리의 굴곡이나 볼록한 가슴을 보면 스타일은 좋은 편이었다. 다만, 얼굴에는 아직 앳된 모습이 남아있었다. 루이샤와 비슷한 나이인 듯 보였다. 전반적으로 아주 예쁘고 귀여운 소녀였지만 눈매는 굉장히 날카로웠다. 루이샤는 무심코 최악의 소꿉친구와 이 소녀를 겹쳐 보고 말았다.

"설마 저 애가 네가 말한 그 사람이야?"

"맞아. 지금 왕도 최고의 화제인 '용사의 후손'이야."

엄청난 속도로 달려온 소녀는 루이샤 앞에서 끼기익! 하고 급브레이크를 밟으며 멈춰 섰다. 그러고는 고압적인 태도로 루이샤를 뚫어지게 쳐다보기 시작했다. 소녀는 언짢은 표정을 하고 있었지만, 늠름하고도 귀여운 생김새의 소녀가 자신을 빤히 쳐다보니 루이샤는 괜히 부끄러워지고 말았다.

"제, 제 얼굴에 뭐라도 묻었나요?"

"흐음……. 네가 바로 소문의 수험생이야? 듣던 것보다 약해 보이네. 실망이야."

"뭣……!"

다짜고짜 날아온 소녀의 무례한 언동에 루이샤는 울컥했다.

루이샤가 뭐라고 되받아치려던 순간, 유리가 루이샤를 제지하며 대신 대답했다.

"처음 만나는 사람한테 그렇게 말하면 쓰나, 유델리아."

"응? 어라, 유리잖아. 네가 왜 이 녀석하고 같이 있는 거야."

어떤 관계인지는 불명이지만 유리와 이 분홍색 머리의 용사 후예는 서로 아는 사이인 모양이었다. 괜히 입을 열어봤자 상황만 더 꼬일 거 같아 루이샤는 화를 억누르고 묵묵히 지켜보기로 했다.

"후후, 가차 없구나. 그보다 상당히 화난 것처럼 보이는데, 무슨 일이야?"

"하, 다 알면서 뭘 물어? 이 정체 모를 녀석이 나보다 높은 성적을 내는 바람에 수석 자리를 빼앗길 판이란 말이야! 용사의 후예로서 용납할 수 없어. 절대로 있어서는 안 될 일이지. 특히나 이렇게 연약하고 겁쟁이 같아 보이는 녀석이라면 더더욱."

유델리아라고 불린 소녀는 그렇게 말하며 째릿! 하고 루이샤를 노려보았다.

그녀가 화난 이유를 들은 루이샤는 "고, 고작 그런 이유로……" 라고 중얼거리며 당황했다. 아무리 1등을 뺏겼다지만 얼굴 한번 본 적 없는 인간에게 저렇게까지 화를 내다니. 솔직히 이해되지 않았다.

하지만 눈앞의 소녀에게는 그것이 몹시나 커다란 문제인 모양이었다. 달래려는 유리를 무시하고 살기마저 묻어나는 눈으로 루이샤를 노려보고 있었다.

"하지만 시험은 이미 끝났잖아. 뒤늦게 루이샤에게 불평해봤자 성적은 바뀌지 않아."

유리의 말대로였다. 현재 시험은 전부 끝난 상태였고, 이제 결과를 기다리는 일만이 남았다. 재시험은 치러지지 않으므로 뒤늦게 발버둥을 쳐 봤자 순위에 변동은 없었다.

그래서 유리는 그녀가 단순히 분풀이하러 왔겠거니 생각하고 있었다. 하지만 소녀는 곧 터무니없는 말을 내뱉었다.

"후훗. 너도 의외로 두뇌 회전이 느리구나, 유리."

"……무슨 뜻인지 물어봐도 될까?"

"단순해."

그렇게 말한 소녀는 품속에서 하얀 장갑을 꺼내 루이샤의 발치에 던졌다.

"설마……!"

그 행위를 목격한 유리는 소녀의 의도를 깨닫고 얼굴을 창백하게 물들였다. 무리도 아니었다. 이는 예부터 이어져 내려오는 결투 신청법이었다.

영웅담에서도 간간이 등장하는 행위였기에 시골 출신인 루이샤도 이것이 무엇을 뜻하는지 알 수 있었다.

"결투를 신청하겠다……라고 해석하면 되는 건가요?"

"맞아. 내가 이긴다면 너는 입학을 포기해 줘야겠어. 그러면 내가 수석 자리를 꿰차게 될 테니까. 그리고 네가 이긴다면…… 그래, 내 잘못을 인정하고 노예든 뭐든 되겠어."

그렇게 말한 뒤 소녀는 루이샤를 도발적인 눈으로 노려보았다. 그 표정에는 "나는 지지 않아"라는 절대적인 자신감이 흘러넘치고 있었다.

"이런 결투에 응해봤자 득이 될 게 없어. 거절해, 루이샤."

유리는 루이샤의 어깨를 붙잡으며 장갑을 줍지 말라고 했다. 확실히 제삼자가 보기에 승부에 응할 이유는 어디에도 없었다. 하지만 여기서 이기면 용사에 대한 정보를 캐낼 수 있을지도 몰랐다.

딱히 노예를 원하는 건 아니지만, 용사의 정보를 얻을 수 있다고 생각하니 썩 나쁘지 않아 보였다. 설령 져서 입학을 취소당하더라도 루이샤에게는 별로 큰 타격이 아니었다.

득실 계산이 끝난 루이샤는 유리의 제지에도 불구하고 장갑을 집어 들었다.

"좋아. 이 승부, 받아들일게."

"어라, 용기는 가상하네. 아까 겁쟁이라고 했던 건 사과하겠어. 뭐, 용기만으로 나한테 이길 수는 없겠지만."

소녀는 여전히 자신만만한 태도로 루이샤를 노려보았다. 그리고 루이샤는 그 시선을 똑바로 마주 보았다.

질 수는 없었다. 용사의 후손조차 이기지 못한다면 전설의 용사가 건 봉인을 푸는 건 어림도 없는 소리일 테니까.

루이샤는 마음을 단단히 다잡고 결투에 임했다.

결투가 시작된다는 말을 듣고 몰려든 인파가 시험장 광장을 둘러싸고 둥그런 원을 형성하고 있었다. 그 중심에는 두 명의 인물이 서 있었다. 지금부터 결투를 펼칠 루이샤와 용사의 후예인 소녀였다.

놀라운 성적을 기록한 수수께끼의 소년과 나라를 떠들썩하게 만든 용사의 후손이 결투에 나섰다는 이야기는 수험생들 사이로 순식간에 퍼져나갔다. 이 싸움을 구경하기 위해서 수험생뿐만 아니라 마법 학교의 학생들까지도 잔뜩 모여있었다.

물론 시험관들도 예외가 아니었다. 규격 외의 힘을 지닌 두 수험생의 싸움을 흥미롭게 관찰하고 있었다. 그리고 그 시험관 중 한 명. 루이샤의 마법을 코앞에서 목격하고 기절한 레거스는 걱정스러운 얼굴로 두 사람을 바라보고 있었다.

"정말로 결투를 치르게 놔둬도 괜찮을까요, 유리 님? 부상자라도 나오면 저는 곧바로 해고라고요……."

레거스가 불안한 목소리로 문자 옆에 서서 두 사람을 지켜보던 유리가 대답했다.

"걱정하지 마세요, 레거스 선생님. 무슨 일이 생기더라도 책임은 제가 지겠습니다. 그리고 선생님도 신경이 쓰이시죠? 저 소년의 정체가 뭔지."

"그건 그렇습니다만……."

레거스는 마법 시험 당시를 떠올렸다.

저 루이샤라는 소년은 '폴 파이어'라고 외쳤다.

'폴'이라는 수식어가 붙는 초위마법은 천부적인 재능과 피가 배어나는 노력 없이는 습득할 수 없는 고난도 마법이다. 그만한 마법을 저런 소년이 사용했다니 지금도 믿기지 않았다. 심지어 용사의 후손도 아닌 무명의 소년이.

알고 싶었다. 저 소년의 힘을.

늘 평온한 일상을 추구하던 레거스도, 난데없이 나타난 수수께끼의 존재에 마음이 들썩이고 말았다.

"알겠습니다, 유리 님. 저도 각오를 하죠. ⋯⋯그렇지만 무슨 일이 생기면 정말로 힘을 빌려주셔야 합니다?!"

"후후, 걱정 붙들어 매세요. 그러면 선생님, 심판을 부탁드립니다. 부상하지 않도록 조심하시고요."

"네?! 제가요?!"

갑작스러운 심판 발탁에 화들짝 놀라는 레거스.

이후로도 한동안 열심히 거절의 의사를 밝혔지만, 유리의 압박에 못 이겨 어쩔 수 없이 심판역을 맡게 되었다.

"젠장, 왜 하필 내가⋯⋯."

작은 목소리로 투덜거리며 두 사람의 곁으로 다가가는 레거스. 이윽고 두 사람에게 접근한 순간, 레거스는 전신에서 식은땀이 뿜어져 나오는 것을 느꼈다.

"이, 이게 진정 애들이 발하는 투기란 말인가⋯⋯."

루이샤와 소녀 주변에는 투기와 살기가 뒤섞인 공기가 충만해 있었다.

어른인 레거스조차 달아나고 싶어질 정도로 농밀한 투기. 이것이 머리에 피도 마르지 않은 소년과 소녀로부터 비롯된 것이라는 사실에 레거스는 전율했다.

하지만 레거스는 도망치고 싶은 심정을 필사적으로 억누르며 학교에서 정해놓은 결투 규칙을 설명했다.

"승부는 누군가가 항복을 하거나 기절할 경우, 혹은 제가 전투

불능이라고 판단한 시점에서 종료됩니다. 또한 고의로 목숨을 빼앗는 행위는 왕국법으로 금지되어 있으니 삼가시길 바랍니다. 대신에 무기와 마법은 종류를 불문하고 사용 가능합니다. 그러면 서로의 긍지를 걸고 싸움을 시작해 주십시오!"

그렇게 말한 뒤 레거스는 황급히 두 사람으로부터 거리를 벌렸다.

심판이 물러났음을 확인한 소녀는 루이샤를 깔보듯이 말했다.

"후후, 지금 패배를 인정하면 호된 꼴을 당하지 않고 끝날 거야."

"……."

하지만 루이샤는 소녀의 도발에 대꾸하지 않고 주먹을 움켜쥐며 자세를 잡았다.

그러자 소녀는 씨익 웃으며 허리에서 검을 뽑아 들더니, 그 끝을 루이샤에게 향했다.

1m쯤 되어 보이는 검의 도신이 은은한 분홍색으로 빛나고 있었다. 장식용으로 보일 만큼 예쁘장한 검이었지만 루이샤는 그 검이 명검임을 눈치챘다.

"너도 무기를 뽑도록 해. 혹시 없다면 빌려 와도 괜찮아."

소녀는 맨손인 상대와 진지하게 싸우기가 꺼려지는지 루이샤더러 무기를 뽑으라 말했다.

하지만 루이샤는 가만히 주먹을 움켜쥐고만 있을 뿐이었다. 사실은 루이샤도 무기를 사용해 싸우고 싶었지만, 용왕검은 목숨이 걸린 전투에서만 사용하겠다고 리오와 약속했기에 뽑을 수가 없었다.

그러나 이러한 사정을 알 도리가 없는 소녀는 루이샤가 자신을 깔본다 느끼고 불쾌감을 드러냈다.

"하, 혹시 맨손으로 나를 쓰러트리겠다는 거야? 나도 참 얕보였구나. 그렇다면 용사의 힘…… 뼛속 깊이 맛보게 해주지!"

소녀는 검에 마력을 불어넣은 뒤, 루이샤를 향해 맹렬한 스피드로 질주했다.

"나는 전설의 용사의 후예, 샤를롯테 유델리아! 위대한 조상님의 이름을 걸고 널 쓰러트리겠어!"

그렇게 외친 샤를롯테는 무시무시한 속도로 검을 휘둘렀다. 관전하던 수험생들은 대부분 검의 움직임을 인식조차 할 수 없었다.

하지만 루이샤는 여전히 맨손으로 자세를 취하고만 있었다. 마법을 발동할 기미도 보이지 않았다. 그것을 본 샤를롯테는 '이 녀석, 죽을 작정인가?!' 하고 당황했다.

맹렬한 스피드로 돌진했기에 공격을 중단할 수도 없는 상태였다. 이대로라면 루이샤를 베어 죽이고 말 것이다.

"크윽!"

샤를롯테는 후회했다.

자신을 뛰어넘는 성적의 소유자라길래 이 정도는 대처할 것이라고 여겼건만. 설마 이렇게나 약할 줄이야…….

샤를롯테가 속으로 탄식한 바로 그 순간. 루이샤가 움직였다.

"기공술 방어식 5형태, 금강각!"

루이샤가 외치며 오른팔을 들이댔다. 그러자 놀랍게도 검끼리 충돌을 일으킨 듯한 금속음과 함께 샤를롯테의 검이 튕겼다. 예상 밖의 반격에 서둘러 거리를 벌린 샤를롯테는 경악에 찬 얼굴로 루이샤를 응시했다.

"처, 철조차 가르는 검을 맨손으로 튕겨냈다고?! 너 대체 정체가 뭐야⋯⋯?!"

샤를롯테의 질문에 루이샤는 다시금 주먹을 움켜쥐며 말했다.

"나는 루이샤 버디. 마왕도, 용왕도, 용사도, 그들의 후손도 아닌 평범한 마을 사람이야."

루이샤는 빙그레 웃으며 대전 상대를 쳐다보았다.

자, 용사를 사냥할 시간이다.

방금 루이샤가 사용한 기술의 이름은 방어식 5형태 금강각.

이는 신체 일부에 초고밀도의 기공을 두르는 기술로, 해당 부위를 세상에서 가장 단단한 광석으로 알려진 금강석처럼 경화시키는 것이 가능했다.

예전에 무한감옥을 탈출할 때 사용했던 방어식 1형태 철괴는 전신을 경화시키는 기술이었다. 반대로 금강각은 경화시키는 면적을 줄이는 대신 경도를 상승시켜 철괴를 뛰어넘는 방어력을 얻을 수 있었다.

게다가 경화되지 않은 부분은 자유롭게 움직일 수 있기에 발동 중에는 행동이 불가능한 철괴보다 다양한 응용이 가능했다. 그래서 루이샤가 즐겨 사용하는 기술이었다.

하지만 기공술을 모르는 사람의 눈에는 맨몸으로 검을 받아낸 것으로밖에 보이지 않았다. 용사의 후손인 샤를롯테는 기공술을 알고 있었으나, 실제로 본 적이 없었기에 눈앞의 소년이 기공술을 사용했다는 결론에는 도달하지 못했다. 그리고 이는 마음의 동요로 이어졌다.

그러나 샤를롯테는 포기하지 않고 거듭해서 루이샤를 공격해 나갔다.

"하아아아아아앗!"

루이샤는 끊임없이 날아오는 세련된 공격들을 경화된 오른팔로 냉정하게 받아냈다.

때로는 흘려 넘기고, 때로는 튕겨내고.

정확하게, 그리고 확실하게 샤를롯테의 공격을 막아내고 있었다.

이러한 루이샤의 비상식적인 움직임을 보고 샤를롯테는 초조함을 느꼈다.

'이 녀석, 정말로 인간 맞아?! 맨손으로 검을 튕겨내질 않나, 내 속도에 반응하질 않나. 도대체 어떻게 돼먹은 녀석이야!'

샤를롯테는 여태껏 어른들에게도 패배해 본 적이 없었다. 패배는커녕 고전해 본 적도 없었다. 그런데도 이 연약해 보이는 자기 또래의 소년에게서 승리를 확신할 수가 없었다.

그래도 샤를롯테는 아직 냉정함을 잃지 않았다. 검 공격이 효과가 없다고 판단한 샤를롯테는 전법을 바꾸었다. 재빨리 루이샤로부터 거리를 벌린 뒤, 오른손 손바닥을 앞으로 향하며 힘껏 외쳤다.

"첼 엣지!"

그러자 벚꽃잎을 닮은 마법의 칼날이 루이샤를 향해 무시무시한 속도로 날아갔다. 언뜻 보기에는 예쁜 마법이었지만 칼날에 깃든 살상력은 진짜배기였다. 바위도 두부처럼 잘라버릴 수 있는 예리함을 갖추고 있었다.

"……핫!"

루이샤는 뛰어난 반사신경으로 샤를롯테의 마법을 회피했지만, 이 공격은 그게 전부가 아니었다.

"반응 속도가 제법인걸……. 하지만 과연 이걸 다 피할 수 있을까?"

샤를롯테의 말대로 어느새 그녀의 머리 위에는 무수히 많은 마법의 칼날이 모여있었다. 허공으로 퍼져나가는 대량의 꽃잎들. 그 모습이 마치 바람에 흔들리는 벚나무처럼 보일 지경이었다.

"가라! 첼 스톰!"

샤를롯테가 치켜든 팔을 밑으로 휘두르자 벚꽃잎 칼날들이 회오리치며 루이샤를 향해 들이닥쳤다. 꽃잎 하나하나의 위력이 대단하지 않더라도, 저 많은 수를 정면에서 받아냈다간 무사할 수 없을 것 같았다.

"이, 이건 좀 위험하지 않나……?!"

심판을 맡고 있던 레거스가 그 마법을 보고 걱정스럽게 중얼거렸다. 이미 결투는 레거스가 개입할 수 있는 수준을 넘어서 있었다. 하지만 레거스는 심판으로서 자신의 본분을 다할 작정이었다. 하지만 레거스가 몸을 던져 루이샤를 구하려던 순간, 유리가 레거스의 어깨를 붙잡았다.

"유리 님, 말리지 마십시오! 저는 심판으로서 제 역할을……."

"진정하세요, 선생님. 루이샤의 눈은 아직 죽지 않았습니다."

그 말에 레거스는 루이샤를 바라보았다. 확실히 루이샤는 자신을 향해 엄습하는 칼날들을 똑바로 응시하고 있었다. 루이샤의 눈에 체념이나 절망감은 전혀 깃들어 있지 않았다. 오히려 처음 보는 마법에 두근거림을 느끼고 있었다.

"우와! 수가 엄청난걸. 단순히 강하기만 한 마법으로는 막아내기 어렵겠어. 그렇다면……!"

직후, 놀랍게도 루이샤는 칼날의 폭풍 속으로 몸을 던졌다.

틀림없이 피하리라 생각했던 샤를롯테는 예상 밖의 움직임에 흠칫했다. 이만한 수의 칼날을 정면으로 상대할 작정인가?!

하지만 루이샤는 샤를롯테가 걱정하건 말건 행동을 개시했다. 칼날의 폭풍을 눈앞에 두고 몸을 회전시키며 마법을 영창한 것이다.

"하이 라지 파이어!"

루이샤의 몸에서 뿜어져 나온 화염이 루이샤와 함께 회전하며 화염의 소용돌이를 형성했다. '라지'라는 수식어가 부여된 루이샤의 광역 화염은 순식간에 부풀어 올라 반경 10m 규모로 성장했다.

이윽고 샤를롯테가 발동시킨 혼신의 마법이 거대한 화염의 소용돌이와 충돌했다. 그리고 벚꽃잎의 칼날은 불 속에 뛰어든 나방처럼 하나씩 하나씩 불타 소멸해 버렸다.

"마, 말도 안 돼……."

샤를롯테는 눈앞의 광경을 보고 말문이 막히고 말았다.

믿기지 않았다.

열심히 단련한 검술도, 조상에게서 물려받은 마법도 전혀 통하지 않았다.

지면 안 되는데. 용사의 피를 이어받은 나는 사람들의 기대에 부응해야 하는데.

여기서 진다면…… 용사를 동경해 준 사람들을 배신하는 것.

샤를롯테가 1등에 집착하는 이유가 바로 이것이었다. 샤를롯테는 자신의 조상인 전설의 용사 오거처럼 누구에게도 지지 않는 용사가 되려 하고 있었다. 존재하는 것만으로도 모든 이들을 안심시킬 수 있는 용사가.

샤를롯테의 그 목표는 오늘까지 순조롭게 이어져 왔다. 하지만…… 느닷없이 나타난 소년에 의해 너무나도 쉽게 무너져 버리고 말았다.

"후우. 전부 다 태웠나?"

모든 칼날을 불태웠음을 확인한 루이샤가 화염을 거두고 모습을 드러냈다.

그만한 마법을 사용하고도 호흡 하나 거칠어지지 않은 루이샤를 보고 샤를롯테는 태어나 처음으로 절망에 가까운 감정을 맛보았다. 어떤 공격을 해야 먹힐지 아무리 고민해 봐도 승기가 보이지 않았다.

하지만 샤를롯테는 포기하지 않았다. 검을 강하게 움켜쥐고 앞으로 달려 나갔다. 모두가 바라는 이상적인 용사가 되기 위해서.

"나는…… 질 수 없단 말이야아아!"

샤를롯테의 처절한 심정이 담긴 검이었다. 루이샤는 다시금 오른팔에 금강각을 발동시켜 공격을 막아냈다.

"나는, 나는! 모든 사람의 용사가 되어야만 해! 이런 곳에서 무릎 꿇을 수는 없다고!"

샤를롯테의 가족들도 샤를롯테와 마찬가지로 용사의 피가 흐르고 있었다.

하지만 그렇다고 모두가 용사의 자질을 보이는 것은 아니다. 극히 일부의 혈족만이 용사의 힘을 각성해 특별한 힘을 다룰 수 있었다.

용사의 힘을 각성한다 해도 그걸로 끝이 아니다. 피가 배어나는 노력을 거듭하지 않으면 진정한 용사가 되기란 불가능했다. 전설의 용사 오거가 모습을 감춘 뒤로 300년. 용사임을 나타내는 증거인 '용사의 문장'이 발견된 자는 여태껏 나타나지 않았다.

그렇기에 용사의 힘을 진하게 물려받은 샤를롯테에게 쏟아지는 기대와 중압감은 무시무시했다. 샤를롯테는 피와 노력으로 점철된 유년기를 보내야 했다.

이러한 환경에서 자랐으니 마음이 일그러지는 것도 당연했다.

"그런가. 너도 괴로웠구나……."

샤를롯테의 검을 막아내는 루이샤에게 그녀의 절규가 고스란히 전해져 왔다.

힘이 없어서 괴로워했던 자. 힘을 가져서 괴로워했던 자.

루이샤와 샤를롯테는 정반대의 환경에서 자랐지만, 어딘가 닮아 있었다.

"그렇다면 내가 너를 그 저주로부터 해방시켜 줄게."

그때 자신을 구해주었던 두 명의 스승처럼. 루이샤는 그렇게 마음을 먹고는 오른팔에 이어서 왼팔에도 기공을 실었다. 하지만 분노로 이성이 마비된 샤를롯테는 아무것도 모른 채 루이샤에게 소나기처럼 공격을 퍼부어댔다.

"너 따위가, 너 따위가, 너 따위가!"

주변 학생들이 공포심에 사로잡혔을 정도로 샤를롯테의 공격은 살기등등했다.

하지만 침착하게 공격을 관찰한 루이샤는 샤를롯테가 검을 내리치기 직전, 왼손을 앞으로 내밀었다.

"기공술 방어식 5형태…… 금강 칼날 잡기!"

다음 순간, 루이샤의 왼손과 샤를롯테의 검이 충돌했다. 불꽃이 튀며 채앵! 하고 날카로운 소리가 울려 퍼졌다.

샤를롯테는 재차 공격을 이어나가기 위해 검을 들어 올리려 했지만, 곧 터무니없는 사실을 깨닫고 말았다.

"이럴 수가……!"

루이샤의 왼손이 샤를롯테의 검을 붙잡고 있었다.

금강각을 발동시킨 손으로 칼날을 잡을 뿐이지만, 이것만으로 상대의 공격을 막고 공격의 흐름을 빼앗을 수 있는 공방일체의 기술이다.

루이샤가 단단히 움켜쥔 샤를롯테의 검을 자기 쪽으로 잡아당기자 검을 붙잡은 샤를로테까지 덩달아 끌려와 버렸다. 무기를 잃은 상태로 루이샤의 공격 범위 안에 들어와 버린 것이다.

"아차……!"

갑작스러운 상황에 대처하지 못하고 자세를 무너트리는 샤를롯테. 도저히 회피나 반격을 시도할 수 있는 상태가 아니었다. 그 야말로 절체절명의 순간이었다.

루이샤는 그런 샤를롯테를 눈앞에 두고 주먹을 꽉 움켜쥐었다. 지금까지의 기공술과는 비교도 되지 않는 기가 루이샤의 주먹에 깃들었다. 기공술에 대해서 잘 모르는 샤를롯테조차 기의 농도를 느끼고 머리털이 거꾸로 솟는 느낌을 받았다.

그리고 루이샤는 샤를롯테의 얼굴을 향해 주먹을 휘둘렀다.

"기공술 공격식 1형태…… 운철권."

죽는다.

그것이 샤를롯테의 솔직한 감상이었다.

루이샤가 휘두른 주먹에는 그만큼 압도적인 기가 응축되어 있었다. 이 일격 앞에서는 무슨 짓을 해봤자 헛된 짓이라는 사실을 샤를롯테는 이해하고 말았다.

아아, 진다는 건 이런 기분이구나.

지금 샤를롯테는 난생처음으로 패배를 실감했다.

분했고, 슬펐고, 무서웠다. 하지만 왠지 모르게 홀가분한, 그런 이상한 기분이었다.

이윽고 샤를롯테의 얼굴에 루이샤의 공격이 직격……하기 직전, 루이샤의 주먹이 얼굴 앞에서 뚝 멈추었다.

"아…………."

갑작스러운 상황에 얼빠진 소리를 내는 샤를롯테. 자신이 간신히 살아났음을 깨달은 샤를롯테는 다리에서 힘이 풀려버렸고, 그대로 자리에 털썩 엉덩방아를 찧고 말았다.

자세히 보니 샤를롯테의 다리가 파르르 떨리고 있었다. 보아하니 죽음을 직면하며 느꼈던 공포가 아직 남아있는 모양이었다.

루이샤는 움켜쥐었던 주먹을 펴고 그대로 샤를롯테에게 손을 내밀었다.

"내가 이겼지?"

루이샤는 그렇게 말하며 상냥하게 미소 지었다. 그 얼굴을 본 순간, 샤를롯테의 마음속에는 지금껏 느껴본 적 없었던 이상한 감정이 샘솟았다.

가슴은 두근거렸고, 몸은 불타는 것처럼 뜨거워졌다. 샤를롯테가 태어나서 처음으로 이성을 의식하게 된 순간이었다.

하지만 잠시 후, 샤를롯테에게 비극이 찾아왔다.

"흐앗."

어디선가 조르르 하고 물소리가 들려왔다.

그 소리는…… 주저앉은 샤를롯테의 스커트 안에서 나고 있었다.

"하으으…… 어째서…….'

샤를롯테는 힘없이 중얼거리며 바닥에 물웅덩이를 만들어나갔다.

죽음의 공포라는 극도의 긴장 상태에서 갑작스럽게 해방된 샤를롯테의 몸은 완전한 탈력감에 휩싸여 있었다.

샤를롯테는 멈춰! 멈추란 말이야! 하고 필사적으로 자신의 몸에 명령을 내렸지만 '그것'은 전혀 멈출 기미가 없었다.

"이, 이걸 어쩐담…….'

내 탓이다.

루이샤는 샤를롯테를 이러한 상황에 내몰았다는 사실을 크게 후회했다.

아직은 가까이 있는 루이샤의 몸에 가려져 관객들이 눈치채지 못한 모양이지만, 들키는 건 시간문제였다.

만약 사람들이 지금의 모습을 보게 된다면……. 샤를롯테는 학교생활을 하는 내내 꼬리표가 따라다닐 것이다.

오줌싸개 용사. 실금용사.

샤를롯테의 정신이 멀쩡했다면 스스로 어떻게든 이 상황을 모면했을 테지만, 현재 샤를롯테는 대중들 앞에서 실례를 해버렸다는 사실에 충격을 받아 넋이 나가버린 상태였다.

"이렇게 된 이상 내가 뭐라도 해야……!"

결단을 내린 루이샤는 고속으로 마법을 준비하기 시작했다. 사용하려는 것은 마왕 테스타롯사로부터 직접 전수받은 암흑 마법 중 하나였다.

"암흑 마법, 어둠의 장막!"

루이샤가 외치자, 루이샤와 샤를롯테를 둘러싸듯 네 개의 거대한 어둠의 벽이 나타났다. 그리고 마지막으로 검은색의 천장이 나타나 두 사람을 완전히 뒤덮어 버렸다.

"저, 저게 뭐지?!"

느닷없이 등장한 정체불명의 검은 입방체를 보고 당황하는 관객들. 다들 굉장한 관심을 보이기는 했지만, 정체를 모르는 마법이다 보니 섣불리 접근하는 자는 없었다.

"……됐다. 이 정도면 괜찮겠지."

루이샤가 발동한 '어둠의 장막'은 바깥과 내부 사이의 정보를 차단하는 마법이다. 이 벽은 빛과 소리를 완벽하게 흡수하는 효과를 지니고 있었다. 아무리 눈과 귀가 좋아도 안에서 벌어지는 상황을 파악하기란 불가능했다.

루이샤는 마법이 성공했음을 확인한 뒤, 다리에서 힘이 풀린

샤를롯테의 어깨를 흔들었다.

"저기, 괜찮아?"

"어어? 뭐, 뭐야?! 왜 갑자기 주변이 어두워진 거지……?!"

정신을 차린 샤를롯테는 어느샌가 주변의 풍경이 변했다는 사실을 깨닫고 화들짝 놀랐다.

어둠의 장막 내부는 검은색의 벽으로 둘러싸여 있음에도 밝았다. 이는 루이샤가 바깥의 빛을 내부로 통과시키도록 마법에 조정을 가했기 때문이다. 반대로 밖에서는 보이지 않지만, 안에서는 바깥의 상황을 확인할 수 있도록 조정하는 것도 가능했다. 하지만 샤를롯테가 혼란에 빠질 우려가 있으므로 그렇게는 하지 않았다.

"걱정하지 마. 내 마법으로 빛과 소리를 차단한 거니까."

루이샤는 갑작스러운 사태에 겁을 먹은 샤를롯테를 진정시키 듯 친절하게 설명했다.

"빛과 소리를 차단했다고? 그런 마법은 들어본 적도 없어……. 하지만, 이제는 무슨 마법을 사용해도 딱히 이상할 건 없나."

샤를롯테는 방금 전투로 상식이 마비되어 버린 상태였다. 지금은 무슨 말을 듣더라도 믿어버릴 것만 같았다.

한편 루이샤는 샤를롯테가 멀쩡히 말하는 모습에 안심하며 가까이 다가가 쪼그려 앉았다.

갑자기 루이샤가 다가오자 샤를롯테는 움찔하며 "꺅!" 하고 귀여운 비명을 질렀다.

"아, 놀라게 해서 미안. 얼른 말리고 물러날 테니까 조금만 참아줘."

루이샤는 바람의 마법과 불의 마법을 조합하여 따뜻한 바람을 만들어냈다. 축축해진 샤를롯테의 옷이 서서히 마르기 시작했다.

"자, 잠깐만, 잠깐……!"

이성으로 의식해 버린 남성이 축축해진 옷을 말려주고 있다. 샤를롯테는 정신이 아득해질 정도로 부끄러웠다. 마음 같아서는 "그만둬!"라고 외치고 싶었지만, 친절을 베푸는 상대방에게 매몰차게 대할 수도 없었기에 목구멍까지 넘어온 말을 삼켰다. 물론, 그 대신 샤를롯테는 귀를 새빨갛게 물들이고 눈물까지 찔끔 흘려야 했다. 하지만 루이샤는 뒤처리에 집중하느라 샤를롯테의 얼굴을 보지 못했다.

"좋아, 이제 마법으로 냄새만 지우면…… 됐다. 자, 깨끗해졌어!"

"고, 고마워. 덕분에 살았어……."

너무나도 부끄러운 나머지 당장이라도 울음이 터질 것 같았지만, 샤를롯테는 애써 자신의 상태를 숨기며 대답했다.

샤를롯테를 보고 이제 괜찮겠다고 판단한 루이샤는 어둠의 장막을 해제하려 했다. 그런데 그때 샤를롯테가 루이샤를 말리며 물었다.

"기다려. 어째서 나한테 이렇게까지 해주는 거야? 너한테 심한 짓을 했잖아."

샤를롯테는 진심으로 이해가 가지 않았다. 자신의 끔찍한 태도를 자각하고 있었기에 루이샤의 이런 태도가 무척이나 의문이었다.

하지만 루이샤는 도리어 의아한 얼굴로 대답했다.

"그야…… 네가 곤란해했으니까. 곤경에 처한 사람이 있으면 도와주는 게 당연하잖아?"

그 말을 들은 순간, 샤를롯테는 마치 번개라도 떨어진 듯한 충격을 받았다.

곤경에 처한 사람이 있으면 도와주는 것은 인간으로서 당연한 행위다. 하지만 여태껏 샤를롯테는 자신이 용사의 자손이라서 남들을 도와야 한다고 굳게 믿고 있었다.

사람을 돕는 건 이유가 없다. 어린 시절에 당연히 배워야 했을 사실을 샤를롯테는 특수한 환경에서 자란 탓에 배우지 못했다.

반대로 루이샤는 그 사실을 잘 알고 있었다.

샤를롯테는 루이샤를 돕기는커녕 질투하고 훼방만 놓았다. 루이샤는 악당도 뭣도 아니건만. 오히려 용사로서 구해줘야 할 보통 사람 중 하나건만.

"후후. 내 완패네."

실력뿐만 아니라 마음가짐으로도 패배했음을 깨달았지만, 이상하게도 속이 개운했다. 오히려 루이샤라는 넘어야 할 목표가 생김으로써 전보다 더 강해진 듯한 기분이 들었다.

"무례하게 굴었던 걸 사과할게. 미안해."

샤를롯테는 그렇게 말하며 고개를 숙였다.

"너……가 아니라, 루이샤. 네가 나보다 강하다는 사실을 인정하겠어. 몸도 마음도 전부."

"그, 그러지 마! 난 아직 한참 멀었어! 그, 그보다 샤를롯테 씨도 엄청 강하던걸! 특히 마지막 마법은 깜짝 놀랐어!"

방금의 사투는 어디로 갔는지 두 사람은 서로의 강함과 기술을 칭찬하기 바빴다. 어느샌가 두 사람 사이에서 우정이 싹트기 시작했다.

그렇게 한바탕 서로를 추켜세운 뒤, 루이샤가 "자, 그럼" 하고 입을 열었다.

"이제 슬슬 마법을 해제할게."

"알았어."

루이샤가 손가락을 튕겨 마법을 해제하자 어둠의 자막이 흐물흐물 무너져 내리기 시작했다.

그런데 그 모습을 지켜보던 샤를롯테가 나지막이 중얼거렸다.

"치, 친한 사람들은 나를 샤로라고 불러."

"응? 그렇구나."

말뜻을 이해하지 못하고 고개를 갸웃하는 루이샤.

그러자 샤를롯테는 얼굴을 빨갛게 물들이며 말을 이었다.

"그러니까, 루, 루이도 그렇게 부르도록 해!"

그제야 샤를롯테가 하려는 말을 이해한 루이샤는 약간의 쑥스러움을 느끼며 대답했다.

"응. 앞으로도 잘 부탁해, 샤로."

어둠의 장막이 걷히고, 루이샤와 샤로의 모습이 관객들 앞에 드러났다.

그리고 샤로는 곧바로 자신의 패배를 선언했다.

갑작스러운 패배 선언에 관객들은 술렁였지만, 루이샤의 압도적인 실력을 목격한 탓인지 의외로 순순히 납득하는 눈치였다. 잠시 후, 심판인 레거스가 두 사람의 곁으로 다가와 물었다.

"정말로 괜찮은 거니, 샤를롯테."

"네. 제 패배를 인정할게요. 그러니 루이의 입학은 취소하지 마세요."

"아니, 루이샤의 입학은 물론 환영이다만……. 그, 네가 졌을 때의 약속 말이다."

""……아!""

그 말에 루이샤와 샤로는 나란히 얼빠진 소리를 냈다.

완전히 잊고 있었다. 샤로가 졌을 때의 약속을.

'네가 이긴다면…… 그래, 내 잘못을 인정하고 노예든 뭐든 되어주겠어.'

결투로 정한 약속은 절대적이다.

즉, 샤로는 패배한 시점에서 루이샤의 노예가 되어버린 것이다.

"아, 아니! 됐어요! 저는 노예 같은 거 필요 없어요!"

"그, 그러냐. 뭐, 승자가 됐다면야 없었던 일로 해도 무방하다만."

"휴. 다행이다."

그렇게 이야기를 매듭지으려는 두 사람. 하지만 그때 이외의 인물이 입을 열었다.

"잠깐 기다려. 왜 멋대로 정하는 건데."

샤로였다. 원래대로라면 가장 없던 일로 하고 싶어야 할 인물이 이의를 제기한 것이다. 샤로는 얼굴을 붉게 물들이면서도 언짢은 듯한 표정으로 말을 이었다.

"결투로 정한 약속은 절대적이야. 없었던 일로 하게 놔두진 않겠어."

"뭐?! 아니, 하지만 샤로도 노예가 되기는 싫잖아?"

"싫지 않다면…… 어쩔 건데?"

얼굴을 새빨갛게 물들이며 대답하는 샤로. 이번에는 루이샤의 얼굴이 확 붉어졌다.

샤로의 이 한마디는 고백이나 다름없는 말이었다. 심지어 수많은 군중 앞에서 대놓고 저런 말을 해오다니. 터무니없는 여자라고 루이샤는 생각했다.

"자, 어쩔래, 루이? 대답하지 않고 넘어갈 생각은 마!"

"아, 아으아으."

하지만 루이샤는 갑작스러운 전개를 따라가지 못하고 입만 뻥긋거렸다. 결국 샤로는 이대로라면 한참이 지나도 대답을 받지 못하겠다고 판단하고 강경 수단을 취했다.

"답답해서 못 봐주겠네! 됐으니까 손이나 내밀어!"

"아앗! 뭘 하려고?!"

샤로는 루이샤의 왼손을 붙잡더니 그 손바닥에 자신의 왼쪽 손등을 들이댔다. 그리고 마력을 불어넣자 두 사람의 왼손이 빛을 발했다. 빛이 사그라든 뒤, 샤로의 왼손 손등에는 문양이 새겨져 있었다.

"이, 이 문장은······!"

루이샤는 무한감옥에 있었을 때 테스타롯사로부터 다양한 문장에 대해 배웠다. 그러므로 이 문장이 무엇인지도 알고 있었다.

이 문장은 노예의 문장. 이름 그대로 노예임을 나타내는 문장이었다. 이 문장이 새겨진 인간은 '주인'으로 정해진 자의 명령에 거부할 수 없게 된다.

그만큼 강력한 효과이기에 노예의 문장이 새겨지기 위해서는 한 가지 조건이 필요했다. 그것은 바로 노예가 될 인물이 주인에게 마음을 완전히 허락하는 것. 즉, 샤로가 루이샤에게 푹 빠졌다는 증거였다.

샤로가 자신에게 새겨진 노예의 문장을 부드럽게 어루만지자 문장은 피부에 흡수되듯 스르르 사라졌다. 그리고 샤로는 얼굴을 새빨갛게 물들인 채로 씨익 웃어 보였다.

"아쉽게 됐네. 이걸로 나는 네 거야. 이제 후회해 봤자 소용없어. 취소해 줄 생각은 없으니까."

샤로의 솔직하고도 대담한 태도에 루이샤는 가슴이 두근거리는 것을 느꼈다.

일이 커지고 말았다. 그렇게 생각하면서도 루이샤는 앞으로 이어질 새로운 일상에 대한 기대감을 억누를 수가 없었다.

그리하여 루이샤의 노도와도 같은 입학시험은 막을 내렸다.

"이야, 큰일을 겪었구나. 루이샤."

시험을 마친 루이샤가 샤로와 함께 시험장을 뒤로하려 했을 때였다. 금발의 청년 유리가 홀연히 나타나 루이샤에게 말을 걸었다.

"아, 유리. 나도 설마 일이 이렇게 될 줄은 몰랐어."

"후후. 그건 그렇고 이 말괄량이 용사가 누군가를 섬기다니."

유리는 루이샤에게 찰싹 달라붙어 있는 샤로를 바라보며 씨익 웃었다.

"시끄러워, 유리. 죽을래?"

샤로는 욕설을 내뱉으면서도 루이샤에게서 떨어질 줄을 몰랐다.

샤로가 몸을 움직일 때마다 루이샤의 등에 가슴이 닿았고, 루이샤는 그때마다 심장이 두근거렸다.

"참, 그러고 보니 샤로와 유리는 어떤 관계야? 꽤 사이가 좋아 보이던데."

루이샤의 순박한 질문에 샤로는 어이가 없다는 듯이 유리를 쳐다보며 입을 열었다.

"하아~. 혹시 너 루이한테 아무것도 말하지 않은 거야? 성격 한번 나쁘네."

"후후. 처음부터 다 말해버리면 거리감이 생겨버리잖아. 루이샤와는 사이좋게 지내고 싶어서 다물고 있었지."

"어? 어? 무슨 소리야?"

두 사람의 대화를 따라가지 못하고 당황하는 루이샤. 그러자 유리는 "미안, 미안" 하고 사과하더니 등을 꼿꼿이 펴고서 말했다.

"다시 정식으로 자기소개를 할게. 내 이름은 유리 폰 엑사도리아. 이곳 엑사도르 왕국의 제1왕자야."

"뭐, 뭐라고오오?!"

예상치 못한 커밍아웃에 경악하는 루이샤. 하지만 유리의 범상치 않은 기품과 외모는 확실히 왕자님이라 할 만하다고 루이샤는 생각했다.

그렇다면 샤로와 유리가 서로를 아는 것도 납득이 됐다. 왕자와 용사의 후손이니 마주칠 기회도 많았을 것이다.

"유리……가 아니지, 유리 님인가!"

"됐어, 루이샤. 친구끼리 님 자를 붙여서야 쓰나. 그러고 싶지 않아서 일부러 신분을 밝히지 않았던 거야."

유리의 부탁을 받은 루이샤는 망설이면서도 "……알았어, 유리" 하고 대답했다. 그러자 유리는 만족스럽게 고개를 끄덕였다.

"자, 그보다 루이샤. 오늘 묵을 곳은 정해놨어?"

"아! 깜빡 잊고 있었다!"

루이샤는 상황에 휩쓸려 시험을 봤을 뿐이다. 다음 일은 아무것도 생각해 두지 않았다.

그리고 루이샤는 또 한 가지 중요한 사실을 떠올렸다. 바로 입국 증명서도 없이 입국했다는 사실이었다. 만약 학교에 입학하게 된다면 늦든 빠르든 무단 입국을 했다는 사실이 발각되고 말 것이다. 그렇게 되면 틀림없이 무척 곤란한 상황에 빠지리라.

"이, 이걸 어쩐담."

"뭔가 문제라도 있어, 루이샤?"

얼굴을 창백하게 물들이며 땀을 흘리기 시작하는 루이샤를 보고 유리가 걱정스럽게 말을 걸었다.

결국 숨겨봤자 상황만 나빠지겠다고 판단한 루이샤는 모든 것을 남김없이 털어놓기로 정했다. 입국 증명서가 없다는 것, 숙소를 정하지 못했다는 것, 돈도 별로 없다는 것까지. 루이샤는 유리에게 전부 이야기했다.

"흐음. 그랬구나."

"응. 이제 어쩌면 좋을까?"

최악의 경우 당장 나라를 떠나라는 말을 들을지도 몰랐다. 간신히 용사의 후손과 친해지게 되었는데 출발점부터 다시 시작해야 하는 건가…… 하고 침울해하는 루이샤.

하지만 유리는 루이샤의 예상과는 다른 말을 내뱉었다.

"알겠어. 내가 전부 해결해주지."

"그렇겠지. 얌전히 왕도에서 나갈…… 어? 정말?!"

화들짝 놀라서 외치는 루이샤.

농담인가 싶었지만, 유리는 진지한 얼굴로 말을 이었다.

"숙소는 내가 자주 이용하는 곳이 있으니 그곳을 이용하도록 해. 매끼 식사도 나오니 돈 걱정도 필요 없어. 입국 증명서도 시간은 좀 걸리더라도 준비할 수 있을 거야."

루이샤의 고민을 차례차례 해결해 버리는 유리.

그 말을 들은 샤로는 의심스럽다는 듯이 유리를 쳐다보았다.

"수상한걸. 네가 루이한테 그렇게까지 해줄 이유가 어디 있는데?"

"물론 있고말고. 루이샤는 마법 학교에 필요한 인재야. 루이샤가 입학해 준다면 뭐든지 해야지."

유리의 말에 루이샤가 반응을 보였다.

"내가 필요하다니? 무슨 뜻이야?"

"왕도에 이제 막 도착한 루이샤는 잘 모르겠지만, 지금 왕국은 심각한 인재난을 겪고 있어. 그러니 마법 학교에는 한 명이라도 더 많은 인재가 입학했으면 해. 인재가 많아질수록 학교의 평판도 올라갈 테고, 다른 나라에서도 뛰어난 학생들이 많이 찾아오겠지. 우수한 졸업생을 왕국에서 고용하고 싶기도 하고."

과연. 그래서 나한테 이렇게 잘해주는 거구나. 유리의 말에 루이샤는 납득했다.

많은 사람이 결투를 목격했기에 현재 루이샤의 강함은 상당한 주목을 받고 있었다. 만약 루이샤가 입학을 관둔다면 마법 학교의 평판은 떨어질 게 분명했다. 유리는 그것만큼은 피하고 싶었다. 물론 루이샤라는 인물에게 큰 관심이 있다는 점도 루이샤를 도와주는 이유 중 하나였다.

한편, 유리의 배려로 무사히 입학하게 된 루이샤는 속으로 자문해 보았다. 루이샤에게는 마왕과 용왕을 구한다는 사명이 있다. 그런데 느긋하게 학교생활이나 하고 있어도 괜찮은 것일까?

그러자 마치 루이샤의 생각을 미리 읽기라도 한 것처럼 유리가 덧붙였다.

"물론 너로서는 학교에 안 가도 딱히 아쉬울 게 없겠지. 나도 공짜로 입학해 달라고 말할 생각은 없어. 만약 네가 입학해 준다면 내가 너의 후견인이 되어줄게. 루이샤가 뭘 하고 싶은지는 모르겠지만 내가 있으면 도움이 될 거야."

확실히 유리는 머리가 좋았고, 무엇보다 권력이 있었다. 유리가 협력자가 된다면 상당히 든든할 것이다.

왕국을 나와서 기댈 곳도 없이 혼자 활동하는 것과 왕국에 남아서 샤로와 유리의 협력을 얻는 것.

루이샤는 어느 쪽이 더 이득인지를 진지하게 따져본 다음, 대답했다.

"……알겠어. 유리의 제안을 받아들일게. 앞으로 잘 부탁해."

"후후. 너라면 응하리라 믿고 있었어."

그렇게 두 사람은 손을 맞잡았다.

153

입학시험을 치른 다음 날 아침.

루이샤는 유리에게 소개받은 여관의 침대 위에서 눈을 떴다.

"끄으~."

몸을 일으키고 기지개를 켜는 루이샤.

어제는 많은 일을 겪어서 녹초가 됐었지만, 오늘은 푹신한 침대에서 푹 잔 덕분에 기운이 넘쳤다.

유리가 소개해 준 여관은 고급스럽지는 않아도 곳곳에서 세심한 배려가 느껴지는 좋은 여관이었다.

잠에서 깬 루이샤는 가볍게 아침을 해결한 뒤 밖으로 나갔다. 입학시험의 결과 발표는 내일이다. 그래서 오늘은 거리에서 산책하기로 했다.

"……저건?"

루이샤는 여관을 나오기가 무섭게 한 인물을 발견했다.

마찬가지로 루이샤를 목격한 그 인물은 퉁명스러운 말투로 인사를 해 왔다.

"……안녕."

"바, 반가워. 샤로."

루이샤에게 말을 건 인물은 바로 용사의 후손인 샤를롯테 유델리아였다.

루이샤는 갑작스러운 재회에 당황하며 물었다.

"어라? 오늘 만나기로 약속을 했던가?"

"뭐야. 내가 갑자기 찾아오면 민폐라는 뜻이야?"

샤로가 토라진 듯 볼을 부풀리자 루이샤는 허둥지둥 변명했다.

"아냐, 민폐는 무슨. 와아! 와줘서 기쁘다!"

"그래? 그럼 됐고."

샤로는 그렇게 말하며 활짝 밝은 웃음을 지었다.

극적으로 바뀌는 샤로의 표정에 가슴을 두근거리는 루이샤.

"왕도를 둘러볼 생각이잖아? 내가 안내해 줄게!"

그리하여 샤로는 루이샤의 손을 붙잡고 거리로 나갔다. 옷 구경을 하고, 맛있는 음식을 먹고, 찻집에서 휴식을 취하기도 하고……. 두 사람은 날이 저물 때까지 비슷한 또래의 아이들처럼 여가를 즐겼다.

루이샤에게 오늘 하루는 굉장히 자극적이고도 즐거운 한때였다. 하지만 즐거울수록 루이샤는 샤로에게 죄책감을 느꼈다.

왜냐하면 루이샤의 최종 목적은 용사를 쓰러트리는 것이기 때문이다.

봉인을 푸는 가장 일반적인 방법은 봉인을 건 인물을 쓰러트리는 것이다. 그렇게 하면 대부분의 봉인은 풀린다.

다만, 용사 오거는 먼 옛날의 인물이다. 인간의 수명을 고려하면 일찌감치 죽었다고 봐야 했다. 그런데 그가 건 봉인은 여전히 건재했다. 이 점에 대해서 봉인술에 해박한 지식을 지닌 마왕 테스타롯사는 루이샤에게 다음과 같이 설명했다.

"나와 리오를 봉인한 용사는…… 살아있을 가능성이 있어."

"뭐? 오거가 살았던 것 300년 전이잖아?"

"맞아. 평범한 인간이라면 그렇게 오랜 세월을 살지 못하지. 하지만…… 용사는 평범하지 않아. 모종의 마법으로 수명을 늘리거나, 무한감옥처럼 나이를 먹지 않는 공간을 만들어내서 세월의 흐름으로부터 몸을 지키고 있을 가능성도 있어."

"듣고 보니 일리가 있는걸……. 그래도 내가 용사를 찾아낸 다음에 쓰러트리면 되잖아!"

"굳이 무리해서 쓰러트릴 필요는 없어, 루이. 오거는 굉장히 강해. 대화로 해결할 수 있다면 그게 최선이야."

"어? 하지만 오거는 테스 누나와 리오를 봉인한 나쁜 녀석이잖아. 당연히 쓰러트려야 되는 거 아니야?"

의외의 답변을 들은 루이샤는 어리둥절해서 물었다. 그러자 테스타롯사는 복잡한 표정으로 말했다.

"확실히 오거가 아무런 설명도 없이 우리를 습격해서 이런 곳에 봉인한 것은 사실이야. 하지만 나는 그에게도 뭔가 이유가 있었다고 생각해."

처음 이곳에 봉인당했을 때, 테스타롯사와 리오는 미친 듯이 분노했다. 두 사람의 분노는 풍화되지 않고 최근까지 이어져 왔지만, 최근 루이샤와 함께하게 되면서 상당히 가라앉은 상태였다.

덕분에 용사에게도 무언가 이유가 있어서 이런 짓을 벌이지 않앉을까, 하고 생각할 여유가 생겼다.

"게다가 이유야 어쨌든 우리가 오거와 1대1로 싸워서 패배한 건 사실이야. 우리를 그 자리에서 죽일 수도 있었지. 어찌 보면 살아 있는 것 자체가 행운인 거야."

"그래도…… 역시 나는 용서할 수가 없어."

아직 어린 루이샤는 테스타롯사처럼 달관할 수가 없었다. 테스타롯사의 만류에도 용사를 향한 원망은 사그라지지 않았다.

테스타롯사는 그런 루이샤의 머리를 부드럽게 쓰다듬으며 말했다.

"후후. 상냥하구나, 루이샤는. 하지만 증오에 사로잡히면 안 돼. 용사를 쓰러트리겠답시고 위험을 무릅쓰지는 말아줘."

"응……. 알았어."

루이샤는 떨떠름하게 고개를 끄덕였다.

비록 테스타롯사는 그렇게 말했지만, 루이샤는 아직 용사 오거에 대한 원망을 떨쳐내지 못한 상태였다.

하지만 오거는 샤로가 존경하는 조상님이다. 그렇기에 그를 원망하는 루이샤는 뒤숭숭한 기분을 느껴야 했다.

"왜 그래, 루이. 어두운 얼굴을 하고."

"어? 아냐. 아무것도."

샤로가 걱정스럽게 자신을 들여다보자 루이샤는 허둥지둥 안색을 바꾸었다.

"그, 그러고 보니 샤로는 오거, 아니, 오거 씨에 대해서 얼마나 알고 있어?"

"뭐야, 너도 용사의 팬이었어?"

"마, 맞아. 하하하."

"흐음. 뭐, 하지만 딱히 나도 그렇게 잘 아는 건 아니야. 300년 전 사람인걸. 물론, 여러 전설을 들으며 자라왔지만, 그것도 다른 사람들이 아는 내용이랑 별반 다르진 않아."

"음, 그렇구나."

평정심을 가장해 대답하면서도 내심 낙담하는 루이샤.

샤로는 거짓말을 할 정도로 용의주도한 인물이 못 된다. 정말로 모르는 모양이었다.

"아, 그리도 조상님이 남긴 아이템이라면 집에 몇 개쯤 있어."

그 말을 들은 루이샤는 잡아먹을 듯이 몸을 앞으로 내밀었다.

"진짜로?!"

"어? 응! 내가 가진 이 검, 프라우 케라소스도 조상님이 사용하던 검이라고 들었어."

샤로는 허리에 차고 있던 검을 뽑아서 루이샤에게 건넸다.

분홍빛으로 빛나는 칼날이 인상적이었다. 바라보는 것만으로도 마음이 차분해지는 신기한 검이었다.

"훌륭해……."

검에 깃든 힘을 느낀 루이샤는 자기도 모르게 중얼거렸다.

한동안 검을 쳐다보고 있자니, 이상한 일이 벌어졌다.

"어?"

불현듯 루이샤의 몸속으로 정체 모를 힘이 흘러 들어온 것이다.

마력도 기도 아니지만 따스한 힘이었다. 그렇게 흘러든 힘은 루이샤의 몸속에 천천히 융화되어 곧 느껴지지 않게 되었다.

"어, 뭐였지……?"

루이샤는 몸의 상태를 확인해 보았지만, 딱히 변한 점은 없었다. 마력이나 신체 능력이 향상된 것도 아니었다.

도무지 영문을 알 수 없는 상황에 루이샤는 고개를 갸웃해 보였다.

"왜 그래? 만족했으면 그만 돌려줘."

"어, 으응. 고마워."

방금 그 느낌은 뭐였을까. 루이샤는 석연찮은 기분을 느끼며 검을 돌려주었다.

샤로는 루이샤의 몸에 일어난 변화를 눈치채지 못한 모양이었다. 익숙한 동작으로 검을 칼집에 꽂은 샤로는 다시금 루이샤를 쳐다보며 말했다.

"루이, 또 가보고 싶은 장소 있어?"

"그, 글쎄. 오늘은 늦었으니까 이만 돌아가자. 내일은 시험 결과를 확인하러 학교에 가야 하잖아. 얼른 자야지."

그렇게 말하고는 여관으로 돌아가려고 몸을 일으키는 루이샤.

하지만 그때, 샤로가 루이샤의 소매를 꼭 붙잡았다. 그러고는 루이샤를 올려다보며 터무니없는 말을 꺼냈다.

"있잖아, 루이……. 네 방에 들렀다 가도 될까?"

◇ ◇ ◇

날이 완전히 저물고 밤이 찾아왔다.

그리고 루이샤와 샤로는 여관 침대에 나란히 앉아있었다. 두 사람 사이의 거리는 고작 한 뼘 정도. 어색하기 그지없는 거리였다.

"오, 오늘은 즐거웠어. 고마워, 샤로."

"나도 즐거웠어, 루이. 다음에도 같이 나가서 놀자."

심장을 두근거리며 조심스럽게 말을 꺼내는 루이샤와 달리 샤로의 태도는 당당했다.

왜냐하면 처음부터 샤로는 각오를 굳히고 왔기 때문이었다.

오늘, 루이샤를 내 걸로 만들고 말겠어!

지금까지 연애 한 번 경험해 본 적 없는 샤로가 이렇게 육식 동물처럼 변한 데는 이유가 있었다.

일단은 샤로도 나이에 걸맞게 연애에 흥미가 있었다. 하지만 자신보다 강한 상대가 아니면 두근거리지 않았던 까닭에 샤로는 비슷한 또래의 남자애들에게 관심을 가져본 적이 없었다.

그랬던 샤로의 앞에 루이샤가 나타났다. 자신보다 강하고, 또 상냥한 루이샤와 맞닥트린 샤로는 난생처음으로 사랑이라는 감정을 품게 되었다.

평범한 여자아이였다면 좀 더 신중하게 거리를 좁히려 했을 것이다. 하지만 뼛속까지 전투 민족인 샤로는 마치 사냥이라도 하듯 루이샤에게 마구 들이댔다.

일부러 자신의 몸에 노예의 문장을 새긴 것도 다른 여자들을 견제하기 위해서였다. 즉, '이 애는 내 거야. 손대지 마'라는 의미가 담긴 것이다.

같은 방에 앉은 두 명의 남녀. 지금이야말로 밀어붙일 때라고 판단한 샤로는 눈을 번쩍이며 루이샤에게 공격을 감행했다.

"루이, 할 말이 있는데……. 나는 루이의 노예가 되었잖아?"

"그, 그렇지."

노예의 문장은 노예 측의 의지로만 새겨지지만, 이를 해제하기 위해서는 양쪽 모두의 합의가 필요했다. 즉, 루이샤가 해제하고 싶어도 샤로가 거부하면 노예의 문장은 사라지지 않는다는 뜻이다.

덕분에 샤로는 여전히 루이샤의 노예로 남을 수 있었고, 샤로는 노예라는 점을 적극적으로 이용했다.

"모처럼 노예가 생겼는데 아무 짓도 안 하는 거야?"

루이샤를 올려다보며 속삭이는 샤로. 옷깃을 젖혀 가슴을 슬쩍 드러내는 것은 덤이었다. 사실은 얼굴에서 불이 뿜어져 나올 것처럼 부끄러웠지만 샤로는 멈추지 않았다.

"자…… 만져봐도 돼."

샤로는 루이샤의 손을 붙잡아 자신의 가슴으로 가져갔다. 이미 수치심이 한계를 넘어 눈물이 글썽거릴 지경이었지만, 그래도 샤로는 계속해서 밀어붙였다.

한편, 루이샤는 속으로 몹시 갈등하고 있었다. 샤로가 자신에게 연심을 품고 있다는 사실은 아무리 둔감한 루이샤라도 눈치챌 수밖에 없었다. 그러나 루이샤에게는 자신의 귀환을 기다리는 소중한 사람이 두 명이나 있었다.

과연 두 사람을 내버려 두고 다른 사람과 관계를 맺어도 되는 것일까? 라는 의문이 마음속을 맴돌았다.

"끄으응······."

필사적으로 머리를 굴리는 루이샤. 그러던 와중, 문득 무한감옥에서 테스타롯사와 리오에게 들은 말이 떠올랐다.

그것은 두 사람에게 덮쳐진 뒤에 나누었던 대화. 두 사람은 루이샤에게 이렇게 말했다.

"루이. 네가 우리를 소중히 여기는 마음은 기뻐. 하지만 그렇다고 다른 사람들을 거절할 필요는 없어. 원래의 세계로 돌아가서 새로운 사람을 만나도 나는 화내지 않을 거야."

"어? 그렇지만······."

"카캇. 테스타롯사의 말이 맞느니라. 괜히 신경 쓸 필요 없다. 애초에 일부일처제를 고수하는 종족은 인간족 정도밖에 없지. 우리 용족도 강한 수컷은 여러 명의 암컷과 짝을 짓는 것이 보통이 니라."

"마족도 마찬가지야. 귀족은 첩을 포함해서 몇십 명씩 거느리 기도 해."

"그, 그렇구나……. 으음. 그래도 나는 좀 그런데."

"후후, 무리할 필요는 없어. 다만, 밖에서 지켜주고 싶은 아이 가 생긴다면 후회하지 않도록 행동하렴."

테스타롯사의 말에 루이샤는 "……응. 알았어" 하고 고개를 끄 덕였다.

그러자 두 사람을 지켜보던 리오가 히죽히죽 웃으며 테스타롯 사를 놀리기 시작했다.

"카캇, 어차피 질투할 게 뻔하면서 말만 고상하게 하기는. 배려 심 많은 여자처럼 보이고 싶은 심정은 알겠다만, 금방 탄로 날 거 짓말은 처음부터 하지 않는 게 좋아."

"뭐?! 조용히 해, 리오! 말해 두는데, 내가 루이샤의 누나니까 너한테도 언니거든?"

"뭐라는 게냐. 나이라면 내가 더 많을 텐데."

"으윽!"

"어휴, 그만들 싸워……."

163

두 사람의 대화를 떠올린 루이샤는 옆자리에 앉은 소녀를 쳐다보았다.

처음에는 정보를 얻기 위해서 어울려 주었을 뿐이었다. 하지만 결투를 치르고, 대화를 나누고, 함께 노는 사이 샤로에게 끌리게 된 것도 사실이었다. 누군가가 이 소녀를 지키고 싶냐고 묻는다면 틀림없이 그렇다고 답할 것이다.

그렇다면…… 괜찮을지도 몰랐다. 루이샤는 각오를 다지고 샤로의 날씬한 허리에 손을 둘렀다.

“꺄악! 뭐야?!”

화들짝 놀라는 샤로. 하지만 루이샤는 괘념치 않고 샤로를 강하게 끌어당겼다. 그러고는 그녀의 작은 입술을 틀어막았다.

“음으읍!” 하고 샤로의 몸이 굳어졌다. 하지만 곧 자신이 무엇을 하고 있는지를 깨달은 샤로는 힘을 풀고 루이샤의 행동에 몸을 맡겼다.

‘슬슬 긴장이 풀렸으려나? 그럼……!’

샤로가 키스에 익숙해졌을 즈음, 루이샤는 입속으로 혀를 밀어 넣어 샤로의 혀를 정성껏 애무했다.

“잠깐, 읍! 루이?!”

테스타롯사에게 직접 전수받은 루이샤의 혀 놀림에 샤로는 적잖이 당황한 눈치였다. 첫 키스임에도 기분이 너무 좋은 나머지 머릿속이 하얘지고, 몸에서 힘이 빠졌다.

그것을 OK 사인이라 착각한 루이샤는 샤로를 친절하게 침대에

눕힌 뒤, 옷을 벗기기 시작했다.

"자, 잠깐만 루이! 나는 그럴 생각이……."

"걱정하지 마. 상냥하게 해줄 테니까."

일을 여기까지 진행할 생각이 없었던 샤로는 당황해서 루이샤를 말렸다. 하지만 스위치가 들어가 버린 루이샤를 멈추기란 불가능했다.

'뭐, 그래도……. 루이라면 괜찮겠지…….'

그래도 마냥 싫지만은 않았다. 자신의 심정을 자각한 샤로는 몸에서 힘을 빼고 루이샤에게 모든 것을 맡기기로 했다.

하지만 샤로는 보고 말았다. 루이샤의 하반신에 달린 대포처럼 커다란 그것을.

"어? 잠깐만, 루이. 그걸 넣겠다고?"

식은땀을 흘리기 시작하는 샤로.

루이샤는 그런 샤로의 머리를 부드럽게 쓰다듬으며 달래주었다.

"괜찮아. 리오한테도 들어갔으니까."

"누, 누군데 그게? 일단, 루이, 잠깐만 멈……!"

샤로는 눈물을 머금고 애원했지만, 마침내 그 순간은 찾아오고 말았다.

"…………아흐윽!"

여관 밖까지 울려 퍼지는 커다란 교성.

그리하여 두 사람의 밤은 깊어갔다…….

합격자 발표 당일.

루이샤와 샤로는 학교로 걸어가고 있었다.

"아으……. 허리가 욱신거려."

샤로가 허리를 짚은 채로 투덜거렸다. 아프긴 아픈지 걸음이 살짝 어색했다.

그러자 옆에 있던 루이샤가 걱정스러운 목소리로 물었다.

"괜찮아? 회복 마법을 걸어줄까?"

"됐어! 그보다 너 때문에 여관 아주머니가 따뜻한 미소로 우리를 쳐다봤다고! 반성해."

"아얏, 차지 마. 아프잖아."

"시끄러워! 내가 더 아팠거든!"

그렇게 말하며 루이샤의 다리를 퍽퍽 걷어차는 샤로. 하지만 루이샤는 말로만 아프다고 할 뿐 얼굴은 웃고 있었다. 진심으로 걷어차는 것이 아니라 가벼운 투정이었기 때문이다.

"어휴, 열불 나. 그런 짓까지 했으니까 책임지고 내 애인이 되도록 해! 안 그럼 용서하지 않을 줄 알아!"

"알았어. 나도 남자인걸. 책임질게."

"저, 정말로?! 말해 두지만, 나중에 가서 취소해 달라고 해도 안 받아줄 거다?!"

예상치 못한 루이샤의 대답에 놀란 샤로는 마음이 진정되자

"해냈다!" 하고 남몰래 파이팅 포즈를 취했다. 사실은 어떻게 하면 루이샤와 정식으로 사귈 수 있을지 어젯밤부터 고민하고 있었던 것이다.

"흥~흐흐흥♪"

무사히 목표를 달성한 샤로는 신나게 콧바람을 불며 걸음을 내디뎠다.

한편, 주위에는 두 사람처럼 마법 학교를 향해서 걸어가고 있는 수험생들이 잔뜩 있었는데, 그들은 호기심에 찬 눈으로 루이샤와 샤로를 흘끔흘끔 쳐다보고 있었다.

이유는 단순했다. 함께 시험을 치른 수험생 대부분이 이 두 사람의 결투를 목격했기 때문이다. 같은 또래임에도 상식을 벗어난 힘을 지닌 두 사람은 이미 학생들 사이에서 가장 큰 화젯거리였다.

사실 수험생들도 속으로는 두 사람과 대화를 나누고 싶었지만, 두 사람과의 격차에 긴장한 나머지 아무도 말을 걸지 못하는 상태였다.

결과적으로 두 사람과 다른 수험생들 사이에는 무형의 벽이 만들어져 있었다. 그런데 이를 무시하고 말을 거는 자가 나타났다.

"호오. 너희가 소문이 자자한 그 수험생이냐? 생각보다 약해 보이는데."

두 사람에게 말을 걸어온 것은 불량해 보이는 삼인조 남성이었다. 나이는 루이샤와 비슷해 보였다.

그들의 무례한 태도에 샤로가 울컥해서 답했다.

"뭐야, 너희. 처음 보는 사이인데 말 좀 가려서 하지?"

"워워, 그렇게 까탈스럽게 굴 거 없잖아? 우리도 수험생이야. 친하게 지내자고."

남자가 악수하려고 손을 내밀었지만, 샤로는 고개를 홱 돌려 무시해 버렸다. 그러자 남자는 얌전히 손을 거두고 다시 대화를 이어나갔다.

"그나저나 네가 그 용사의 후손 맞지? 생각보다 훨씬 귀여운걸. 저런 약해빠진 녀석 말고 우리랑 같이 다니는 게 어때?"

남자는 나머지 두 명의 일행들과 함께 추잡한 미소를 지으며 샤로에게 다가왔다. 샤로는 삼인조를 날카롭게 노려보았지만, 그들은 전혀 개의치 않았다.

어째서 삼인조가 이렇게 거만한 태도로 나오는 것인가. 바로 루이샤와 샤로의 결투를 목격하지 못했기 때문이었다. 일찍 시험을 끝내고 돌아간 삼인조는 이 두 사람의 실력을 실제로 볼 기회가 없었다. 나중에 소문으로 들었을 뿐이었다.

소문을 들은 삼인조는 "그래봤자 소문은 소문이지. 실물은 별거 없어"라고 단정 짓고 깔보는 태도를 보였다.

결국 삼인조의 태도에 분노한 샤로는 허리에 찬 검에 손을 얹었다.

"너…… 그 이상 다가오면 벨 거야."

"헤헤. 그런 섭섭한 소리 말라고."

남자는 샤로의 경고를 무시하고 그녀의 가느다란 팔을 붙잡기 위해 손을 뻗었다. 그런데 남자의 손이 샤로에게 닿기 직전, 옆에서 뻗어온 누군가의 손이 남자의 손을 붙잡았다.

"미안한데, 이 애는 내 여자거든."

남자의 손을 붙잡은 것은 당연히 루이샤였다.

루이샤는 남자의 손을 뿌리치고는 샤로의 팔을 붙잡아 자기 쪽으로 끌어당겼다.

"루, 루이?! 그만둬, 사람들 앞에서……."

루이샤의 갑작스러운 행동에 얼굴을 빨갛게 물들이며 화내는 샤로. 하지만 그녀의 입가는 어렴풋이 미소를 띠고 있었다. 속으로는 화가 나기는커녕 동경하던 공주님 취급을 받아서 상당히 기뻤다.

한편 루이샤와 샤로의 꽁냥거리는 모습을 목격한 남자들은 기분이 상한 눈치였다.

"다짜고짜 왕자님 행세냐? 보면 볼수록 마음에 안 드는 놈이군."

"딱히 왕자님 행세를 한 적은 없는데……. 뭐, 됐어. 그 이상 샤로한테 집적댈 생각이라면 내가 상대해 줄게."

루이샤는 허리를 살짝 낮추고 주먹을 움켜쥐었다.

그러자 남자들은 서로의 얼굴을 마주 보더니 일제히 고개를 끄덕였다. 아무래도 루이샤에게 본때를 보여주자고 만장일치로 결정이 난 모양이었다.

"주제도 모르고 나대기는……!"

남자가 오른쪽 주먹에 마력을 둘러 루이샤에게 휘둘렀다. 하지만 루이샤는 주먹을 가뿐히 회피한 다음 그의 품속으로 파고들었고, 내뻗은 팔을 붙잡아 그대로 업어치기를 했다.

"끄헉!"

바닥에 얼굴을 들이받은 남자는 꼴사나운 단말마와 함께 그대로 기절해 버렸다.

이 기술은 기공술 방어식 6형태 유류(柳流). 이는 상대방의 공격에 기를 흘려 넣어 힘의 방향을 바꾸는 유술의 일종이었다.

하지만 자세한 내막을 알 길이 없는 남자의 일행들은 엄청난 속도로 내동댕이쳐진 자신들의 동료를 보고 전율할 뿐이었다. 본인들이 훨씬 뛰어난 체격을 지니고 있음에도 눈앞의 작은 소년이 무척이나 거대해 보였다.

"제, 제길! 이렇게 된 이상 마법으로 공격하자!"

남은 두 명이 불덩어리를 만들어낸 손바닥을 루이샤에게 향했다.

마을 한복판에서 불의 마법을 사용하는 것은 몹시 위험한 행위였다. 그래서 루이샤는 남자들의 행동에 위기감을 느꼈다.

"마을 한복판에서 마법을 사용하다니……. 다른 사람한테 맞으면 어쩌려고 그래!"

루이샤라면 이 정도는 맞아도 아무런 문제 없지만, 자칫 빗나가서 행인이나 민가에 맞으면 큰일이다. 저들이 마법을 사용하기 전에 막아야겠다고 판단한 루이샤는 서둘러 마법을 발동시켰다. 루이샤의 손바닥에 주먹만 한 돌멩이가 나타나더니 두 사람의 머리를 향해 발사되었다.

"마무 록사일!"

엄청난 속도로 발사된 돌멩이가 두 남자의 머리에 퍽! 퍽! 소리를 내며 명중했다.

머리에 충격을 받은 그들은 "꾸엑" 하고 의식을 잃었다. 힘 조절을 했으므로 목숨에는 지장이 없을 테지만, 한동안은 눈을 뜨지 못할 것이다.

루이샤는 통행에 방해되지 않도록 기절한 세 사람을 길가로 치운 뒤, 샤로의 곁으로 되돌아왔다.

"그럼 가볼까."

루이샤가 샤로의 손을 움켜쥐며 말했다. 그러자 샤로는 얼굴을 빨갛게 물들이며 고개를 끄덕였다.

그리하여 다시금 사이좋게 학교로 향하는 두 사람.

참고로 기절한 삼인조는 발표 시간에 맞추지 못해 입학을 취소당하고 말았다.

마법 학교의 정문 앞.

현재 이곳에는 수험생들이 모여있었다. 올해 수험자 수는 1,200명. 작년보다 2할이나 늘어난 수였다.

하지만 합격자의 수는 고작 300명에 불과했다. 입학이 그리 쉽지는 않은 것이다.

게다가 무사히 합격해도 수험 성적에 따라 A반부터 E반까지, 총 다섯 개 학급으로 나누어진다. 그리고 학급이 높을수록 더욱 좋은 환경에서 공부하게끔 되어 있다. 가장 높은 A반의 경우, 학비가 면제이며 교내 시설 이용에 우선권을 갖는다. 한때는 자존심 높은 귀족들이 자식들을 높은 학급에 보내고자 막대한 재력으로 손을 쓰려던 적도 있었으나, 이 학교의 창립자인 프로이 왕이 부정을 엄격하게 금지하여, 지금은 거의 사라진 상태였다.

애초에 A반으로 입학한다고 해서 끝난 게 아니다. 해마다 두 번씩 치러지는 시험 결과에 따라서는 낮은 학급으로 강등당할 수도 있다. 부정한 방법을 시도한들 큰 의미가 없는 것이다.

"우와, 사람이 엄청나게 많네. 이게 다 수험생이라니."

학교 앞에 도착한 루이샤가 놀라서 외쳤다. 그러자 샤로가 태평한 소리나 늘어놓는 루이샤에게 따끔하게 말했다.

"얼빠진 사람처럼 굴면 얕보일 수 있으니 조심해. 여기에 있는 녀석들은 전부 네 적이니까."

"앗! 샤로! 저쪽에 시험 결과가 붙어있나 봐!"

"어디 가! 사람이 말을 하면 들어!"

막무가내로 달려가는 루이샤를 뒤쫓는 샤로. 루이샤가 달려간 곳에는 거대한 벽보가 붙어있었다. 벽보에는 누가 어느 반에 합격했는지가 적혀 있었다.

벽보를 본 학생들은 극적인 반응을 보였다. 어떤 학생은 무릎

을 꿇으며 털썩 주저앉았고, 어떤 학생은 울면서 기뻐했다. 그만
큼 이 학교에 입학한다는 것, 그리고 높은 학급에 배정된다는 것
은 앞으로의 인생을 좌우할 중요한 일이었다.

실제로 높은 학급으로 졸업한 학생은 왕국의 요직에 취직하는
경우가 많은데, 학교 설립 이전에는 요직에 앉으려면 반드시 귀
족의 연줄을 이용해야만 했다는 점을 생각하면, 마법 학교의 설
립이 왕국에서 얼마나 혁신적인 사건이었는지 알 수 있었다.

"어디 보자…… 내 이름은…….."

루이샤는 높은 내심 성적을 기대하며 A반 쪽의 벽보를 먼저 훑
어보았으나, 그곳에 루이샤의 이름은 없었다.

"……어라?"

이후에도 B반, C반 등 계속 시선을 바삐 움직였으나, 루이샤라
는 이름은 어디에도 없었다. 더 이상한 건 샤를롯테의 이름도 보
이지 않는다는 점이었다.

루이샤는 당혹감을 느꼈다. 자신의 이름만 없다면 또 몰라도
샤로의 이름까지 없는 건 아무래도 이상했다. 최하위 학급인 E반
의 마지막 명단까지 꼼꼼히 전부 훑어보았지만, 결국 두 사람의
이름은 발견하지 못했다.

아무래도 이상했다. 대체 뭐가 어떻게 된 것일까. 루이샤가 영
문을 모르겠단 얼굴로 샤로를 바라보자 샤로는 E반 건너편의 벽
보를 가리키며 중얼거렸다.

"이, 이건 대체……?"

샤로가 가리킨 벽보에는 'Z반'이라고 적혀 있었다. 그리고 그 영문 모를 학급의 합격자 명단에는 루이샤와 샤로의 이름이 적혀 있었다.

"Z반……? 그게 뭐야?"

"나도 몰라! 작년에는 이런 학급 따위, 존재하지도 않았어!"

예상치 못한 사태에 한바탕 소란을 피우는 두 사람.

그때 두 사람 앞에 낯익은 인물이 나타났다.

"둘 다 반가워. 아침부터 팔팔하구나."

상쾌한 미소와 함께 이 나라의 왕자인 유리가 다가왔다.

유리가 등장하자 주변의 여자 수험생들이 비명에 가까운 환성을 내질렀다. 유리는 아직 어린 나이임에도 팬클럽이 결성될 정도로 많은 인기를 누리고 있었다.

한편 유리의 뒤쪽에는 루이샤가 처음 보는 인물이 따라오고 있었다.

키는 큰 편이었고, 옷차림은 평범했다. 한 군데만 제외하고.

바로 머리였다. 어째서인지 그는 얼굴을 완전히 뒤덮는 투구를 쓰고 있어 생김새를 알 수가 없었다. 허리에는 투구와 잘 어울리는 검을 차고 있었지만, 갑옷은 일절 착용하지 않았다. 실로 이상한 차림새가 아닐 수 없었다.

루이샤가 그 인물을 응시하자, 이를 눈치챈 유리가 나서서 소개했다.

"아아, 루이샤는 처음이었구나. 소개할게. 내 호위인 이부키 아이언하트야. 앞으로 잘 부탁해."

유리의 소개가 끝나자 이부키라 불린 투구 차림의 인물이 루이샤의 앞으로 다가왔다. 루이샤는 그의 괴상한 분위기에 압도당하면서도 "아, 안녕하세요……" 하고 말하며 악수를 권했다.

그러자 그는 루이샤의 손을 덥석 붙잡더니 입을 열었다.

"이야! 정중한 인사 감사드립다! 저는 도련님의 호위를 맡은 이부키라 합다! 편하게 이부키라고 부르십쇼! 아! 친해진 기념으로 사탕 좀 드릴까요? 사양하실 것 없습다! 앗, 샤로도 사탕 먹을래요? 네? 필요 없다고요? 그러지 말고 받으세요!"

"어어……?"

투구를 쓴 인물의 활기차기 그지없는 말투에 루이샤는 커다란 혼란에 빠졌다. 겉모습과 언동이 과하다 싶을 정도로 따로 놀았다.

루이샤의 반응을 본 유리는 "풉!" 하고 작은 소리로 웃었다.

"후후, 재밌는 녀석이지? 이부키는 호위 임무를 위해 남들에게 얼굴을 감춰야 하거든. 그래서 늘 투구를 뒤집어쓰고 있어. 좀 특이하기는 하지만 좋은 녀석이니까 친하게 지내 줘."

"잘 부탁드립다!"

"으, 응. 잘 부탁해, 이부키."

그렇게 루이샤와 이부키의 자기소개가 끝이 났다. 그러자 지금까지 잠자코 있던 샤로가 신경질적으로 유리에게 따지고 들었다.

"그보다 유리! 저게 도대체 어떻게 된 거야?!"

"아아, Z반 말이구나? 놀라게 해주려고 일부러 말 안 했어.

어때, 깜짝 놀랐지?"

"당연히 놀라지! 얼른 설명해!"

빽 소리를 지르는 샤로를 보고 만족했는지 키득키득 웃은 유리는 두 사람에게 설명하기 시작했다.

"Z반은 올해부터 새로 창설된 신규 학급이야. 이전까지는 A반부터 성적대로 차례차례 배정했지만, Z반은 예외야. 이 반에는 남들과는 다른, 어느 한 면이 유별한 '특별한 재능'을 가진 사람들이 모이거든. 즉…… Z반은 최고의 실력을 지닌 별종들의 집합인 셈이지."

Z반 계획.

이는 엑사도르 국왕이자 유리의 아버지이기도 한 프로이 왕이 전부터 준비해 온 계획이었다.

국왕은 단순히 우수하기만 한 인물보다는 어느 한 분야에 특화된 재능의 소유자들, 즉 '특별한 재능'을 가진 인재를 원했다. 그러나 종합 성적으로 학생을 판별하는 기존의 학급 제도로는 우수한 사람을 발굴할 수는 있어도 특별한 재능을 지닌 인물을 가려내기는 어려웠다.

모처럼 마법 학교를 설립했는데, 막상 재능을 가진 아이들을 놓쳐버리면 의미가 없다. 국왕은 이를 보완하기 위해 깊은 고민에 빠졌다.

그러던 도중 국왕에게 기회가 찾아왔다.

그 기회란 바로 아들인 유리였다. 유리는 사람을 보는 안목이 뛰어났다. 아버지인 프로이가 원하는 '특별한 재능'을 알아보는 재주가 있었다. 국왕은 유리가 학교에 입학하는 올해에 맞춰 즉시 Z반 계획을 시행했다. 입학생들의 재능을 파악하여 한 학급에 모으도록 유리에게 지시를 내린 것이다.

"그렇게 된 거야. 이해됐으려나."

설명을 마친 유리가 가볍게 한숨을 내쉬었다. 하지만 샤로는 아직 내키지 않는 눈치였다.

"Z반이 무슨 의도인지는 알겠어. 하지만 어째서 나와 루이가 Z반인 건데?! 우리는 A반으로 갈 만한 성적을 냈잖아!"

"그래. 너희의 성적은 각각 1, 2위였어. 네 말대로 A반에 들어가야 할 인재지. 하지만 너희들의 힘은 좀 지나치다 싶을 정도로 강력해. 아마 A반의 담임 선생님도 감당하기 힘들겠지. 그래서 내가 있는 Z반에 들어오도록 손을 썼어."

"다시 말해서, 네가 우리의 감시역이라 이거야?"

"뭐, 그렇게 받아들여도 상관없어. 하지만 너희들이 하는 일에 일일이 참견할 생각은 없으니까 안심하도록 해."

"하, 두고 보면 알겠지. ……뭐, 이미 결정된 사항이라면 그걸로 됐어. 나는 루이와 같은 반이라면 아무래도 좋아."

샤로는 필요한 설명은 전부 들었다는 듯 루이샤의 손을 잡아끌고 학교 건물로 향했다. 그러자 유리는 손을 흔들어 멀어지는 두 사람을 배웅했다. 그리고 루이샤와 샤로의 모습이 보이지 않게 되었을 무렵, 종자인 이부키가 입을 열었다.

"왕자님, 감시가 목적이라는 게 사실임까? 뭔가 다른 이유가 있지는 않고요?"

"후후, 예리한걸. 네 말대로 저 애들을 Z반에 넣은 이유는 그게 다가 아니야."

유리는 두 사람이 떠나간 방향을 바라보며 진지한 얼굴로 말했다.

"Z반에 모인 학생들은 하나같이 별종들뿐이지. 나도 그 애들을 통제하기는 쉽지 않을 거야. ……하지만 저 애라면, 루이샤라면 가능하지 않을까 생각하고 있어."

"호오, 루이샤를 꽤 높게 사고 계시는군요."

이부키가 의외라는 듯이 말했다. 왕자가 이 정도로 남에게 기대를 품는 경우는 좀처럼 없었다. 현실주의자인 유리는 인간을 평가하는 데 있어 무척이나 엄격했다.

"후후후. 앞으로 어떤 반이 될지 벌써 기대가 되는걸."

유리는 하늘을 올려다보며 즐겁다는 듯이 중얼거렸다.

한편 유리 일행과 헤어진 루이샤와 샤로는 마법 학교의 교복으로 갈아입은 뒤 Z반 건물로 향했다. 마법 학교에 합격한 학생은 탈의실에서 옷을 갈아입고 곧바로 출석하게 되어 있었다.

덧붙여 마법 학교의 교복은 보편적인 블레이저 타입이었다.

남자는 검은색을, 여자는 카키색을 입는다. 단, 마법 학교의 교복은 평범한 교복과 달리 튼튼한 소재로 만들어진 고급품으로, 웬만한 충격에는 흠집도 가지 않을 만큼 내구성이 좋다.

더구나 마법 학교의 교복은 디자인이 훌륭해서 인기가 많았다. 오로지 이 교복만을 노리고 입학시험을 치르는 수험생이 있을 정도였다.

"후후, 어때? 어울려?"

교복으로 갈아입은 샤로는 곧장 루이샤에게 다가가 자신의 모습을 과시했다. 득의양양한 미소를 지으며 한 바퀴 회전해 보이는 샤로. 교복이 마음에 든 모양이었다.

똑같이 교복 차림으로 갈아입은 루이샤는 샤로를 보고 감탄을 토했다.

"우와, 정말 잘 어울려! 엄청 예쁘다!"

루이샤는 샤로의 손을 덥석 붙잡고는 그렇게 말했다. 설마 이렇게 대놓고 칭찬해 올 줄 몰랐는지 샤로는 얼굴을 새빨갛게 물들였다.

"다, 다들 쳐다보니까 그렇게 달라붙지 마, 루이!"

말로는 매몰차게 굴었지만, 샤로의 얼굴에는 미소가 피어있었다.

입학 첫날부터 시작된 두 사람의 애정 행각에 지나가던 학생들의 시선이 쏠렸다. 특히 남학생들에게서 "부럽다……. 나도 여자친구 사귀고 싶다……" 하고 원망의 시선이 날아왔다.

하지만 정작 루이샤와 샤로는 아무것도 모르는 눈치였다. 그렇게 두 사람은 서로의 교복을 칭찬해 가며 사이좋게 Z반 건물로 향했다.

◇　◇　◇

Z반은 이번에 새로 생긴 반이라 그런지 교실도 올해 급하게 신축한 새 교사에 있었다. 건물 자체는 학교 본관보다 작았지만, 급조한 것치고는 튼실하게 지어진 편이었다.

이윽고 건물로 들어선 샤로는 불만이라는 듯이 중얼거렸다.

"정말이지, 유리 녀석……. 쓸데없는 계획이나 세우고 말이야. 난 A반에 들어가서 우아한 학교생활을 보내고 싶었는데, 이래서는 어렵잖아."

"아하하. 그래도 우리 둘이 같은 반에 배정받았으니 됐잖아."

"뭐, 그거 하나만큼은 감사하고 있지만……. 어디, 왕자님이 모아놓은 별종들과 대면해 보실까."

교실 앞에 도착한 샤로는 기세 좋게 교실 문을 열어젖혔다.

문이 열리는 순간, 루이샤와 샤로에게 일제히 날카로운 시선이 날아들었다. 시선의 출처는 교실 안에 있는 도합 10명의 남녀 학생들. 이들이 바로 유리가 엄선한 '특별한 재능'의 소유자들이었다.

두 사람은 그들의 시선을 느끼며 자기 자리로 이동했다. 루이샤의 자리는 가장 앞줄의 중앙이었고, 샤로는 루이샤의 바로 왼쪽 자리였다.

시골 마을 출신이라 학교에 다녀본 적이 없는 루이샤는 기대감으로 가슴을 콩닥거리고 있었다. 그래서 속으로도 '친구가 많이 생겼으면 좋겠다……'라는 태평한 생각을 하는 중이었다.

그렇게 잠시 후. 루이샤의 책상 앞으로 학생 셋이 다가오더니 그들 중 하나가 입을 열었다.

"루이샤라고 했던가. 네가 시험장에서 한바탕 결투를 벌였던 그 녀석이지?"

말을 걸어온 것은 붉은색의 모히칸 헤어를 한 학생이었다. 눈매도 사납고 교복도 단정하지 못해서 굉장히 불량해 보였다.

그의 뒤쪽에는 친구로 보이는 인물이 둘 있었다. 한 명은 작은 체구의 까까머리 소년이었고, 다른 한 명은 도저히 같은 또래로 보이지 않는 커다란 체구의 남학생이었다.

세 사람 모두 귀한 집 출신 같아 보이지는 않았다. 셋이서 루이샤를 둘러싼 모습이 꼭 금품을 갈취하는 불량배 같았다.

하지만 루이샤는 위압적인 분위기에도 전혀 동요하지 않고 "응, 맞아" 하고 태연하게 대답했다.

그러자 불현듯 모히칸 소년이 책상을 쾅! 두드렸다. 교실 안에 긴장감이 감돌았다.

모두가 루이샤를 주목하는 일촉즉발의 상황. 샤로도 칼자루에 손을 얹고 임전 태세에 돌입했다.

팽팽한 긴장감이 유지되는 가운데, 모히칸 소년은 루이샤를 향해 소리쳤다.

"어제 그 결투…… 엄청나게 멋있더라!"

"……엉?"

활짝 웃으며 루이샤를 칭찬하는 모히칸 소년. 예상치 못한 칭찬에 루이샤가 당황했지만, 그러거나 말거나 모히칸 소년은 계속해서 루이샤와 샤로의 결투에 대해 뜨거운 감상을 늘어놓았다.

"이야, 그렇게 뜨거운 결투는 오랜만이었어. 검을 든 상대를 맨손으로 제압한 점이 제일 대단했지! 역시 남자는 주먹이라니까! 너도 뭘 좀 아는구나. 아, 그렇지만 네 마법도 나쁘지 않았어. 네가 만들어 낸 화염의 열기, 대단하더라! 멀리 떨어진 나한테까지 느껴질 정도였다니까!"

"그, 그렇구나. 좋게 봐줘서 고마워."

루이샤는 소년의 노도와도 같은 기세에 따라가지 못하고 적당히 대답했다. 아무래도 이 모히칸 소년은 단순히 결투에 대한 감상을 털어놓고 싶었을 뿐인 모양이었다.

"어이쿠, 그러고 보니 자기소개가 아직이었군. 나는 반이라고 해. 특기는 뜨거운 폭렬 마법이지. 앞으로 잘 부탁해! 그리고 뒤에 있는 덩치 큰 녀석이 도카베. 작은 녀석은 메렐이야. 둘 다 좋은 녀석이니까 사이좋게 지내 줘."

""잘 부탁해!""

"응. 잘 부탁해."

반이 소개한 두 소년이 루이샤와 친근하게 악수했다.

틀림없이 시비를 걸 줄로만 알았던 루이샤는 세 사람의 우호적인 태도에 적잖이 당황하고 말았다.

"저기, 뭐랄까, 나에게 상당히 우호적인 거 같은데…… 아직 나에 대해서 잘 아는 것도 아니잖아?"

"뭐? 그야 당연하지! 그렇게 뜨거운 결투를 벌이는 녀석이 나쁜 녀석일 리가 없잖아! 너희도 나랑 같은 생각이지?"

반의 물음에 뒤에 있던 두 사람도 고개를 끄덕여 보였다. 무슨 당연한 것을 묻느냐는 태도였다.

"뭐, 그런 거야! 앞으로 친하게 지내자!"

"……응."

루이샤는 눈시울이 뜨거워지는 것을 느꼈다. 자신의 노력을 인정받는다는 것이 이토록 기쁜 줄은 몰랐다.

루이샤는 내심 열심히 단련하길 잘했다고 생각했다.

한동안 반 일행과 대화를 나눈 루이샤는 다른 학생들과도 인사를 나누기 시작했다.

별종만 모였다고 하기에 살짝 경계심을 품고 있었지만, 의외로 Z반 구성원들 대부분은 친근한 성격이었다.

"앗하하! 내 이름은 파르디오! 보다시피 성격 좋은 꽃미남이지!

잘 부탁……해!"

"아, 응. 잘 부탁해."

별종인 건 변함없었지만.

물론 모두가 루이샤에게 우호적인 건 아니었다. 늑대 귀가 달린 수인 청년에게 인사하기 위해 루이샤가 다가가자 그는 살의가 담긴 눈빛으로 노려보며 "그르르……" 하고 으르렁거리기 시작했다. 아무래도 다가오지 말라는 뜻인 듯했다.

험한 꼴을 본 루이샤는 "내가 뭔가 잘못이라도 저지른 걸까……" 하고 풀이 죽었다. 그러자 옆에서 지켜보던 샤로가 루이샤를 달랬다.

"마음 상할 거 없어. 수인족은 인간을 싫어하는 자들이 많아. 분명 저 수인도 루이가 싫다기보다는 인간족이 싫은 걸 거야."

"그, 그래? 혹시 인간과 수인은 사이가 안 좋아?"

루이의 질문에 샤로는 얼굴을 찌푸리면서 설명했다.

"지방 출신인 너는 잘 모르겠지만, 도시에는 아직 수인 노예들이 많이 있어. 지금의 국왕이 즉위한 이후로 노예 시장은 사라졌지만, 아직 음지에는 수인들을 혹사하는 사람들이 있어."

"……그렇구나."

사정을 들은 루이샤는 누구와도 어울리지 않고 고독을 관철하는 수인 청년을 바라보았다.

"언젠가는 사이좋게 지낼 수 있을까?"

쓸쓸함이 묻어나는 루이샤의 질문에 샤로는 "루이샤라면 가능할 거야"라고 상냥하게 대답해 주었다.

그리고 반에 또 한 명, 루이샤에게 우호적이지 않은 자가 있었다.

그 인물은 교실에서도 유달리 눈에 띄는 미소녀였다. 황금처럼 빛나는 머리카락과 도자기처럼 새하얀 피부. 그리고 조각상처럼 뚜렷한 이목구비. 아무리 왕도라도 이만한 미소녀를 찾아보기란 쉽지 않을 것이다.

루이샤는 그녀의 미모에 살짝 주눅이 들었지만, 용기를 내서 인사를 건넸다.

"저기, 반가워."

"……."

무시.

루이샤는 깔끔하게 무시당하고 말았다. 소녀는 턱을 괸 채 우수에 젖은 표정으로 창밖을 바라보고 있었다. 한 폭의 그림 같은 그녀의 모습에 루이샤는 "어라? 내가 방금 말을 걸었던가?" 하고 잠시 넋을 놓았다.

혹시나 하는 마음에 다시 한번 인사를 건네려 했지만, 샤로에게 순서를 빼앗기고 말았다.

"이봐! 사람 말을 무시하다니, 배짱도 좋네!"

책상을 탕! 내려치는 샤로. 그러자 마침내 소녀는 이쪽으로 고개를 돌렸다.

"……죄송합니다. 저한테 용건이 있으셨나 보군요. 하지만 저는 딱히 할 말이 없습니다."

소녀는 억양 없는 목소리로 말을 마친 뒤 다시 창밖으로 시선을 돌렸다. 완전히 바보 취급당했다고 느낀 샤로는 "이, 이게……!" 하고 주먹을 쥐었다. 당장이라도 달려들려는 샤로를 루이사가 황급히 막아섰다.

"샤로! 진정해!"

"말리지 마, 루이! 너 죽을 줄 알아!"

샤로는 이후로도 한동안 길길이 날뛰었지만, 루이샤가 필사적으로 달랜 덕분에 간신히 얌전해졌다.

이리하여 Z반 전원과 대화를 나눈 두 사람은 자신의 자리로 돌아가서 앉았다. 그러자 교실의 문이 열리며 낯익은 인물이 안으로 들어왔다.

"안녕, 루이샤. 반 아이들과는 좀 친해졌어?"

"오옷! 루이하고 샤로임까. 또 만났네요."

왕자 유리와 그의 호위인 이부키였다.

"앞으로 매일 네 얼굴을 봐야 한다고 생각하니 끔찍한데."

"하하, 매정하네. 아, 루이샤. 옆자리에 실례 좀 할게."

샤로의 빈정거림을 무난히 받아넘긴 유리는 루이샤의 오른쪽 자리에 앉았다. 이부키는 유리의 바로 옆자리에 앉았다.

참고로 이 자리 배치도 유리가 정한 것이었다. 그에게 루이샤는 가장 중요한 관찰 대상이었기 때문이다.

"앞으로 잘 부탁할게. 루이샤."

유리의 인사에 루이샤는 활기차게 대답했다.

"응, 잘 부탁해!"

이리하여 특별한 재능을 갖춘 세계 각지의 인재들이 한 교실에 모였다. 학생 수는 총 14명. 원래대로라면 만날 기회가 없었을 면면들이었다.

이들은 이 학급에서 성장하고, 친분을 쌓고, 세계를 뒤흔들 소동에 말려들게 되지만…… 그것은 아직 먼 훗날의 이야기였다.

그리고 루이샤의 학교생활이 시작되었다.

루이샤는 다소 특이한 사람들이 모인 반이니 무슨 수업을 받게 될지 몰라 살짝 불안감을 느꼈지만, 수업 내용은 지극히 평범했다.

인간계의 역사와 마법의 구조, 각 종족의 특성과 타국과의 조약 등등 수업 내용은 여러 분야에 걸쳐 있었다. 루이샤도 마왕 테스타롯사에게 여러 가지를 배웠지만, 대부분은 300년 전의 지식이었다. 그 이후의 지식은 배운 적이 없었기에 역사 수업은 무척이나 즐거웠다.

하지만 마법 수업에 한해서는 루이샤가 테스타롯사에게 배웠던 것보다 한참 뒤쳐져 있었다. 무리도 아니었다. 마족의 마법 기술은 인간족보다 훨씬 발전되어 있었다. 그래서 루이샤는 선생님의 설명에 오류가 있으면 정정해 주었고, 때로는 직접 시범을 보이기도 했다.

"선생님! 그 설명은 잘못된 것 같아요! 수속성 마법이 물을 만들어 낼 때는 대기 중의 수분뿐만 아니라 지하 수맥에도 영향을 받거든요!"

"어? 그런 거냐?! 어느 교과서에도 그런 내용은 실려있지 않던데……."

"그러면 제가 시범을 보여드릴까요?"

"응? 괜찮겠냐? 알겠다. 밖으로 나가서 실습해 보자!"

참고로 지금 루이샤와 대화를 나누고 있는 Z반의 담임 선생님은 루이샤의 마법을 보고 기절했던 시험관 레거스였다. 아직 젊고 융통성이 있는 그는 루이샤가 수업을 맥을 끊어도 화내기는커녕 오히려 고마워하며 지식을 흡수해 나갔다.

그리고 그를 Z반의 담임으로 임명한 것도 유리였다. 고지식한 교사들은 어린 나이에 강대한 힘을 지닌 Z반의 학생들을 고깝게 여길 테니까. 그렇게 생각한 유리는 Z반에 최대한 쾌적한 환경을 제공해 주었다.

이러한 조치들이 도움이 되었는지 Z반 학생들은 충실한 학교생활을 구가할 수 있었다.

루이샤도 친구들과 놀고, 배우고, 경쟁하는 생활을 진심으로 만끽했다. 하지만 그런 Z반을 탐탁잖게 여기는 자들도 있었다.

루이샤가 입학한 지 2주가 지났을 무렵. 사건이 벌어졌다.

"이, 이게 뭐야!"

야외에서 마법 실습을 마치고 교실로 돌아온 반이 붉은 모히칸을 펄럭이며 외쳤다. 그러자 다른 학생들도 무슨 일인가 하고 교실을 들여다보았다. 교실은 엉망진창이 되어 있었다.

다행히 귀중품은 각자 소지하고 있었기에 무사했지만, 책상과 의자는 난장판이 되어 있었고, 쓰레기통도 완전히 엎질러져 있었다.

"누가 이런 짓을!"

같은 반인 로나가 눈물을 글썽이며 외쳤다. 로나는 백마법을 특기로 하는 다정한 성격의 소녀다. 다른 학생들도 저마다 분노를 드러내는 가운데, 루이샤는 침착하게 현장을 주시하고 있었다.

아니, 침착해 보이기만 할 뿐이었다. 겉으로는 냉정해도 속으로는 용암처럼 분노가 펄펄 끓고 있었다.

이제 2주에 불과한 짧은 인연이지만, 루이샤는 Z반 친구들을 무척 좋아하게 되었다. 이들을 상처 입히는 행위는 도저히 용서할 수 없었다.

"대체 어떤 녀석이……!"

부글부글 끓어오르는 분노를 억누르며 루이샤는 머리를 굴리기 시작했다.

화를 내는 건 범인을 찾은 다음에 해도 늦지 않는다. 리오도 분노는 사고를 둔하게 한다고 가르쳐 주었다.

루이샤는 일단 깊게 심호흡을 해서 분노를 떨쳐냈다. 그리고 침착하게 생각을 정리한 다음…… 어느 인물에게 도움을 구하기로 했다.

"치샤. 잠깐 괜찮을까?"

"응? 뭔데, 루이샤?"

루이샤가 말을 건 것은 Z반의 같은 반의 하플링 소년이었다. 루이샤보다도 체구가 작은 그는, 자신과 마찬가지로 소년티를 벗지 못한 루이샤에게 친근감을 느꼈는지 사이좋게 지내고 있었다.

"범인을 밝혀내고 싶어. 도와줄 수 있을까?"

루이샤의 물음에 치샤는 장난기 많은 어린아이처럼 씨익 웃으며 "재밌겠는걸" 하고 대답했다.

"그래서? 뭘 하면 되는데?"

"분명 아직 범인의 흔적이 남아있을 거야. 치샤의 마법으로 찾아줬으면 해."

"알았어. 바로 시작할게."

치샤는 난장판이 된 교실을 향해 손을 뻗으며 마법을 영창했다.

"마기 라이즈."

치샤의 마법이 발동되자 푸르스름한 빛이 교실을 뒤덮었다. 이 마법은 범위 내의 사물을 해석, 또는 분석할 수 있는 고난도 마법이다. 게다가 보통은 손으로 접촉한 물건에만 발동되는 마법으로, 이처럼 넓은 범위에 적용하기란 불가능하다시피 했다. 하지만 탁월한 재능을 지닌 치사의 분석 마법은 교실 전체를 뒤덮을 정도의 범위를 자랑했다.

원래 하플링은 뛰어난 손재주와 가벼운 몸놀림이 특기인 종족이지만, 치샤에게는 이러한 재능들이 없었다. 그 대신 치샤에게 주어진 것이 바로 분석 마법의 재능이었다. 좀처럼 찾아보기 힘든 희귀한 재능의 소유자였지만, 치사는 마법을 탐탁잖게 여기는 하플링 종족으로부터 박한 취급을 받아야 했다. 그래서 치샤는 고향을 나와 왕도로 오게 된 것이다.

자신이 있을 곳을 찾아서.

"역시 치샤야. 이렇게나 넓은 범위를 뒤덮고도 마력에 흔들림이 없네."

"네 특훈이 없었다면 이 정도로 숙달하진 못했을 거야."

루이샤는 사이가 좋은 반 친구들과 방과 후 공부 모임을 하고 있었다. 통칭 루이샤 스터디라 부르는 이 모임 덕분에 Z반 학생들의 마법 수준은 무럭무럭 성장하는 중이었다. 처음에는 책상을 뒤덮는 게 고작이었던 치샤의 마법도 고작 2주 만에 지금의 수준에 이르렀다.

잠시 후, 치샤가 발동시킨 분석 마법이 침입자의 흔적을 포착했다.

"아, 머리카락이 떨어져 있네. 우리 반 애들 게 아니야. 그리고 이 발자국은…… 이번 신입생들한테 배부된 교복 신발이야. 하하. 친절하게 지문까지 남겨 놨어. 완전 범죄는 물 건너갔네."

신이 나서 침입자의 흔적을 찾아내는 치샤를 보고 루이샤는 살짝 식은땀을 흘렸다.

"……치샤는 적으로 돌리지 않는 편이 좋겠네. 친구라서 다행이야."

"별말씀을. 자, 이게 침입한 녀석에 대한 정보야."

치샤는 그렇게 말하며 침입자에 대한 정보를 적은 메모를 건넸다.

"고마워, 치샤. 이것만 있으면 금방 찾을 수 있겠어."

교실을 난장판으로 만든 범인을 특정한 루이샤는 곧장 그곳으로 이동하려 했다. 반면, 치샤는 어질러진 교실을 정리하기 시작했다. 루이샤와 같이 갈 생각이 없는 모양이었다.

"어라, 치샤는 안 가려고?"

"어차피 한바탕할 생각이잖아? 난 패스. 루이샤라면 혼자서도 문제없겠지?"

치샤는 씨익 웃더니 루이샤에게 주먹을 내밀었다. 치샤의 의도를 알아챈 루이샤는 그 주먹에 자신의 주먹을 가져다 댔다.

"맡겨 줘. 원수는 꼭 갚을게."

"크큭, 나중에 어땠는지 들려달라고."

"물론이지!"

루이샤는 그렇게 약속하며 발걸음을 돌렸다. 그런데 그때, 낯익은 삼인조가 루이샤의 앞을 막아섰다.

"한바탕 할 거라면 우리가 빠질 수 없지!"

싸움이라면 사족을 못 쓰는 반이었다. 뒤쪽에는 그와 사이가 좋은 도카베와 메렐도 있었다. 곧잘 소동을 일으키는 세 사람은 Z반 학생들 사이에서 친근함을 담아 '바보 삼인방'이라고 불리고 있었다.

"나, 나도 화났어!"

"자자, 얼른 출발하자고!"

힘이 장사인 도카베와 달리기가 특기인 메렐이 재촉하듯이 외쳤다.

루이샤는 그런 두 사람을 보면서 키득 웃었다.

"그래. Z반의 힘을 톡톡히 보여주자!"

그리하여 루이샤와 바보 삼인방은 범인이 있는 곳으로 향했다.

Z반은 교내에서 주목을 받고 있다.

비록 이 학급이 창설된 내막은 알려지지 않았지만, 왕자가 별종들을 모아 뭔가를 하려고 한다는 이야기는 널리 퍼져 있었다.

Z반은 이처럼 학생들의 관심을 끌고 있었지만, 그렇다고 딱히 Z반을 적대하지는 않았다.

하지만 A반은 사정이 좀 달랐다. 가장 성적이 좋은 A반을 제치고 주목을 받는 게 달갑지 않은 사람들이 있었다.

아니나 다를까, 루이샤 일행이 향하고 있는 곳도 A반 교실이었다.

"미안, 미안! 잠깐 좀 지나갈게!"

선두에 선 반이 복도의 학생들을 밀어내며 A반을 향해 달려갔다. 평소 다른 건물에서 수업을 받는 Z반 학생이 본건물을 방문하는 경우는 좀처럼 없었기에 학생들은 루이샤 일행을 흥미롭게 쳐다보았다.

이윽고 루이샤 일행의 눈에 1-A 교실이 보이기 시작했다. 목적지를 확인한 반은 루이샤에게 물었다.

"A반에 도착했다만, 그거, 정말로 괜찮겠어?"

"……내가 나중에 고칠게."

"핫! 말이 통하는걸!"

반은 곧바로 루이샤의 의중을 헤아리고는 A반의 문을 있는 힘껏 걷어찼다.

와장창! 하는 소리와 함께 문이 박살 나며 교실 안에 유리 조각이 흩날렸다. 위험한 짓이기는 했지만, 사람이 없는 부분을 잘 노렸는지 다친 사람은 없었다.

갑작스러운 사태에 놀란 A반 학생들 몇 명이 비명을 내질렀다. 하지만 루이샤를 비롯한 네 사람은 개의치 않고 성큼성큼 교실 안으로 들어섰다.

교실에 들어온 반은 매섭게 주변을 둘러보았다 자리에 있는 듯했다. 아마도 범인은 이들 중에 있을 것이다.

"어이! 원하는 대로 한판 붙으려고 찾아왔다! 너희의 소행이라는 건 이미 파악했으니, 얼른 뛰어나와!"

반이 버럭 소리쳤지만, 범인임을 자백하고 나서는 자는 없었다. 자백은커녕 학생들은 루이샤 일행을 보고 키득키득 웃고 있었다.

"……시치미를 뗄 생각인가."

이 학급의 구성원 모두가 범인은 아닐 것이다. 하지만 대부분이 억울해하는 루이샤 일행의 모습을 보고 즐거워했다.

이런 불쾌한 분위기 속에서, 한 명의 학생이 루이샤 일행에게 말을 걸어왔다.

"이거, 이거. Z반 여러분들 아니십니까. 뭔가 문제라도 있나요?"

그는 A반의 중심인물인 하우로라는 학생이었다. 하우로는 귀족 중에서도 신분이 상당히 높은 집안 출신으로, 다른 고위 귀족들처럼 프라이드가 강했다.

1학년 중에서도 그럭저럭 유명한 인물이었기에 루이샤도 얼굴을 기억하고 있었다.

"안녕하세요, 하우로 씨. 실은 저희 교실이 누군가에 의해서 난장판이 되었거든요. 그래서 범인을 찾으러 왔어요."

"호오, 그거 큰일이군요. 하지만 다짜고짜 저희를 의심하는 건 다소 섣부른 판단이 아닐까요?"

하우로가 히죽히죽 웃으며 말했다.

아무래도 본인의 승리를 확신하고 있는 모양이었다.

"애초에 Z반 내부의 범행일지도 모르는 거잖아요? 일부러 Z반이 있는 조그만 건물까지 가서 못된 짓을 저지를 학생은 A반에 없어요. Z반에는 신분이 높지 않은 학생이 제법 많다던데, 그분들을 의심하는 편이 낫지 않을까요?"

하우로가 웃음을 참으며 말했다. 그러자 주변의 A반 학생들도 키득키득 웃기 시작했다.

바보 취급을 당한 바보 삼인방은 "이 자식들이!" 하고 외치며 덤벼들려 했으나 루이샤가 손을 들어 제지했다.

"루이샤……! 이놈들이 범인이 게 틀림없어! 말리지 마!"

"반. 여기서 싸워 봤자 쟤네들의 노림수에 걸려들 뿐이야. 최악의 경우 퇴학을 당할 수도 있어."

"윽……! 그러면 잠자코 보고만 있으란 거야?"

하지만 루이샤는 씨익 웃으며 답했다.

"그럴 리가 없잖아? 뭐, 나한테 맡겨 둬."

이윽고 하우로의 앞으로 다가간 루이샤는 주머니에서 한 가닥의 황금색 머리카락을 꺼내 들었다.

"이건 우리 반에 떨어져 있던 머리카락이에요."

루이샤가 갑자기 머리카락을 들이밀자 하우로는 고개를 갸웃하며 "그게 뭐 어쨌다는 거죠?"라고 말했다.

"이 머리카락, 제 친구가 조사한 바에 따르면 Z반 누구의 것도 아니었어요."

"어떻게 그걸 확신하죠? Z반에는 그 머리카락과 똑같은 머리색을 가진 유리 님도 계실 텐데요."

"흠, 하긴. 이런 건 말해줘봤자 모르려나."

치샤는 이 머리카락에서 유전자 정보, 즉 DNA를 읽어내 Z반 학생들과 대조해 보았다. 하지만 눈앞의 소년에게 그 사실을 설명해 봤자 이해하지 못할 것이다. 왜냐하면 유전자 정보에 관한 지식은 왕도의 내로라하는 연구원들조차 이해하는 데 애를 먹었기 때문이다.

"그러면 알기 쉽게 설명해 드릴게요."

루이샤는 검지와 엄지로 머리카락을 꽉 붙잡은 다음 마력을 흘려보냈다.

"크로노 버스!"

루이샤가 마법을 영창하자 붙잡고 있던 머리카락이 공중으로 두둥실 떠오르더니, 그대로 하우로를 향해 날아갔다.

"뭐, 뭐야?!"

그리고 머리카락은 화들짝 놀란 하우로의 머리털 속으로 쏙 들어가 버렸다. 갑작스러운 현상에 당황하며 머리카락을 헝클어트리는 하우로.

"너! 무슨 짓을 한 거야!"

"방금 건 물체의 시간을 되돌리는 마법이에요. 따라서 이 마법에 걸린 머리카락은 원래 주인의 머리로 되돌아가죠……. 다시 말해서, 교실에 떨어져 있던 머리카락은 하우로 당신의 것이었다는 뜻이죠."

"뭐, 뭐라고……?!"

하우로는 루이샤의 설명을 듣고 경악했다. 시간을 조작하는 마법은 고위 마법사들조차 마음대로 다루지 못했기 때문이다.

"그런 마법을 평민인 이 꼬맹이가 다룰 수 있다고?! 웃기지 마라! 인정할 수 없다!"

하우로는 너무나도 분한 나머지 냉정한 판단이 불가능한 상태에 이르렀다. 충동적으로 허리에서 짧은 지팡이를 뽑아 루이샤에게 들이댄 것이다.

"……무슨 생각이시죠?"

"이, 이건 숙청이다! 건방진 평민을 숙청하는 거야! 너희들도 얼른 거들어!"

하우로가 명령하자 같은 패거리로 보이는 학생들도 지팡이를 뽑아 루이샤에게 들이댔다.

하지만 머리끝까지 화가 치민 그들은 깨닫지 못했다. 정당한 이유 없이 타인에게 지팡이를 들이대는 것은 교칙뿐만 아니라 왕국의 법률에도 위반되는 행위였다.

그리고 그들이 법률을 위반한 덕분에 루이샤 일행은 정당방위를 행사할 권리를 얻었다.

"기다렸지, 반. 이제 참지 않아도 돼."

루이샤가 씨익 웃으며 말했다. 정당방위를 성립시키는 게 루이샤의 노림수였다. 프라이드가 높은 귀족들이니 조금씩 궁지로 몰아넣으면 반드시 인내심에 한계가 올 것이라고 내다본 것이다.

처음부터 끝까지 전부 루이샤의 손바닥 위였다.

하우로는 그 사실도 모른 채 지팡이에 마력을 모으기 시작했다.

"쏴, 쏴버려!"

고함과 함께 하우로와 그의 여섯 패거리가 루이샤 일행을 향해 다양한 마법을 발사했다. 하지만 조준도 시원찮았고, 위력도 고만고만했다. 솔직히 루이샤쯤 되면 맞아봤자 아프기는커녕 가렵지도 않을 것이다. 하지만 복도에 모여있는 다른 반 구경꾼들에게 맞기라도 하면 큰일이었다.

루이샤는 곧장 관계없는 학생들을 지키기 위해 방어 마법을 펼치려 했으나, 도카베가 나서는 모습을 보고 행동을 멈추었다.

"내게 맡겨! 미드 월드!"

도카베가 마법을 발동하자 그의 눈앞에 푸르스름한 마법의 방어벽이 나타났다. 푸른 벽은 하우로 패거리가 발사한 마법을 아주 손쉽게 막아내 버렸다.

그러자 하우로 패거리의 안색이 창백해졌다.

"아니?! 우리의 마법이 고작 중위 마법 따위에 막혔다고?! 그것도 이름도 모를 평민한테!"

자부하는 마법이 허무하게 막히자 동요하는 A반 학생들. 그 틈을 이용해 반이 마법을 발동시켰다.

"핫하! 잘했어, 도카베. 뒤는 나한테 맡겨! 받아라, 필살 봄버!"

반이 마법을 발동시키자 갑자기 하우로의 지팡이가 폭발하며 박살 났다. 반은 똑같은 마법을 연달아 사용해 패거리들의 지팡이를 차례차례 폭파해 나갔다.

참고로 폭파 마법은 위력이 높은 만큼 제어도 어렵기에 보통은 이처럼 정밀하게 다룰 수 없다. 하지만 반은 매일같이 루이샤 스터디에 참가한 끝에 놀랍도록 정밀한 조작을 할 수 있게 되었다.

그렇게 반의 마법에 당한 하우로 패거리는 혼란에 빠졌다.

"어이, 하우로! 간단히 이길 수 있다고 그랬잖아!"

"시끄러워! 말할 틈이 있거든 공격이나 해!"

"공격하고 싶어도 지팡이가 폭파돼서 마법을 제대로 쓸 수가 없다고!"

하우로 패거리가 마법을 사용해본 것은 수업 시간이나, 약한 자들을 괴롭힐 때가 전부였다. 마법을 사용한 전투는 그야말로 생초보였다. 발동을 보조해 주는 지팡이가 없으면 제대로 된 마법을 구사할 수도 없었다.

하지만 루이샤 일행은 매일 스터디 모임에서 실전 형식의 특훈을 치르고 있었다. 지팡이 없이 마법을 운용하는 방법도 이미 다들 숙지한 상태였다. 루이샤가 마왕에게 직접 전수받은 기술이었다.

A반과는 기초가 달랐다.

"제길! 더는 못 하겠어!"

하우로의 패거리 중 세 명이 그렇게 외치며 등을 돌려 달아났다.

하지만 바보 삼인방 중 마지막 한 사람, 작은 체구의 소년 메렐이 무시무시한 속도로 그들을 앞질러 가로막았다.

"어이쿠, 먼저 싸움을 걸어놓고 도망가면 쓰나."

"비, 비켜! 다쳐도 난 모른다!"

메렐의 체격이 작다고 얕보았는지 세 명이 주먹을 휘둘러 왔다. 그것을 본 메렐은 씨익 웃고는 마법을 외웠다.

"레그 벌크……!"

메렐의 다리가 환하게 빛나는가 싶더니 다릿심이 크게 강화되었다. 이 마법이 있으면 메렐은 일반인이 눈으로 좇지 못하는 속도로 질주할 수 있었다. 물론 눈앞에서 날아오는 하우로 패거리의 주먹을 피하는 것쯤 일도 아니었다.

"어째서 맞질 않지?!"

"느려 터졌네! 하품이 나올 지경이야!"

몇 차례 허공에 대고 주먹질을 한 결과, 세 사람은 숨을 허덕이기 시작했다.

메렐은 빈틈투성이인 그들에게 기합과 동시에 엄청난 속도로 발차기를 날렸다. 고속의 발차기로 뇌진탕을 일으킨 세 사람은 자신이 발로 차였다는 사실도 깨닫지 못한 채 의식을 잃고 쓰러졌다.

"헤헤, 너무 빨랐나?"

메렐은 득의양양한 한마디와 함께 코를 슥 문질렀다.

한편 자초지종을 전부 목격한 하우로는 입을 쩍 벌리고 경악했다.

"이, 이럴 수가……?!"

하우로는 그렇게 중얼거리며 바닥에 주저앉았다. 아무래도 완전히 전의를 상실한 모양이었다. 패거리들도 하우로의 상태를 보고 체념했는지 고개를 숙이며 저항을 관두었다.

하우로는 다리에서 힘이 풀렸는지 바닥을 기어 달아나려 했지만, 루이샤는 훨씬 더 빠른 속도로 하우로에게 다가갔다.

"오, 오지 마!"

"먼저 손을 댄 것은 그쪽이잖아요. 무얼 겁내는 건가요."

루이샤는 하우로의 목을 덥석 붙잡아 들어 올렸다. 하우로는 발버둥 치며 온 힘을 다해서 저항했지만, 루이샤는 꿈쩍도 하지 않았다.

"자…… 잘못했어! 뭐든지 할 테니까 용서해 줘!"

결국 하우로는 목을 졸린 채 필사적으로 용서를 구했다. 하지만 루이샤의 마음은 미동도 하지 않았다.

"이 녀석뿐만이 아니야. 이 자리에 있는 너희도 잘 들어."

루이샤의 싸늘한 목소리가 울려 퍼졌다. 구경꾼들 사이에 갑작스럽게 정적이 찾아왔다.

"나에 대해서는 뭐라고 하든 상관없어. 하지만 내 친구를 괴롭히는 녀석들은 용서하지 않겠어! 대륙 끝까지 쫓아가서 혼쭐을 내줄 테니 그렇게들 알아!"

루이샤의 귀기 서린 외침에 지금까지 신이 나서 구경하던 학생들은 웃음기를 싹 지우고 이를 덜덜 떨었다.

진심이다. 진심으로 저 소년은 대륙 끝까지 쫓아가 친구를 괴롭힌 자에게 복수할 생각이다. 절대로 손을 대서는 안 되는 존재. 저절로 그런 생각이 들 만큼 루이샤의 기백은 살벌했다.

"두 번 다시 이런 멍청한 짓을 저지르는 사람이 나오지 않도록 당신을 본보기로 삼겠어요."

"자, 잠깐…… 그만……."

"그만할 생각은 없어요."

싸늘한 목소리로 대답한 루이샤는 반대쪽 손으로 주먹을 쥔 다음 있는 힘껏 내질렀다.

복부에 주먹이 꽂힌 하우로는 "끄헉……!" 하고 비명 아닌 비명을 내지르며 뒤쪽으로 날아갔다. 이윽고 벽과 충돌한 그는 벽을 뚫고 옆 교실에 내동댕이쳐졌다.

당연하지만 하우로는 멀쩡하지 못했고, 팔다리를 부들부들 경련하며 A반 한복판에서 정신을 잃었다. 탱탱 부어오른 하우로의 얼굴이 그가 받은 충격을 설명해 주었다.

한편, 옆에서 모든 것을 지켜본 하우로의 패거리들은 전율했다. 그리고 깨달았다.

자신들이 손대서는 안 되는 존재를 건드리고 말았다는 사실을.

"너희들."

"""네, 넵!"""

루이샤가 부르자 패거리들은 덜덜 떨리는 목소리로 대답했다.

"계속할 거야?"

그들은 인생에서 다시 없을 만큼 힘차게 고개를 가로저었다.

"정말이지, 대체 무슨 생각인 거야! 도가 너무 지나쳤어!"

Z반 교실에 유리의 호통 소리가 울려 퍼졌다.

유리 앞에는 네 명의 학생이 정좌하고 있었다. 물론 A반에서 날뛴 루이샤와 바보 삼인방이었다.

이들은 혼이 나서 잔뜩 주눅이 들어 있었지만, 유리는 아직도 성이 풀리지 않았는지 설교를 이어나갔다.

"하아, 잠깐 눈을 뗀 사이에 이런 일이 벌어질 줄이야. 국왕 폐하께 뭐라고 설명해야 할지!"

"하지만 먼저 손을 댄 건 저쪽인걸……."

"조용히 해, 반!"

유리가 버럭 외치자 반은 등을 꼿꼿이 펴면서 입을 다물었다. 유리가 지닌 왕족의 위압감은 껄렁껄렁한 반도 얌전하게 만들었다.

"일단 나도 저쪽에서 먼저 시비를 걸었다고 변명은 하겠지만, 사고는 사고야. 조금만 엇나갔어도 내가 수습하지 못할 정도로 일이 커졌을 거라고. 조금은 내 처지도 생각해달란 말이야."

유리가 피곤한 얼굴로 말하자 네 사람은 """"알겠습니다!"""" 하고 기운차게 대답했다.

여러모로 녹초가 된 유리는 "하아, 이제 됐어. 해산"이라 말하며 설교를 마쳤다.

유리는 사건이 벌어지고 조금 늦게 Z반 교실에 도착했다. Z반 학생들은 한창 난장판이 된 교실을 정리하던 중이었다. 무슨 일이 있었냐고 질문한 유리는 루이샤 일행이 A반으로 쳐들어갔다는 말을 듣고 서둘러 교실을 나섰다. 그러나 때는 이미 늦었다.

유리의 눈앞에는 너덜너덜해진 교실과 다친 A반 학생들, 그리고 태평하게 "복수 완료!" 하고 하이파이브하는 네 명의 Z반 학생들이 있었다.

유리는 눈앞의 현실에 현기증이 났지만, 억지로 제정신을 유지했다. 문제아들투성이인 Z반에서 지내는 사이 정신력이 강해진 모양이었다.

이후, 사태의 심각성도 모르고 들떠있는 루이샤 일행을 흠씬 두들겨 준 유리는 그대로 사후 처리에 매진했다.

모든 문제가 수습된 것은 다음 날 오후가 되어서였다. 유리가 아니었다면 이토록 짧은 시간에 귀족 학부모들을 설득해 내지는 못했을 것이다.

"미안해, 유리. 우리 때문에 고생 많았지?"

녹초가 되어 의자에 걸터앉는 유리에게 루이샤가 면목 없다는 듯이 말했다.

"……뭐, 됐어. 이 반을 만들기로 했을 때부터 이런 일도 있지 않을까 생각했으니까."

유리는 죽은 눈으로 마른 웃음을 흘렸다. 루이샤는 유리에게 애먼 고생을 시키고 말았다는 죄책감에 가슴이 욱신거렸다.

"으, 미안. 다음부터는 무슨 일이 있으면 유리한테 먼저 상담할게."

"그래, 꼭 부탁할게."

유리는 그렇게 말한 뒤 책상에 엎드려 자기 시작했다. 아무래도 어제부터 뒤처리에 힘쓰느라 잠도 거의 못 잔 모양이었다.

참고로 현재 Z반은 자습 시간이었다. 왜냐하면 레거스 선생이 이곳저곳 불려 나가 사정을 설명해야 했기 때문이다.

나중에 선생님께도 죄송하다는 말씀을 드려야겠다고 생각하며 루이샤는 교실을 나왔다. 딱히 특별한 이유는 없었다. 왠지 오늘은 공부하거나 마법을 연습할 기분이 아니었다.

어차피 오늘은 더 할 일도 없으니 밖에서 산책이나 하기로 했다. 그렇게 교실 밖을 어슬렁거리고 있는데, 불현듯 낯선 학생이 루이샤에게 말을 걸었다.

"혹시 네가 루이샤니?"

"네? 마, 맞는데요."

말을 걸어온 것은 갈색의 장발이 인상적인 미청년이었다.

"느닷없이 말을 걸어서 미안해. 나는 2-A반의 시온이라고 해. 잘 부탁해."

"자, 잘 부탁드려요."

루이샤는 청년이 내민 손을 잡아 악수했다.

신비로운 인물이다. 그것이 시온에 대한 루이샤의 첫인상이었다.

미청년임에도 얄미운 느낌은 전혀 없었다. 오히려 신성한 분위기마저 풍기고 있었다. 지금껏 만나본 적 없는 타입의 인물이었다.

"제게 무슨 용건이신가요?"

"아니, 딱히 용건이 있는 건 아니야. 그냥 소문의 소년이 어떤 인물인지 궁금했는데, 마침 네가 보이길래 무심코 말을 걸었지."

"어, 어떤 소문인지 물어봐도 될까요……."

"그야 물론 어제 있었던 일이지."

"아하하……. 벌써 2학년 선배들한테까지 퍼졌군요."

1-A 습격 사건. 루이샤 일행이 벌인 소동은 학생들 사이에서 그렇게 불리고 있었다. 안 그래도 Z반은 위험한 학생들만 모여있다는 인식이 있었는데, 이번 사건으로 그 인식에 쐐기를 박고 말았다.

"처음 들었을 때는 배가 아플 만큼 웃었다니까. 올해 1학년은 기운도 좋지. 다른 애들도 재밌어했어."

"재밌으셨다니 다행이네요……."

루이샤는 창피한 나머지 얼굴을 붉어졌다.

"뭐, 기운찬 건 좋은 거야. 하지만 말이다."

지금까지 부드러운 태도로 이야기하던 시온이 불현듯 진지한 표정을 지었다.

"만약 모든 일을 네 힘으로 해결할 수 있다고 생각한다면, 그 생각을 버리는 게 좋아. 물론 너는 다른 학생들보다 강하지만, 네가 이 세상에서 제일 강한 건 아니라는 걸 늘 명심해."

루이샤는 시온으로부터 저릿한 무형의 압력을 느꼈다.

이 인물의 저력을 가늠할 수가 없었다. 학교에는 이런 인물도 있구나……!

루이샤는 긴장감과 함께 두근거림을 느꼈다.

"충고 고맙습니다. 하지만 걱정하지 마세요. 저는 저보다 훨씬 강한 사람을 두 명이나 알고 있거든요."

"후후, 그래. 괜한 참견이었나 보구나."

그렇게 웃으며 대답한 뒤, 시온은 발걸음을 돌려 떠나갔다.

루이샤의 학교생활은 이제 막 시작되었을 뿐이었다.

"으아! 오늘 하루도 피곤했다!"

기숙사로 돌아온 루이샤는 그렇게 외치며 자기 침대에 풀썩 드러누웠다.

마법 학교에는 왕도 밖에서 온 학생을 위해 교내에 대규모 기숙사가 있다. 웬만한 여관보다 비용이 훨씬 싼데도 아침저녁으로 준수한 식사가 나오고 A, B반 학생은 그 비용마저 무료이기에 학생들 사이에서 인기가 높았다. 실제로 전교생의 8할이 기숙사에 머물고 있다.

다행히 올해 신설된 Z반도 기숙사비 면제 대상이었기에 루이샤도 그 혜택을 누리게 되었다. 루이샤는 푹신푹신한 침대와 맛있는 식사만으로도 이 학교에 입학하길 잘했다는 생각이 들었다.

"음냐, 음냐. 안녕히 주무세요……."

루이샤는 푹신푹신한 침대에 몸을 맡긴 채 깊은 잠에 빠져들었다……..

◇ ◇ ◇

"으음…….."

깊은 잠에서 깨어난 루이샤가 기지개를 켰다.

루이샤는 졸린 눈을 문지르다가 비로소 뒤늦게 자신에게 벌어진 이변을 눈치챘다.

"어라? 이불이 없네. 잠깐, 그보다 여기는……?"

뒤덮고 있던 이불이 온데간데없었다. 아니, 이불은커녕 침대조차 없었다.

자신은 어느새인가 단단한 바닥 위에 있었고, 눈앞에 펼쳐져 있는 거라고는 끝없이 이어진 새하얀 세상뿐이었다.

하지만 루이샤는 이 풍경에 짐작 가는 바가 있었다.

"이, 이럴 수가……! 어째서, 어째서 다시 무한감옥 안에 들어와 있는 거야?!"

무한감옥. 바로 루이샤가 300년이라는 세월을 보낸 이공간이었다.

분명히 탈출했을 터인데 어째서?!

루이샤는 갑작스러운 사태에 당황했다.

하지만 아무리 허둥대도 상황은 변하지 않는다. 루이샤는 필사적으로 머리를 굴려 이 상황을 타파할 방법을 생각했다.

"으음……. 아, 맞아! 여기가 무한감옥이라면 테스 누나와 리오도 있을 거야! 두 사람한테 도움을 구하자!"

그리하여 루이샤는 주변을 둘러봤지만 두 사람의 모습은 찾아볼 수 없었다. 멀리 있나 싶어서 마력 탐지도 사용해봤으나 아무런 기척도 느껴지지 않았다.

"아무것도 느껴지지 않을 리가 없는데……! 여기, 무한감옥이 맞긴 한 거야?!"

허공에 대고 소리치는 루이샤.

그런데 그때, 누군가가 루이샤의 말에 대답해 왔다.

"진정하세요. 이곳은 당신이 아는 무한감옥이 틀림없답니다."

"어?"

루이샤는 갑자기 뒤에서 들려 온 목소리에 황급히 고개를 돌렸다. 그곳에는 새하얀 의자에 우아하게 앉은 한 명의 여성이 있었다.

나이는 20대 초반쯤일까. 허리까지 내려오는 찬란한 은색의 머리카락, 날씬하면서도 잘 단련된 몸매, 기다란 속눈썹. 눈은 감겨 있었기에 눈동자의 색은 알 수 없었다.

투명하다는 표현이 어울리는 굉장히 신비롭고 아름다운 여성이었다. 하얀 테이블에 놓인 찻잔을 입으로 가져간 그녀는, 곧이어 맞은편에 놓인 의자를 가리키며 루이샤에게 앉을 것을 권했다.

루이샤는 갑자기 나타난 그녀를 잠시 경계했지만, 딱히 적의가 느껴지지 않으므로 일단은 순순히 따르기로 했다.

"저, 그럼 실례할게요."

"긴장하지 말고 편하게 있으세요. 일단 이것부터 드시고요. 마음이 좀 차분해질 거예요."

루이샤가 자리에 앉자 여성은 어디서 구해왔는지 액체가 담긴 찻잔을 건넸다.

잔에는 분홍색 차 위에 벚꽃잎이 떠다니고 있었다. 루이샤는 이번에도 망설였지만, 각오를 다지고 단숨에 그 액체를 들이켰다.

"……어라, 맛있네?"

"후후. 다행이네요."

따스하게 미소 짓는 수수께끼 여성의 모습에 루이샤는 무심코 가슴이 두근거리고 말았다.

"……그래서, 당신은 누구신가요?"

"제 이름은 오우카. 용사 오거에게 이곳 무한감옥의 관리를 임명받은 사람이에요."

루이샤는 그 말을 듣자마자 자리에서 벌떡 일어났다. 어느새 루이샤는 주먹을 움켜쥐고 임전 태세에 돌입해 있었다.

지금의 말이 사실이라면 눈앞의 여성은 용사의 동료, 즉 테스타롯사와 리오의 적이었다. 그리고 두 사람의 적은 루이샤의 적이었다.

하지만 경계심을 드러내는 루이샤와 달리, 여성은 여전히 의자에 차분하게 앉아있었다.

"그렇게 경계하지 않으셔도 됩니다. 저는 당신의 적이 아니에요."

"그걸 믿으라고?! 그럼 어째서 내가 무한감옥 안에 있는 거지?!"

"당신이 이곳에 있는 이유는 간단해요. 바로 당신이 무한감옥의 봉인을 하나 풀었기 때문이지요."

"내가 봉인을 풀었다고……?"

전혀 짚이는 구석이 없는 루이샤는 고개를 갸웃했다. 봉인을 풀기 위해서는 용사를 쓰러트리는 수밖에 없다고 생각했다. 하지만 그건 현실적이지 않다. 만약 다른 방법이 있다면 반드시 알아내야만 한다. 루이샤는 경계심을 유지하면서도 오우카의 이야기에 귀를 기울였다.

"당신은 현실 세계에서 용사의 유품과 접촉한 적이 있었죠? 그로 인해서 용사의 봉인이 풀린 거예요."

여인의 말을 듣고 루이샤는 얼마 전의 기억을 떠올렸다. 샤로에게서 용사의 검을 받아 들었을 때였다.

샤로의 검을 움켜쥔 순간, 루이샤는 무언가 따뜻하고도 신기한 힘이 체내로 흘러 들어오는 것을 느꼈다. 오우카의 말이 사실이라면 그것이 바로 봉인이 풀렸다는 신호였을 것이다.

"당신과 무한감옥은 알게 모르게 깊이 연결되어 있어요. 현세에 남겨진 용사의 유품을 전부 모은다면 무한감옥의 봉인도 풀수 있을 테지요."

"저, 정말로?!"

생각지도 못한 곳에서 여태껏 불투명했던 봉인의 해제 방법을 듣자 루이샤는 무심코 환호했다.

샤로의 힘을 빌린다면 유품을 모으는 건 어렵지 않을 터였다. 적어도 생사 불명의 용사를 찾는 것보다는 쉬울 터다.

하지만 루이샤는 곧 이 사태에 의구심이 들기 시작했다.

"……그런데 그걸 왜 저한테 알려주는 거죠? 오우카 씨는 이곳의 관리자잖아요. 봉인이 풀리면 곤란한 거 아닌가요?"

"무한감옥은 이미 역할을 다했어요. 오히려 지금까지 무한감옥이 남아있는 것이 이상 사태에 가깝죠. 저는 이곳의 관리자로서 무한감옥을 마무리 지을 사명이 있어요."

"무한감옥이 역할을 다했다고요? 그게 대체 무슨 뜻이죠? 애초에 용사는 어째서 마왕과 용왕을 봉인한 겁니까?"

"……죄송하지만 저한테는 그걸 설명해 드릴 권한이 없어요."

오우카는 루이샤가 아무리 물어도 두 사람을 봉인한 이유에 대해서는 입을 열지 않았다.

다만, 오우카는 대답하지 못할 때마다 미안하다는 얼굴을 했다. 루이샤는 오우카에게도 뭔가 말 못 할 사정이 있다고 짐작하고 민감한 질문을 관두기로 했다. 그리고 그 대신 대답해 줄 만한 질문을 건넸다.

"알겠습니다. 그럼 오우카 씨가 저를 이곳으로 부르신 이유를 말씀해주시죠. 그리고 전 원래의 세계로 돌아갈 수 있는 겁니까?"

"당신은 이곳에 정신만이 온 상태입니다. 몸은 원래 세계에 곤히 잠들어 있죠. 당신이 돌아가고자 마음먹으면 당장이라도 돌아갈 수 있을 겁니다. 그리고 제가 당신을 부른 이유는……."

오우카가 조용히 자리에서 일어나자 아무것도 없는 공간에 기다란 검이 나타났다. 오우카는 그 검을 칼집에서 뽑아 루이샤에게 칼끝을 겨누었다.

"당신을 단련시키기 위해서예요."

"저를 단련시킨다고요?"

"네. 제 사명은 무한감옥의 봉인을 푸는 것. 하지만 무한감옥은 그리 만만하지 않습니다. 봉인을 풀려면 당신이 그만큼 강해져야 하죠."

그렇게 말하며 오우카는 검으로 자세를 잡았다.

아름다우면서도 군더더기 없는 세련된 동작이었다. 그 준비 동작만으로 루이샤는 그녀가 범상치 않은 인물임을 이해했다.

"자, 검을 뽑으세요. 당신은 지금 육체를 벗어나 있습니다. 의식을 집중하면 검을 만들 수 있을 겁니다."

"의식을 집중? 이렇게 하면 되는 건가…… 앗! 정말로 나왔다."

시험 삼아서 머릿속으로 용왕검을 떠올리자, 마치 처음부터 그곳에 있었던 것처럼 루이샤의 손아귀 안에 용왕검이 나타났다.

"준비를 마치셨다면…… 훈련을 시작하겠어요!"

말을 마치기가 무섭게 오우카의 모습이 사라졌다.

직후, 루이샤는 목에서 날카로운 살기를 느꼈다. 황급히 머리를 밑으로 숙이자, 오우카의 검이 루이샤의 목이 있던 위치를 가로질러 지나갔다.

'우왓, 위험해! 반응이 조금만 늦었어도 목이 날아갔을 거야!'

식은땀을 흘리는 루이샤에게 오우카가 말했다.

"아, 말하는 걸 잊었네요. 이곳에서 죽으면 육체는 두 번 다시 눈을 뜨지 못해요. 조심하세요."

"그런 건 미리 설명해 주셔야죠! 하마터면 죽을 뻔했잖아요! 제가 죽으면 봉인을 풀 사람도 없어지는 거 아닌가요?!"

계속해서 육박해 오는 검을 아슬하게 회피하며 루이샤가 항의했다. 하지만 오우카는 루이샤의 항의를 개의치 않는지 산뜻한 얼굴로 대답했다.

"이 정도로 죽을 실력이라면 어차피 무한감옥의 봉인은 풀지 못합니다. 이건 모종의 시험이라고 생각하세요."

오우카는 그렇게 말하며 계속 검을 휘둘렀다. 그녀의 검은 마치 뱀처럼 굽이치며 루이샤를 엄습해 왔다. 온갖 방향에서 불규칙적으로 날아들며 때로는 정면에서, 때로는 사각에서 루이샤의 목숨을 위협했다.

완벽하고도 아름답기 그지없는 오우카의 공세에 루이샤는 막는 것만으로도 급급했다.

'뭐가 이렇게 강해……! 테스 누나와 리오하고 맞먹을 정도라니……!'

루이샤는 오우카의 공격을 필사적으로 받아넘겼지만, 이윽고 조금씩 상처가 늘어나기 시작했다. 공격을 완전히 막아내지 못해 루이샤의 몸에서 피가 스며 나와 옷을 붉게 물들였다. 아무래도 정신체도 다치면 피를 흘리는 모양이었다. 출혈이 심각해지면 결국 죽음을 맞이하리라.

"왜 그러죠? 당신의 스승이 검술은 가르쳐 주지 않던가요?"

"크윽……!"

루이샤는 자신의 무력함에 이를 갈았다.

마법과 기공술은 두 스승의 가르침 덕분에 달인의 경지에 올랐지만, 두 스승 모두 검술 쪽으로는 썩 신통치 못했기 때문에 루이샤의 검술 실력은 기껏해야 이류 정도였다.

하지만, 그렇다고 이런 곳에서 당할 수는 없었다. 루이샤는 마음을 단단히 먹었다.

"검술로 이길 수 없으면 여러 전법으로 싸우는 수밖에! 스승이 두 명이라는 점이 나의 강점이니까! 기공술 공격식 4형태, 재기환발(才気煥発)!"

외침과 동시에 루이샤의 몸이 금빛으로 빛나기 시작했다. 이 기술은 자신의 기를 지속적으로 소비하는 대신 신체 능력을 폭발적으로 상승시키는 기술이었다.

지속 시간은 루이샤의 기를 총동원해도 5분. 대신에 그동안 루이샤는 평상시를 훨씬 웃도는 힘을 얻는다.

"하아아아앗!"

재기환발을 발동시키자, 지금껏 수세에 몰려있던 루이샤가 점점 공세로 나서기 시작했다. 근력과 동시에 반사신경까지 강화됐기에 막는 게 고작이던 공격도 아슬아슬하게 회피하며 공격할 틈을 만들 수 있었다.

오우카는 루이샤의 검을 피하면서 어렴풋이 미소 지었다.

"후후, 재밌네요. 조금 더 속도를 올려도 괜찮겠어요."

직후 오우카의 공격 속도가 급격히 상승했다.

이미 눈으로 보는 것도 불가능한 속도였다. 루이샤는 오우카의 눈 동작, 몸의 중심, 살기 등을 읽어 공격을 받아냈다. 하지만 이렇게까지 했음에도 오우카의 검을 전부 막기란 불가능했고, 결국 몇 차례의 공격을 허용하고 말았다.

"으으······! 아직이야, 아직 멀었어! 폴 벌크!"

기공술과 마법. 두 종류의 신체 강화 기술을 중복해서 발동시키는 루이샤. 그 효과는 무시무시했다. 덕분에 루이샤는 음속을 뛰어넘는 오우카의 공격을 전부 쳐내기 시작했다.

이윽고 루이샤는 오우카의 빈틈을 찔러 그녀의 검을 강하게 튕겨내는 데 성공했다. 그러자 처음으로 오우카의 자세가 크게 무너졌다.

천재일우의 기회. 이것을 놓치면 더 이상 승기는 찾아오지 않을 것이다. 루이샤는 온 신경을 집중해 자신의 힘을 전부 쏟아부어 최후의 일격을 날렸다.

"마공일체······ 진(眞) 차원참!"

그것은 마력과 기공이 기적적인 균형을 이룬 지고의 일격.

루이샤는 생명의 위기를 통해서 여태껏 단 한 번도 성공한 적 없었던 '마공일체'를 완성했다.

이 기술을 본 오우카는 루이샤를 향해 부드럽게 미소 지었다.

"네, 그거면 돼요. 형태에 구애받지 않는 것이 당신의 강함이에요."

루이샤가 날린 빛나는 참격이 오우카를 엄습했다. 하지만 당황하지 않고 자세를 바로잡은 그녀는 우아하게 검을 거머쥐고 루이샤의 일격에 정면으로 맞섰다.

"오우카 용심류, 벚꽃 장막."

순식간에 쏟아지는 무수한 참격. 쏟아지는 공격들이 나란히 겹치며 하나의 거대한 벽이 되었다. 오우카를 지키는 철벽의 방패로 변모한 것이다. 벚꽃 장막과 충돌한 차원참이 이를 뚫고자 격렬한 마찰음을 냈으나 벚꽃 장막의 방어력이 워낙 강력해 좀처럼 돌파할 수가 없었다.

"우, 우오오오오오!"

마력, 기공, 완력, 기합, 마음가짐. 가진 모든 것을 쏟아붓는 루이샤.

검을 움켜쥔 손이 부들거리고, 눈은 충혈되어 시야가 새빨갛게 물들었다. 루이샤는 육체의 한계를 뛰어넘는 힘을 발휘하기 시작했고…… 마침내 벚꽃 장막을 돌파해 냈다.

하지만 거기까지였다.

두 사람을 가로막는 벽을 기어코 뚫었으나 루이샤에게는 더 이상 마력도, 기공도, 체력도 남아있지 않았다.

"제길…… 앞으로 조금이면, 되는데……."

분한 표정을 지으며 의식을 잃고 쓰러지는 루이샤. 하지만 오우카가 루이샤의 몸을 상냥하게 부축해 주었다.

그때 오우카의 머리에서 한 줄기의 피가 흘러내렸다. 어느새 오우카의 이마에 작은 생채기가 나 있었다.

"후후. 맞아 줄 생각은 없었는데 말이죠."

비록 끝자락이었지만 루이샤의 공격이 분명히 닿았다.

오우카는 그 사실에 기쁨을 드러냈다.

"……이 작은 몸으로 용케 여기까지 분발하셨네요."

오우카는 그렇게 말하며 의식을 잃은 루이샤의 머리를 상냥하게 쓰다듬었다. 그녀의 눈동자는 자비로 가득했다. 마치 아이를 보살피는 어머니 같았다.

"당신이 짊어진 운명은 너무나도 무겁고 가혹하군요. 앞으로도 많은 수난을 겪을 테지요."

오우카는 루이샤의 앞머리를 들추어 아직 어린 티를 벗지 못한 얼굴을 들여다보았다.

"부디 당신에게 벚꽃의 축복이 함께하기를. 그리고 많은 이들이 당신에게 도움의 손길을 건네주기를."

오우카가 루이샤의 이마에 대고 부드럽게 입맞춤을 하자 루이샤의 몸이 빛으로 변해 사라졌다. 원래의 세계로 되돌아간 것이다.

오우카는 그 모습을 바라보면서 중얼거렸다.

"부탁해요. 세상의 운명은 당신에게 달렸어요."

무한감옥에서 오우카와 만난 날 아침.

루이샤는 삭신이 쑤시는 기분을 느끼며 눈을 떴다.

몸에 상처가 남아있지 않았으므로 정신만 무한감옥에 들어갔던 것은 분명해 보였다. 하지만 소모한 마력과 기공은 엄연히 루이샤의 몫이었다. 정신체 상태로 목숨을 잃으면 육체가 사망한다는 말도 거짓말이 아닐 것이다.

"검술 훈련을 하는 게 좋겠어⋯⋯."

자신과 수준이 비슷한 상대가 무기를 사용하면 기공술로 대처할 수 있다. 하지만 자신보다 강한 상대와 마주친다면 맨손으로 대치하는 것은 너무 위험했다.

모처럼 리오에게 용왕검도 받았겠다, 검술 실력을 갈고닦아야 했다.

마음을 굳힌 루이샤는 Z반 건물 앞에 마련된 운동장으로 향했다. 휴일인 데다 이른 아침임에도 불구하고 운동장에는 몇 명의 Z반 학생들이 모여있었다.

"좋은 아침!"

루이샤가 기운차게 인사를 하자 학생들도 저마다 화답해 왔다. 루이샤와 친한 학생들은 할 일이 없으면 이곳에 모여 '루이샤 스터디'에 참가하고 있었다. 처음에는 루이샤가 가르쳐 주는 것이 전부였지만, 최근에는 각자 자신의 특기 분야를 갈고닦는 방법을 찾아냈기에 루이샤가 가르칠 내용도 많이 줄어든 상태였다.

그래서 루이샤는 이제 모임의 명칭을 바꾸자고 부탁했지만, 루이샤의 제안은 만장일치로 거부당했다. 아무래도 다들 루이샤 스터디라는 명칭이 마음에 든 모양이었다.

"오늘은 왔으려나…… 아, 있다!"

학생들 속에서 찾고 있던 인물을 발견한 루이샤는 곧장 그곳으로 달려갔다.

"잠깐 괜찮을까, 이부키?"

"흠? 별일이군요. 루이가 저한테 말을 걸다니."

루이샤가 찾아간 것은 투구를 뒤집어쓴 특이한 소년 이부키였다. 잔디에 드러누워 있던 그는 몸을 일으켜 루이샤를 맞이했다. 왕자의 호위인 이부키지만 언제나 유리와 함께인 것은 아니었다. 유리가 성안에서 서류 작업에 몰두해야 할 때는 언제나 밖으로 내쫓겼다. 수다가 심한 이부키가 있으면 작업에 집중할 수 없다는 모양이었다.

"그래서 저한테 무슨 용건임까?"

"실은…… 이부키한테 검술을 배우고 싶어서."

"검술을요? 지금까지 검을 쓰려고 한 적도 없었는데, 의외네요. 굳이 검을 사용하지 않아도 충분히 강하잖슴까? 그리고 검은 저보다 샤로한테 배우는 편이 좋을 거 같은데요?"

"샤로한테도 물어봤어. 근데 이부키의 검술은 공격적인 샤로와 다르게 방어적인 편이잖아. 나는 양쪽 다 배우고 싶어!"

푸릉! 하고 루이샤가 콧김을 내뿜었다.

그러자 이부키는 "후후, 존경스럽네요" 하고 웃었다.

"과연 저희 왕자님이 눈여겨본 남자임다. 루이의 향상심을 저도 본받아야겠어요."

이부키가 감탄하며 말했다.

이부키는 자신의 실력에 만족하지 않고 더욱 강해지고자 하는 루이샤가 눈부셔 보였다. 검술의 재능을 타고난 이부키는 수행을 곧잘 빼먹는 경향이 있었다. 하지만 Z반에서 자신의 재능을 갈고닦는 친구들을 보고 이부키도 이대로는 안 되겠다고 생각하기 시작했다.

"알겠슴다, 받아들이죠. 저희 가문에 전해지는 호국 봉왕검을 루이한테 가르쳐 드릴게요. 아, 그 대신이라 하기에는 뭣한데, 마법을 좀 배워볼 수 있겠슴까?"

"나야 물론 괜찮지만 이부키가 마법이라니 의외인걸."

"하하. 저도 다른 녀석들한테 영향을 받았나 봐요. 왠지 요즘 부쩍 강해지고 싶다는 생각이 들기 시작했슴다."

이부키가 쑥스럽다는 듯이 웃었다.

"그렇구나. 그러면 함께 강해지자!"

"오오! 적당히 분발해 볼까요!"

"어?! 적당히 하려고?!"

"네?! 적당히 하면 안 되는 검까?!"

화들짝 놀라는 시늉을 하는 이부키. 그러자 루이샤는 이부키의 어깨를 덥석 붙잡았고, 곧 빙그레 웃으며 엄지를 척 세웠다.

"걱정하지 마. 인간은 의외로 잘 안 죽더라♪"

이후, 이부키는 루이샤에게 마왕식 지옥 훈련을 받아야만 했다.

◇ ◇ ◇

무한감옥 내부.

현재 이곳에서는 루이샤와 오우카가 검을 부딪치고 있었다.

"……빈틈!"

빈틈을 노린 오우카의 검이 루이샤의 옆구리를 찔러 들어왔다. 하지만 루이샤는 몸을 비틀어 공격을 회피한 뒤, 역으로 허점을 드러낸 오우카의 머리에 용왕검을 휘둘렀다.

틱!

오우카의 뺨에 붉은 선이 생기며 피가 흘렀다.

오우카는 머리를 당겨 루이샤의 공격을 회피하려 했으나 루이샤가 약간 더 빨랐던 모양이었다. 뺨에 흐르는 피를 가느다란 손가락으로 닦는 오우카. 그리고 그녀는 자신의 핏자국을 보고 미소 지으며 검을 내렸다.

"……후후. 실력이 늘었네요. 보아하니 밖에서도 단련을 게을리하지 않는 모양이군요."

"하아, 하아. 저한테는 훌륭한 스승이 잔뜩 있거든요."

"훌륭한 마음가짐이에요. 자, 슬슬 휴식을 취하도록 할까요."

수행을 마치고 의자에 앉은 두 사람은 담소를 나누며 오우카가 끓여준 차를 마셨다. 루이샤는 열흘에 한 번꼴로 이 공간에 불려와 오우카에게 검술 수행을 받고 있었다. 그리고 현실 세계에서도 샤로와 이부키에게 한 수 배우고 있었기에 루이샤의 검술 실력은 무럭무럭 성장하는 중이었다.

"그나저나, 이곳은 무한감옥인데 어째서 테스 누나와 리오가 없는 건가요?"

루이샤는 여태껏 미처 물어보지 못했던 질문을 건넸다. 그러자 오우카는 살짝 말하기 곤란하다는 듯이 대답했다.

"당신이 아는 무한감옥은 다른 층에 있어요. 이곳은 현실 세계와 가장 가까운 제1층이죠. 당신과 마왕이 있던 장소는 가장 깊은 제3층이에요."

"그러면 제가 가보지 않은 제2층도 존재한다는 건가요?! 거기에도 누가 있나요?"

"네, 말씀하신 대로 2층도 존재해요. 하지만 누가 있는지는 설명해 줄 수 없어요. 금지 사항이라서요."

"그, 그렇군요……."

루이샤는 기가 죽었다.

오우카에게 질문을 해도 중요한 사실은 좀처럼 가르쳐 주지 않았다. 용사에게 단단히 입단속을 당한 모양이었다.

빌어먹을 용사 같으니. 루이샤는 마음속으로 아직 본 적도 없는 용사를 원망했다.

"그런데요, 루이샤. 당신은 바깥세상에서 용사의 후손과 알고 지내는 것 같더군요. 어떤 아이인지 말해 줄 수 있을까요?"

"네? 샤로 말인가요?"

오우카가 루이샤에게 질문을 건네는 것은 드문 일이었다.

오우카는 용사를 주인으로 섬기고 있다. 그런 인물의 후손이다 보니 아무래도 신경이 쓰이는 모양이었다. 딱히 숨길 일도 아니므로 루이샤는 샤로에 대해서 재주껏 이야기해 주었다.

처음에는 험악한 관계였다는 것. 하지만 지금은 사이좋게 지내고 있다는 것.

늘 강한 척을 하지만 외로움을 잘 탄다는 점. 또 굉장히 귀엽고 매력적이라는 점까지.

루이샤의 이야기를 들은 오우카는 웃기도 하고, 놀라기도 하면서 다채로운 표정을 보여주었다. 처음 만났을 때는 차가운 인물이라 생각했지만 실제로는 온화하고 상냥한 사람이라는 사실을 루이샤는 최근 들어서 알게 되었다.

루이샤의 이야기를 끝까지 귀담아들은 오우카는 만족스러운 표정을 지으며 말했다.

"……후우. 그랬군요. 용사의 후손은 행복하게 지내고 있는 모양이네요. 다행이다."

"네. 저도 샤로의 밝은 모습에 구원받고 있어요."

그렇게 두 사람이 두런두런 잡담을 나누던 와중, 루이샤의 몸이 투명해지기 시작했다. 무한감옥에 머무를 수 있는 시간이 다했다는 신호였다.

루이샤가 정신체로 무한감옥에 존재할 수 있는 시간은 현실 시간으로 1분에 지나지 않았다. 이를 무한감옥의 시간으로 환산하면 약 6시간 정도였다.

"아무래도 슬슬 헤어질 때가 됐나 보네요. 그쪽으로 돌아가서도 단련에 매진해 주세요."

"네, 오우카 씨. 오늘도 고마웠습니다."

오우카를 향해 고개를 숙이는 루이샤. 그러자 오우카는 살짝 망설이다가 입을 열었다.

"……웬만하면 이 말은 하고 싶지 않았습니다만."

오우카는 사라져 가는 루이샤에게 여느 때와 다른 진지한 얼굴로 말했다.

"루이샤. 창세교를 조심하세요."

"창세교? 그게 뭔가요?"

"자세한 건 제 입으로 말할 수 없어요. 하지만 당신이 무한감옥을 해방하려고 동분서주하는 이상 반드시 창세교와 엮이게 될 테지요."

오우카의 표정은 심각했고, 루이샤는 긴장감을 느꼈다. 이렇게나 강한 오우카를 경계하게 할 만한 존재인가 싶었기 때문이다.

"절대로 그들에 대해 깊게 알려고 해서는 안 됩니다. 하지만 경계는 해 두세요. 그렇지 않으면 반드시 발목을 잡히고 말 겁니다."

"아, 알겠습니다."

루이샤가 힘 있게 대답하자 오우카는 본래의 상냥한 얼굴로 돌아와 루이샤를 배웅해 주었다.

마법 학교는 일주일에 이틀을 쉰다.

이는 엑사도르 왕국의 국왕인 프로이가 결정한 사항이었다. 프로이 왕은 학교의 세세한 규칙을 세울 당시 친구이자 모험가인 키쿠치라는 인물의 지혜를 빌렸다고 알려져 있다. 그는 '백금 등급'이라는 최고 클래스의 모험가였다.

이 학교가 워낙 참신한 제도들을 채용하고 있다 보니, 키쿠치라는 인물이 사실은 다른 세계에서 온 것이 아닐까 하는 소문마저 돌고 있었다.

……결론을 말하자면, 오늘 루이샤는 휴일을 맞아 몹시 한가했다.

"아아~, 한가하다."

상업지구의 번화가를 어슬렁거리며 루이샤가 중얼거렸다. 보통 휴일이 되면 친구들과 놀거나 단련을 했지만, 오늘은 아무런 약속도 잡지 못한 데다, 몸을 쉬는 날이기에 수련에 매진할 수도 없었다.

게다가 샤로까지 사정상 자리를 비우면서 정말로 할 게 없어져 버렸다. 그래서 정처 없이 산책하는 중이었다.

"배고픈데 뭐라도 먹어볼까."

혼잣말처럼 중얼거리는 루이샤. 그러고는 맛있는 음식이 없을까 하면서 주변의 소리에 귀를 기울였다. 호객하는 장사꾼들의 목소리와 요리하는 소리를 통해서 무엇을 파는지 대충은 알 수 있기 때문이었다. 기공술의 힘으로 오감을 끌어올릴 수 있는 루이샤이기에 가능한 재주였다.

그렇게 다양한 소리를 구분하면서 길을 걸어가던 루이샤는 누군가의 목소리를 듣고 걸음을 멈추었다.

"……어라? 이 목소리는."

어느 가게에서 몇몇 남자들이 서로에게 호통을 치고 있었다. 그런데 그중에 익숙한 목소리가 하나 섞여 있었다.

"어째서 그 사람이……?"

아무래도 신경이 쓰인 루이샤는 목소리가 들려온 방향으로 발걸음을 옮겼다.

소리가 난 장소는 대로변의 한 건물이었다. 무기와 방어구, 아이템 따위를 팔고 있는 잡화점이었다.

가게 앞에는 소란을 듣고 다가온 인파가 모여있었다. 루이샤는 그들을 헤치고 나아가 건물 입구에 도달했다.

"내가 한 짓이 아니라고 했잖아! 왜 말귀를 못 알아들어!"

그곳에서는 한 청년이 큰 소리로 불같이 화를 내고 있었다. 청년의 머리에는 뾰족한 짐승 귀가 나 있었고, 입에서는 날카로운 이빨이 엿보였다. 척 봐도 평범한 인간은 아니었다. 수인족 특유의 생김새였다.

루이샤는 이 수인을 본 적이 있었다. 저번에 말을 걸어보려다 냉대를 당했던 Z반의 늑대 수인, 볼프 블랙바이트였다. 볼프는 검은색의 꼬리와 귀를 빳빳이 세우며 잡화점의 주인으로 보이는 아저씨를 위협하고 있었다. 당장이라도 물어뜯을 기세였다.

그리고 두 사람의 주변에는 은색의 풀 플레이트 메일을 걸친 세 명의 남자가 있었다. 그들은 허리에 검을 차고 있었고, 왼팔에는 방패를 장착하고 있었다. 방어구도 무기도 상당한 고급품임을 어렵잖게 파악할 수 있었다.

특히 방패에는 왕국의 문장이 새겨져 있었다. 이 문양이 새겨진 무기를 소지한 자는 왕국의 최강 전력인 왕국 기사단의 기사들밖에 없었다.

왕국 기사단이 왜 여기에 있지? 경계하면서 다가간 루이샤는 기사 중 한 명에게 물었다.

"저기, 무슨 일 있나요?"

"음? 업무 중이니 저리로 가거라, 꼬마야."

"하하, 그러고 싶은 마음은 굴뚝같지만……. 저기서 다투고 있는 사람이 저희 반 학생이라서요."

루이샤가 볼프를 가리키며 말했다.

그러자 기사는 "오?" 하고 약간의 놀라움을 드러냈다.

"저 수인의 동급생이라고? 그렇다면 저 수인도 마법 학교의 학생이라는 뜻인가……. 너한테도 이야기를 들을 권리가 있을지도 모르겠군. 이참에 저 수인에게 직접 물어보는 게 좋을 거다. 실은 아까부터 화만 내는 통에 우리도 상황을 파악하지 못해서 곤란하던 차였거든."

"그렇군요. 그러면 제가 한번 말을 걸어볼게요."

"그래, 부탁한다."

기사와 대화를 마친 루이샤는 여전히 아저씨와 말다툼 중인 볼프의 곁으로 다가갔다.

"도대체 몇 번을 말해야 알아들어! 내가 그런 게 아니라고!"

"너 말고 누가 또 있는데! 이래서 수인들은 상종 못 할 녀석들이라니까!"

아저씨의 차별 발언에 볼프의 표정이 바뀌었다. 제대로 화가 난 모양이었다. 이대로 가다가는 볼프가 아저씨에게 폭력을 행사할 우려가 있었다.

위급함을 느낀 루이샤는 황급히 두 사람 사이로 달려가 끼어들었다.

"잠깐! 잠깐만 기다려요! 도대체 무슨 일이 있었던 거죠?!"

볼프는 느닷없이 나타난 루이샤를 보고 놀란 눈치였다.

"웃?! 어째서 네가 여기에?! 너하고는 관계없는 일이다!"

"자자, 됐으니까 여기는 나한테 맡겨."

루이샤는 버럭버럭 외치는 볼프를 무시하고 아저씨 쪽을 바라보았다. 그리고 다시 물었다.

"여기서 무슨 일이 있었던 건가요?"

"누구냐, 넌. 이 녀석과 아는 사이냐? 그러면 너도 한마디 해 주거라. 이 수인이 내 소중한 상품을 훔쳤단 말이다!"

그렇게 말한 뒤 아저씨는 더러운 것이라도 쳐다보듯 볼프를 노려보았다.

볼프도 이에 반발해 "나는 훔치지 않았어!"라고 외쳤지만, 아저씨는 듣는 시늉도 하지 않았다. 이대로는 끝이 없겠다고 판단한 루이샤는 아저씨에게 직접 구체적인 내용을 듣기로 했다. 참고로 아저씨는 자신을 잡화점의 주인인 마커스라고 소개했다.

마커스의 이야기에 따르면 오늘 그의 잡화점에 도둑이 들었다는 모양이었다. 도둑은 잠시 자리를 비운 사이에 창문을 깨고 들어와 가게 안의 값비싼 물건들을 하나도 남김없이 훔쳤다고 한다.

가게로 돌아온 마커스는 뒤늦게 자신이 도둑맞았다는 사실을 깨닫고 서둘러 행동에 나섰다. 종업원을 시켜 기사단을 부르게 한 다음, 본인은 가게 주변을 뛰어다니며 범인을 찾아다녔다. 그 과정에서 발견한 것이 바로 볼프였다. 볼프가 마커스의 가게에서 도둑맞은 물건을 들고 서 있었다는 모양이다. 그를 범인이라고 생각한 마커스가 볼프를 억지로 가게 앞까지 끌고 오면서 지금의 상황에 이르렀다.

"도둑맞은 우리 상품은 혼자서 훔칠 수 있는 양이 아니었어. 네게는 분명 물건을 운반해 준 공범이 있었을 테지! 훔친 물건들을 어디로 옮겼지?"

"그러니까 내가 아니라고 했잖아!"

"시끄러워! 수인이 하는 말을 어떻게 믿어!"

수인에 대한 차별 의식은 아직도 뿌리 깊게 박혀 있었다. 왕국법을 통해서 차별 행위는 금지되어 있지만 오랜 세월 남아있던 차별 정서는 법률만으로 불식시킬 수 있는 것이 아니었다. 실제로 아직도 수인들을 거절하는 음식점과 여관들이 몇몇 군데 존재했다. 그리고 범죄 행위가 벌어졌을 때 수인이 용의자로 지목받는 경우도 드물지 않았다.

볼프가 범행을 저질렀다는 확실한 증거는 없었다. 하지만 이대로라면 죄를 뒤집어쓸 가능성이 컸다.

결국 루이샤는 자신이 나서야겠다고 생각했다. 마커스도 같은 인간인 자신의 말이라면 들어줄 가능성이 있었다.

"알겠습니다. 그러면 제가 진범을 찾아 드릴게요! 만약 진범을 발견한다면 볼프를 풀어주시겠어요?"

"진범? 무슨 소리냐, 꼬마야. 저 녀석이 내 상품을 들고 있었던 말이다. 달리 누가 범행을 저질렀다는 거야."

"떨어져 있던 것을 주웠을 뿐이라고 몇 번을 말해! 주인을 찾아 주려 했다고!"

볼프가 그렇게 해명했지만 마커스는 들은 체도 하지 않았다. 볼프의 주장에는 뒷받침할 증거가 없는 만큼 믿어주기 어려운 것도 사실이었다.

루이샤는 이 상황을 타개할 방법을 고민하기 시작했다. 이대로 볼프가 기사단에 끌려가게 놔두면 무슨 꼴을 당할지 알 수 없다. 게다가 마커스는 머리에 피가 쏠려서 아무리 설득해 봤자 물러서지 않을 것 같았다. 그렇다면…… 실력 행사로 나설 수밖에.

"볼프, 달리기는 잘하는 편이야?"

루이샤의 갑작스러운 질문에 볼프가 영문을 모르겠단 표정을 지었다.

"엉? 다짜고짜 무슨 소리야?"

"그러지 말고, 어때?"

결국 볼프는 루이샤의 재촉에 못 이겨 대답했다.

"뭐…… 느리지는 않아. 일단은 수인이니까. 인간한테는 안 져."

"그렇구나. 다행이다."

루이샤는 씨익 웃더니 오른손에 마력을 모아 난데없이 마법을 발동시켰다.

"라지아 스모그!"

루이샤의 오른손에서 새까만 연기가 뿜어져 나왔다. 연기는 순식간에 주변 일대를 뒤덮어 시야를 까맣게 물들여 나갔다.

"뭐, 뭐가 어떻게 된 거야?!"

갑작스러운 사태에 당황하는 마커스와 기사들. 루이샤는 그 틈에 볼프의 손을 잡아끌고 내달리기 시작했다.

"이쪽이야!"

"그, 그래."

순순히 루이샤를 따라가는 볼프. 그렇게 두 사람은 엄청난 속도로 현장을 벗어났고…… 연막이 걷혔을 무렵에는 마커스와 기사들만이 덩그러니 남아있었다.

"이, 이 꼬맹이! 줄행랑을 치다니!"

볼프가 사라졌음을 깨달은 마커스가 기사들을 다그쳤다.

"이봐, 당신들! 용의자가 달아나게 놔두면 어떡해! 당연히 책임을 지겠지?!"

"죄, 죄송합니다. 금방 찾아올 테니 진정해 주세요, 마커스 씨."

기사 중 하나가 필사적으로 마커스를 달래고는 선배 기사와 상담했다.

"어, 어떻게 할까요……."

"어쩌고 자시고 찾는 수밖에. 방법이라면 있으니 걱정하지 마라."

"정말입니까?!"

"그래. 방금 소년이 마법 학교의 학생이라면……."

"아하! 그분에게 협력을 구하면 되겠군요!"

"잘 아는군. 마침 왕성에 있을 거다. 서둘러 지원을 요청하도록 하지."

"알겠습니다!"

결정을 내린 기사들은 수색조와 왕성으로 돌아가는 조로 나뉘어 행동을 개시했다.

한편, 엄청난 속도로 연막에서 빠져나온 루이샤는 근처의 건물을 타고 올라가 지붕에 착지했다. 볼프도 조금 애를 먹기는 했지만, 루이샤를 뒤쫓아 지붕까지 올라오는 데 성공했다. 확실히 뛰어난 운동 신경을 지닌 듯했다.

"후우. 여기까지 오면 괜찮겠지."

"허억, 허억. 대체 무슨 속셈이야? 이런 짓을 하면 여지없이 기사단에 쫓기게 되잖아?"

볼프의 말대로 루이샤가 한 짓은 엄연한 범죄였다. 만약 붙잡힌다면 이번에는 유리도 도와주지 못할 것이다. 하지만 루이샤는 전혀 신경 쓰지 않는 눈치였다.

"괜찮아. 먼저 진범을 찾아내면 되니까."

루이샤가 빙그레 웃으며 말했다. 하지만 볼프는 여전히 불쾌하다는 듯이 말했다.

"애초에 왜 남의 문제에 참견하는 건데. 너하고는 아무런 관계도 없는 일이잖아."

사실 볼프는 내심 기뻤다. 지금까지 누군가가 그를 감싸준 적은 없었기 때문이다. 하지만 오랜 세월에 걸친 차별로 비뚤어져 버린 볼프의 마음은 루이샤의 친절을 순순히 받아들일 수가 없었다.

"목적이 뭐야? 나한테 친절하게 대해줘 봤자 아무것도 안 나와!"

볼프는 루이샤를 밀어내려 했지만, 루이샤는 싫은 표정 한번 짓지 않았다. 게다가 묵묵히 듣고 있던 루이샤가 꺼낸 말이 볼프의 마음속 깊이 박혔다.

"으음. 볼프는 생각이 많아서 탈이야. 나는 너를 이용하겠다고 생각해 본 적 없어."

"그, 그러면 어째서 내 일에 끼어드는 거야?! 수인하고 엮여봤자 득 될 게 없잖아!"

"당연히 우리가 친구니까 그렇지."

"친구, 라고……?!"

볼프는 루이샤의 말에 경악했다.

왜냐하면 두 사람은 대화다운 대화도 나눠본 적이 없었기 때문이다. 도저히 친구라 불릴 만한 관계가 아니었다. 친구는커녕 대화를 걸어오는 루이샤를 위협해 거부하기까지 했다.

볼프는 인간을 신용할 수 없는 존재라고 믿었다.

……적어도 지금까지는 그랬다.

하지만 눈앞의 이 인간은 달랐다.

자신을 차별하기는커녕 손을 내밀어 왔다. 어째서? 이런 인간이 존재할 수 있는 건가? 볼프는 처음으로 경험하는 따스한 감정에 당황하고 말았다.

볼프가 무슨 생각을 하는지 알 턱이 없는 루이샤는 "그럼 조사를 시작해 볼까!" 하고 진범을 수색하기 시작했다.

먼저 루이샤는 볼프가 도난품을 주웠다는 뒷골목으로 향했다. 이곳에 도난품이 떨어져 있었다는 말인즉 도둑이 이곳을 지나갔다는 뜻이기 때문이다. 그러나 뒷골목에 도착해 주위를 둘러봐도 발자국 같은 흔적은 전혀 남아있지 않았다. 이대로는 아무런 단서도 발견하지 못할 듯 보였다.

하지만 루이샤에게는 한 가지 비책이 있었다.

"볼프. 주운 물건, 아직 가지고 있어?"

"어, 응. 그러고 보니 계속 가지고 있었군."

볼프는 그렇게 말하며 주머니에서 작은 병을 꺼내 들었다. 마커스 잡화점의 상표와 함께 회복약이라고 쓰인 그 병에는 초록색의 액체가 들어 있었다.

"그러면 주인아저씨한테 돌려주기 전에 살짝 이용해 보실까."

회복약을 받아 든 루이샤는 그 병을 볼프가 주웠던 장소에 내려놓고 마법을 외웠다.

"마기 라이즈."

마법이 발동되자 회복약이 놓인 자리를 중심으로 주변의 바닥이 푸르스름하게 빛났다. 그러자 푸르스름한 빛 속에서 육안으로는 구분할 수 없을 정도로 희미한 발자국이 비쳤다.

"뭐, 뭐야, 이 마법은?!"

"분석 마법이야. 친구한테 배웠어."

"친구라고……?"

"응. 우리 반에 하플링인 치샤라는 애가 있잖아? 볼프는 다른 애들과 교류하지 않으니까 잘 모를 테지만, 다들 엄청난 능력을 갖고 있어."

루이샤는 화들짝 놀라는 볼프를 향해 "후후후" 하고 득의양양한 미소를 지어 보였다.

하플링 소년 치샤의 특기인 분석 마법. 이것은 굉장히 어려운 난이도를 자랑하는 마법이었다. 굉장히 섬세한 마력 조작 능력이 요구되는 분석 마법은, 마법의 스페셜리스트라 할 수 있는 마족 중에서도 능숙하게 구사할 수 있는 자가 거의 없다시피 했다. 현실이 이러니 인간족들 중에는 능숙하게 구사할 수 있는 자가 '없다'라고 단언해도 무방할 정도였다.

하지만 루이샤는 치샤에게 배운 덕분에 분석 마법을 구사할 수가 있었다.

아무리 그래도 분석 마법의 전문가인 치샤만큼의 정밀도는 아직 갖추지 못했지만, 그래도 이 짧은 기간에 분석 마법을 습득했다는 것은 굉장한 성과였다. 이것도 무한 지옥에서 마왕에게 직접 마법의 기초를 쌓은 덕분이라 할 수 있었다. 마법에 대한 루이샤의 경지와 이해도는 마족들조차 능가할 정도로 성장해 있었다.

루이샤는 범인의 발자국을 살펴 범인의 동선을 확인했다.

"아, 저쪽으로 갔나 보네."

빛나는 발자국은 뒷골목 안쪽으로 이어져 있었다. 범인이 도망친 방향이었다.

"좋아, 쫓아가자!"

"앗, 기다려! 나도 같이 가겠어!"

볼프는 엄청난 속도로 내달리는 루이샤를 뒤쫓아 달려갔다.

두 사람은 인기척 없는 뒷골목을 질주하고 있었다.

루이샤는 기공으로 각력을 크게 강화하여 무시무시한 속도로 달리고 있었다. 속도 상승 마법에 특화된 메렐을 제외하면 학생

중에서 자신을 따라올 사람은 없을 것이라는 자부심마저 있었다.

하지만 볼프는 그 루이샤를 따라오고 있었다.

"볼프가 이렇게 빠른 줄은 몰랐어! 대단한걸!"

"너야말로 인간 주제에 말도 안 되게 빠르잖아! 대체 정체가 뭐냐?!"

수인족인 볼프는 자신의 속도에 자부심이 있었다. 하지만 루이샤로 인해 그 자부심은 너덜너덜해진 상태였다.

하지만 그런 속내를 알 턱이 없는 루이샤는 자신의 속도를 따라오는 인물이 존재한다는 사실에 기뻐하며 더욱 속도를 올렸다.

"그럼 더 달려볼까!"

"아, 아직도 전속력이 아니었던 거냐! 제길, 질 수 없지!"

두 사람은 흙먼지를 일으키며 뒷골목을 내달렸다.

그렇게 달리길 15분. 두 사람은 마침내 목적지에 도착했다.

"후우, 도착했네. 발자국의 주인은 이 건물로 들어간 것 같아."

"허억, 허억, 허억. 그러냐……."

두 사람이 발자국을 추적하여 도달한 장소는 낡은 창고 건물로, 왕도 남동쪽의 창고가 잔뜩 늘어선 구역이었다. 발자국의 주인은 어째서 이 건물로 들어간 것일까.

"좋아, 그럼 들어가 볼까."

그런데 루이샤가 창고로 진입하려 한 순간, 루이샤 앞에 의외의 인물이 모습을 드러냈다.

"드디어 찾았네."

눈앞에 나타난 것은 루이샤도 잘 아는 인물이었다. 바로 용사의 후손인 샤를롯테 유델리아였다.

샤로의 갑작스러운 등장에 루이샤와 볼프는 크게 동요했다. 루이샤의 알기로 샤로는 오늘 빠질 수 없는 사정으로 자리를 비운 상태였다. 그런데 어째서 이런 후미진 장소에 와있는 것일까.

"샤로가 왜 여기에? 설마 나를 만나려고……?"

"일부러 여기까지 올 이유가 또 어딨겠어? 미안하지만 마력 탐지로 앞질러 와서 기다리고 있었어. 너희들이 워낙 빨리 달려서 앞지르느라 엄청 애먹었다고."

"미, 미안……."

풀이 죽어서 사과하는 루이샤.

하지만 루이샤는 자신들의 처지를 떠올리고 아차 싶었다. 루이샤와 볼프는 현재 쫓기고 있는 신세다. 그런 두 사람을 쫓아왔다는 말인즉…….

"혹시 우리를 붙잡으러 온 거야……?"

"맞아. 오늘 왕성에서 병사 훈련이 있었거든. 그래서 지도자로 불려 갔었어. 그런데 갑자기 기사단 녀석들이 찾아와서 마법 학교의 학생들이 도망쳤다고 상담을 하더라고. 놀랐지 뭐야. 게다가 듣다 보니 흑발의 소년이 엄청난 속도로 달려갔다는 거 아니겠어?"

불길한 예감을 느낀 샤로는 만약을 위해 마력 탐지를 사용했고, 그 결과 맹렬한 속도로 달리는 루이샤를 발견하고 말았다. 문제가 생겼다고 판단한 샤로는 서둘러 루이샤가 향하는 장소로 앞질러 갔다.

"그렇구나. 다시 말해서 샤로는 나를 붙잡아야 하는 거네."

루이샤는 자세를 낮추며 달아날 준비를 했다. 샤로가 용사의 후손이라는 것은 볼프도 알고 있었다. 그렇다면 샤로는 자신과 루이샤의 적. 볼프는 이빨들 드러내며 샤로의 거동에 주의를 기울였다.

하지만 샤로의 입에서 나온 말은 볼프의 예상을 크게 벗어난 것이었다.

"그럴 리가. 보나 마나 또 뭔가 귀찮은 일에 말려들었지? 됐으니까 빨리 털어놔."

"이런, 들켰나?"

루이샤는 그렇게 말하며 "에헷" 하고 혀를 빼꼼히 내밀었다.

"당연하지. 네가 아무런 이유도 없이 이런 짓을 벌일 리 없잖아. 자, 얼른 말하기나 해."

"역시 샤로야. 말이 통하는걸."

루이샤는 어째서 이러한 사태가 벌어졌는지 요약해서 샤로에게 설명해 주었다. 한편 볼프는 예상치 못한 급전개와, 용사의 후손이 이토록 쉽게 협력해 주었다는 점, 그리고 수인인 자신을 백안시하지 않는다는 점에 적잖이 당황하고 있었다.

그런 볼프를 내버려 둔 채로 루이샤의 이야기를 경청한 샤로는 마침내 두 사람이 처한 상황을 파악할 수 있었다.

"흐음, 그런 일이었구나. 너도 참 복잡한 일에 관여하길 좋아하네."

"미, 미안……."

루이샤는 면목이 없다는 듯이 고개를 푹 숙였다.

반대로 샤로는 "좋아, 그럼" 하고 기합을 넣더니 놀라운 말을 내뱉었다.

"알겠어. 나도 도와줄게. 루이를 범죄자로 만들 수는 없으니까."

그 말을 들은 루이샤는 "정말로?! 고마워!" 하고 눈을 반짝이며 샤로를 얼싸안았다.

"샤로라면 그렇게 말할 줄 알았어!"

"버, 벌건 대낮에 무슨 짓이야!"

"에이, 부끄러워하기는."

"누, 누가 부끄러워한다는 거야! 이 바보!"

샤로는 얼굴을 빨갛게 물들이며 루이샤를 떼어냈다.

비록 샤로의 말투는 퉁명스러웠지만, 그 목소리에서는 깊은 애정이 묻어났다. 이러한 샤로의 모습을 지켜보던 볼프가 질문을 던졌다.

"이봐, 왜 너까지 나를 도와주는 거지? 수인을 도와줬다는 걸 사람들이 알면 너한테도 좋을 게 없잖아. 용사의 후손이라는 명성에 흠집이 갈 뿐이야."

그러자 샤로는 볼프의 눈을 똑바로 바라보며 대답했다.

"바보 같은 소리 마. 곤경에 처한 사람을 보고도 모른 체하는 거야말로 용사의 후손으로서 수치스러운 짓이야."

"그런…… 건가?"

"그래. 그러니 신경 쓰지 않아도 돼."

하지만 볼프로부터 등을 돌린 샤로는 아무에게도 들리지 않을 작은 소리로 중얼거렸다.

"……수인에 대한 차별로는 나도 남 말할 처지가 아니니까."

그렇게 독백을 마친 뒤, 샤로는 창고로 발걸음을 내디뎠다.

"자, 들어가자. 얼른 끝내고 누명을 벗자고."

"끄응!"

루이샤가 힘을 주자 창고의 커다란 철문이 콰앙! 소리를 내면서 억지로 열렸다. 안쪽에서 쇠사슬을 두르고 자물쇠를 채운 모양이었지만 루이샤의 괴력 앞에서는 시간 벌이도 되지 못했다. 끊어진 쇠사슬이 바닥에 후두둑 떨어졌다.

"흠, 안은 꽤 넓네."

넓은 창고 안에는 수많은 짐이 쌓여 있었다. 볼프가 짐 더미를 조사해 보자, 대부분이 낡은 창고에 어울리지 않는 금은보화와 마도구 같은 고가의 물건들로 이루어져 있었다.

이를 본 볼프는 쳇, 하고 혀를 찼다.

"……아무래도 위험한 녀석들과 엮여버린 듯하군. 여기 쌓인 거 전부가 도난품 같아. 규모가 큰 도적단의 비밀 창고가 아닐까 싶은데."

"그러게. 설마 이런 거물을 발견하게 될 줄이야. 얼른 기사단에 알리는 편이 좋지 않겠어? 너희들이 무고하다는 사실을 증명할 수 있을 거야."

"맞는 말이긴 한데……. 도망치기에는 이미 늦은 모양이야."

루이샤가 말을 마친 순간, 창고의 문이 덜컹! 소리를 내며 닫혔다. 동시에 짐 더미 곳곳에서 남자들이 차례차례 걸어 나와 루이샤 일행을 감쌌다.

그들의 손에는 최근 개발된 무기인 '총'이 쥐어져 있었다. 아직 고가품에 해당하는 이 무기를 다수 소지한 것으로 봐서, 볼프의 말대로 상당한 자금력과 규모를 자랑하는 도적단인 모양이었다.

"……뭐야, 기사단 놈들이 냄새를 맡고 온 줄 알았더니 꼬맹이들이잖아. 길이라도 잃으셨나?"

그렇게 말하며 모습을 드러낸 것은 도적단 안에서도 유달리 잘 차려입은 거구의 사내였다. 주변의 다른 도적들이 위축된 것으로 보아 꽤 높은 위치의 도적인 모양이었다.

"내 이름은 기렘. 이 도적단의 두목이다. 이렇게 보여도 뒷세계에서는 꽤 유명한 몸이지."

자기소개를 마친 기렘은 "가하핫!" 하고 천박한 웃음을 흘렸다.

기렘은 몸 여기저기에 보석과 귀금속을 주렁주렁 달고 있었다. 벌이가 상당히 짭짤한 모양이었다.

"아."

"이렇게나 많은 물건을 훔치다니……. 용서할 수 없어."

그렇게 말하며 기렘을 노려보는 루이샤. 반면 루이샤의 얼굴을 본 기렘은 "응?" 하고 소리를 냈다.

"이봐, 꼬마. 그 얼굴 어디선가……."

루이샤를 관찰하듯 빤히 쳐다보던 기렘은 무언가를 깨달았는지 히죽 추악한 웃음을 지어 보였다.

"나는 운이 좋구만……. 설마 타겟이 몸소 찾아올 줄이야."

"무슨 뜻이야? 나는 당신을 처음 보는데."

"크크큭, 이쪽 얘기다. 너는 몰라도 돼."

기렘은 그렇게 말하며 루이샤의 질문을 일축해 버렸다. 어쩐지 루이샤를 알고 있는 눈치였다.

신경이 쓰인 루이샤는 다시 추궁하려 했지만, 볼프가 한발 먼저 소리쳤다.

"이봐, 너! 네가 잡화점에서 상품을 훔친 범인이지? 너 때문에 내가 의심을 받았다고!"

볼프는 이를 드러내고 나지막이 으르렁거렸다. 그 서슬 퍼런 모습에 몇몇 도적들이 겁을 집어먹고 뒷걸음질 쳤다.

"잡화점? 범인? ……아아, 그러고 보니 오늘 부하들이 뭘 훔쳐 오긴 했더군. 저기에 쌓인 짐 보이지?"

기렘이 가리킨 곳에는 다섯 개의 나무 상자가 쌓여 있었다. 그 나무 상자에는 '마커스 잡화점'이라는 글귀가 적혀 있었다. 루이샤 일행이 찾던 도난품이 틀림없었다.

"역시 네놈들 짓이었나……! 용서 못 해!"

다시 한번 으르렁거리는 소리를 내며 위협하는 볼프.

하지만 기렘은 두려워하기는커녕 웃을 뿐이었다.

"핫핫핫! 미안하게 됐군, 늑대 양반! 보아하니 우리 때문에 큰일을 겪은 모양인걸. 어때, 사과의 의미로 주인이라도 소개해 줄까?"

"……너, 무슨 뜻으로 하는 소리야."

볼프가 이마에 혈관을 돋우며 물었다.

그 눈빛은 분노로 물들어 있었고, 움켜쥔 주먹에서는 핏방울이 뚝뚝 떨어졌다.

"말 그대로지. 수인한테는 주인이 필요하잖아? 그러니까 소개해 주겠다, 이 말이야. 마침 젊고 근육질인 수인이 취향이라는 부잣집 고객이 있거든. 그 녀석이 귀여워해 줄 거다!"

기렘의 말에 주위의 부하들이 큰 소리로 웃어젖혔다.

"수인은 좋은 상품이야. 인간은 금방 망가져 버리지만, 수인은 오래가거든. 지금은 규제가 세서 거래가 잘 안 된다만, 얼마 전까지만 해도 수인들 덕분에 돈을 갈퀴로 긁어모았지."

"이 자식……! 우리를 뭐라고 생각하는 거냐……!"

볼프는 분노로 인해 이성이 날아가기 일보직전이었다. 볼프가 분노에 맡겨 달려들려던 그때, 루이샤와 샤로가 그를 말렸다.

"평정심을 잃으면 안 돼. 그게 녀석이 바라는 거야."

"맞아. 저런 쓰레기랑 말싸움해 봤자 너만 손해야."

하지만 두 사람의 만류에도 볼프의 분노는 가라앉지 않았다.

"시끄러워! 어차피 너희들도 나를 깔보고 있겠지?! 수인이 더 럽다고 생각하고 있잖아?!"

볼프가 눈물을 흘리며 외쳤다.

그러자 루이샤는 볼프의 눈을 똑바로 응시하며 말했다.

"걱정 마. 우리는 그렇게 생각하지 않으니까."

꾸밈없는 평범한 한마디.

하지만 그 한마디는 볼프의 마음에 깊이 박혔다.

원래 동물들은 감수성이 풍부한 편이다. 그리고 수인들도 이러한 동물의 특성을 고스란히 물려받았다. 따라서 수인들은 인간의 거짓말과 악의에 민감했다.

어릴 적부터 인간의 악의를 보아왔던 볼프는 수인 중에서도 더욱 그러한 감정에 민감했다. 하지만 루이샤의 말에서는 어떠한 부정적인 감정도 느껴지지 않았다. 오히려 루이샤의 말을 들을 때마다 마음이 따뜻해지는 기분이 들었다.

"다행이다. 이제 진정이 되었나 보네."

평정심을 되찾은 볼프를 보고 안심한 루이샤는 다시 도적단을 쳐다보았다.

루이샤의 얼굴에서 여느 때와 같은 상냥함이 사라지고 차가운 살의가 깃들었다. 그 얼어붙는 듯한 시선에 도적들은 오한을 느끼며 몸서리쳤다.

생김새는 어디에나 있을 법한 소년이건만, 마치 마족이나 용족을 상대하는 듯한 착각이 들었다.

"……자, 제 친구를 모욕한 죗값을 받아 가겠어요."

루이샤는 그렇게 말하며 주먹을 움켜쥐었다. 그리고 옆에 서 있던 볼프는 루이샤의 주먹에서 핏방울이 뚝뚝 떨어지고 있다는 사실을 깨달았다.

그랬다. 루이샤도 조금 전부터 분노하고 있었다.

친구를 바보 취급당한 루이샤는 피가 배어날 정도로 강하게 주먹을 움켜쥔 상태였다. 두 스승으로부터 분노에 몸을 맡기면 안 된다고 배웠던 루이샤는 이런 방법으로나마 간신히 마음을 다스리고 있었다.

하지만 평정심을 되찾은 지금, 더는 억누를 필요가 없었다.

"건방진 자식…… 꼬맹이 주제에 분위기 잡기는. 어이, 너! 상대해 줘라!"

"예, 두목."

기렘의 명령을 받은 덩치 큰 남자가 주먹으로 뚜둑뚜둑 소리를 내며 루이샤에게 다가왔다. 남자의 몸 곳곳에 새겨진 오래된 흉터는 그가 역전의 전사임을 짐작하게 했다.

"얼굴은 건드리지 마! 제법 귀엽게 생겼으니 소년 취향의 변태한테 비싸게 팔릴 거다!"

기렘의 말에 루이샤는 "우웩" 하고 얼굴을 찌푸렸다.

그러는 사이, 남자는 팔을 뻗어 빈틈투성이의 루이샤를 붙잡으려 했다.

하지만.

"끄아악!"

루이샤를 붙잡기 위해 뻗은 남자의 손가락이 불현듯 이상한 각도로 구부러졌다. 마치 거대한 바위에 짓눌리기라도 한 것처럼.

"이 기술은 금강각 손가락 잡기라는…… 안 듣고 있네."

루이샤가 한 짓은 단순했다. 금강각을 써 강화한 오른손으로 남자의 손을 악수하듯 움켜쥔 것이다. 결국 남자의 커다란 손은 못 써먹을 지경으로 구겨지고 말았다.

"이만 비켜."

루이샤는 난데없는 고통에 몸부림치는 남자를 매몰차게 뻥 차 버렸다. 엄청난 기세로 날아간 남자는 기렘의 머리를 지나쳐 창고 벽과 충돌했다. 그리고 그대로 정신을 잃고 쓰러져 버렸다.

"저, 정체가 뭐야 이 녀석……!"

루이샤가 범상치 않은 존재임을 깨달은 기렘이 총구를 겨누었다.

"왜 그러죠? 총이 떨리는데요?"

"닥쳐! 감히 내가 누군지 알고! 너희들도 쏴버려!"

두목의 발포를 시작으로 부하 도적들도 사격을 시작했다. 30명에 달하는 도적들의 전방위 일제사격. 도망칠 곳 따위 없는 탄막이 형성되었다. 게다가 루이샤의 곁에는 볼프와 샤로까지 있었다.

"이걸 막으려면 이 기술인가."

루이샤는 좌우로 두 손바닥을 내밀고 기공을 방출했다.

"기공술 방어식 2형태, 수학(守鶴)!"

세 사람을 에워싸듯 반구형을 형성해 나가는 기공의 벽. 상당한 강도를 자랑하는 반투명한 방어막이 들이닥치는 총탄들을 전부 튕겨내 버렸다.

"대, 대단하군……."

볼프의 입에서 무심코 감탄이 흘러나왔다.

수인은 마법이 서툰 대신 기공의 양이 많은 편이다. 볼프도 기공을 잘 다루는 수인들을 몇 명 알고 있었다.

하지만 루이샤만큼 높은 완성도를 갖춘 기공은 여태껏 본 적이 없었다.

"자, 반격을 시작해 볼까!"

도적들의 장전된 총알이 전부 소모된 것을 확인한 루이샤는 수학을 해제하고 반격에 나섰다. 창고에 도난품이 존재하기에 광범위한 기술은 사용할 수 없었다. 그러므로 한 명씩 격투술로 쓰러트려 나갔다.

"루이! 내 몫도 남겨 둬!"

루이샤에게 질 수 없다는 듯이 샤로도 검을 뽑아 들고 전투에 뛰어들었다. 두 사람은 완벽에 가까운 연계로 서로의 사각을 커버하며 활개 쳤다.

"괴, 괴물들 같으니……!"

하나둘씩 쓰러져 가는 부하들을 보고 기렘의 입에서 공포로 물든 목소리가 새어 나왔다. 이 녀석들에게는 절대로 이길 수 없다.

본능이 그렇게 외치고 있었다.

하지만 기렘에게도 자존심이 있다. 이대로 꼬맹이들에게 당하고만 있을 수는 없었다.

그리고 그는 루이샤가 미처 예상치 못했던 행동을 취했다.

"망할 자식! 하다못해 저승길 길동무로 삼아주마!"

기렘은 품속에 숨겨두었던 총을 뽑아 볼프를 겨냥했다. 불운하게도 루이샤에게 시선을 빼앗긴 볼프는 그의 공격을 알아채지 못한 상태였다.

"죽어라!"

무자비하게 발사되는 탄환. 총성을 들은 볼프는 자신이 공격당했다는 사실을 깨달았지만 때는 이미 늦었다. 아무리 인간을 웃도는 각력을 지녔다 한들 방심하고 있던 상태에서 총알을 피하기란 무리였다.

"위험해!"

하지만 루이샤는 움직였다.

루이샤는 모든 마력과 기공을 다리에 집중시켜 엄청난 속도로 내달렸다. 그리고 총알과 볼프 사이로 뛰어들어 자신의 몸을 방패 삼아 볼프를 지켜주었다.

모든 힘을 다리에 실었기에 방어에 할애할 힘은 남아있지 않았다. 루이샤가 아무리 강해졌다 한들 복근으로 총알을 팅겨내기란 불가능했다. 명중한 총알은 루이샤의 복부 깊숙이 파고 들어갔다.

"으윽······!"

고통으로 표정을 일그러트리며 무릎을 꿇는 루이샤.

루이샤 덕분에 목숨을 건진 볼프가 걱정스러운 얼굴로 달려왔다.

"이봐! 괜찮아?!"

볼프는 창백한 얼굴로 루이샤의 상처를 확인했다. 다행히 총알이 내장을 건드리진 않았기에 출혈은 심하지 않았다.

하지만 목숨에는 지장이 없을지 몰라도 고통은 장난이 아닐 터였다. 하지만 루이샤는 볼프를 향해 "괘, 괜찮아? 다친 데는 없고?" 하고 물으며 오히려 그를 걱정했다.

루이샤의 이러한 태도에 볼프는 가슴이 따뜻해지는 것을 느꼈다. 마음속의 얼어붙어 있던 무언가가 녹아내리는 듯한 감각. 난생처음으로 겪어보는 감각이었다.

하지만 오랜 세월 차별에 시달려 왔던 볼프는 자신의 감정을 그대로 받아들일 수가 없었다.

"어째서 나 같은 걸 구했어?! 나는 인간을 싫어하고 있는데, 왜!"

그러자 루이샤는 볼프의 부축을 받으며 대답했다.

"그, 그래서야. 너는 나하고, 아니, 우리 Z반하고 닮았거든."

"무, 무슨 뜻이야?"

"우리도, 차별을 받아왔어. 출신이 평범하지 않거나, 이상한 재능을 타고났거나, 반대로 재능이 없거나. 약간의 차이는 있어도 다들 똑같이 괴로운 어린 시절을 보냈어."

루이샤는 그렇게 운을 떼며 Z반 학생들에 대해 이야기하기 시작했다.

예를 들면 치샤.

그는 하플링이라는 종족이었다. 하플링은 마법을 사용할 수 없는 대신 손재주가 뛰어난 종족이지만, 치샤는 어찌 된 영문인지 마법의 재능을 지닌 채 태어나고 말았다. 그 탓에 동족들로부터 무시당했고, 결국 도망치듯 고향을 떠나 왕도로 오게 되었다.

반과 그의 동료인 도카베, 메렐도 마찬가지였다.

세 사람은 어느 시골 마을 출신이었다. 장남이었던 그들은 가업을 이어야 한다는 말을 들으며 자라왔다. 하지만 세 사람 모두 한 가지 마법밖에 사용하지 못하는 특수한 체질이었고, 이로 인해 부모로부터 내놓은 자식 취급을 받았다. 동생들이 태어나면서 대를 이을 필요는 없어졌으나, 결국 세 사람은 가족뿐만 아니라 마을에서도 소외감을 느끼고 고향을 떠나기로 마음먹었다.

이렇듯 Z반은 인정받지 못한 학생들이 모인 곳이었다.

"그, 그랬었구나……."

남들과 교류하지 않았던 볼프는 Z반 학생들의 이러한 사정을 전혀 몰랐다. 괴로운 것은 자기뿐이라고 믿고 있었다.

"나는 변했어. 스승님과 친구들과 만나서. 그러니 볼프도 바뀌었으면 해."

"루이샤……."

볼프는 줄곧 차별을 받아왔다고 생각했다.

자신은 피해자. 인간은 가해자. 간단한 도식이다.

하지만 아니었다.

자신 또한 차별하는 쪽이었다.

인간을 한데 묶어 악이라고 단정 지었다.

그것이 수인을 한데 묶어 비난하는 것과 무엇이 다르단 말인가?

이 순간, 볼프는 처음으로 자신의 과오를 깨달았다. 그리고 바꾸겠다 맹세했다. 비록 자신보다 체구는 작지만, 자신보다 훨씬 커다란 그릇을 가진 눈앞의 소년을 따라잡기 위해서.

"좋아. 너희한테만 특별히 보여줄게. 나의 진정한 모습을……!"

볼프는 루이샤를 조심스럽게 바닥에 내려놓은 뒤, 도적단을 향해 돌아섰다.

그리고 볼프는 두 손을 바닥에 짚어 사족 보행 자세를 취했다. 그러자 놀랍게도 볼프의 몸이 우득, 우득 소리를 내며 변형하기 시작했다.

온몸의 피부에서 검은색의 털이 자라났고, 팔다리는 길고 굵직해졌다. 네발짐승처럼 주둥이가 튀어나오고, 커다란 이빨과 손톱이 흉흉하게 성장했다. 그리고 커다란 눈동자는 붉게 물들었다. 변신이 끝난 뒤, 그곳에는 거대하고도 아름다운 한 마리의 늑대가 있었다.

"자아, 유린해 주마!"

마음속의 안개가 걷힌 그에게 망설임은 없었다. 늑대는 있는 힘껏 바닥을 박차며 도적들을 엄습해 들어갔다.

◇ ◇ ◇

수인은 어떻게 이 세상에 생겨났을까. 이 의문에 답하기 위해서는 수인의 계보를 한참 거슬러 올라가야 했다.

수인들의 선조는 인간과 짐승의 혼혈이다. 그렇기에 인간의 지능과 짐승의 신체 능력을 동시에 갖추고 있었다. 하지만 상식적으로 인간과 짐승 사이에서 자손을 갖기란 불가능하다. 그런데 어째서 수인이 존재하는 것일까. 바로 먼 옛날, 한 마리의 강력한 짐승이 존재했기 때문이었다.

왕의 문장을 각성할 정도로 강해진 그 짐승은 번식력도 타의 추종을 불허했다. 번식력이 어찌나 강했는지 다른 종족과도 새끼를 가질 수 있을 정도였다.

그 강력한 짐승과 인간 사이에서 태어난 것이 바로 최초의 수인이었다.

그리고 그렇게 태어난 태초의 수인들에게는 변신 능력이 있었다. 짐승의 모습, 인간의 모습, 그리고 양쪽이 모두 반영된 수인의 모습. 이들 중 원하는 모습을 선택해 자유롭게 변신할 수 있었다.

하지만 지금의 수인들은 오랜 세월을 거듭하며 변신 능력을 잃어버린 상태였다.

다만, 지금 시대에도 극히 드물게 태어나곤 했다. '선조회귀'라는 이름의 변신 능력을 지닌 수인이.

"그워어어어어어어!"

늑대로 변신한 볼프가 포효하며 도적들을 들이받았다. 신장 2m를 웃도는 볼프의 돌진에 직격당한 도적은 단말마와 함께 벽으로 날아가 의식을 잃었다.

"다, 다가오지 마!"

도적들은 볼프를 향해 총을 난사했지만 헛된 몸부림에 불과했다. 검은 폭풍처럼 전장을 누비는 늑대에게 총 따위는 아무런 소용이 없었다. 볼프는 도적들을 차례차례 쓰러트려 나갔고, 도적단은 고작 몇 분 만에 괴멸의 위기를 맞아야 했다.

"굉장해……!"

루이샤의 곁으로 달려가 상처를 치료하고 있던 샤로가 감탄을 흘렸다.

동체 시력에 자신이 있는 샤로조차 겨우 보일 정도로 볼프의 움직임이 몹시 재빨랐다.

한편, 기렘은 차례차례 쓰러져 가는 도적들을 보면서 이마에 식은땀을 흘렸다. 위험해, 이대로는 지고 말 거야! 그렇게 확신한 기렘은 비장의 수를 쓰기로 했다.

"어이! 나와라!"

기렘이 우리를 열자 안에서 초록색의 거대한 새가 튀어나왔다.

"저건 와이즈 패롯?! 저런 희소종까지 있었던 건가!"

볼프가 놀라움을 드러냈다.

와이즈 패롯은 밀림에 서식하는 새로, 겉모습은 앵무새를 닮았지만, 덩치는 2m를 넘는 거대한 몸집을 지니고 있으며 지능이 굉장히 높고 얌전하다. 인간보다 똑똑하다는 말까지 있을 만큼 영리하여 포획하기가 어려운데, 그 탓에 마니아들 사이에서 고가로 거래되고 있었다.

"빨리 날아라! 죽고 싶지 않으면!"

기렘은 와이즈 패롯에게 억지로 걸터앉아 날라고 명령을 내렸고, 결국 기렘과 와이즈 패롯은 공중으로 떠올랐다.

"도망가게 놔둘 줄 알고!"

볼프는 기렘의 도주를 저지하기 위해 행동에 나섰다. 아직 충분히 따라잡을 수 있는 거리였다. 절대로 놓치지 않겠다고 벼르며 달려가는 볼프. 하지만 기렘에게는 또 하나의 비책이 남아있었다.

"이건 희귀종이라 별로 사용하고 싶지 않았지만…… 상황이 상황이니 어쩔 수 없지. 이 녀석이나 상대하고 있어라!"

품속에서 병을 꺼내든 기렘은 살짝 망설이면서도 그것을 바닥에 내던졌다. 그러자 깨진 병에 담겨있던 보라색의 액체가 사방으로 튀었다.

"이건 또 뭐야?!"

볼프는 액체에서 풍겨 나오는 불길한 냄새와 분위기에 질주를 멈추었다. 밖으로 노출된 액체는 마치 의지라도 가진 것처럼 꿈틀꿈틀 움직이며 한곳으로 모여들었다. 그 모습은 약소 몬스터인 슬라임과 매우 비슷했다.

하지만 기렘이 풀어놓은 슬라임은 일반적인 슬라임들과는 명백히 다른 분위기를 띠고 있었다. 본능적으로 위협을 느낀 볼프는 차마 공격을 감행하지 못했다.

"가하핫! 겁을 먹을 만도 하지! 그 녀석은 슬라임 중에서도 희귀한 종인 포식 슬라임! 주변의 모든 것들을 흡수해 밑도 끝도 없이 거대화하는 슬라임이다! 너희들 따위한테 사용하기에는 아깝다만, 나한테 대든 벌은 톡톡히 치르게 해주마!"

큰 소리로 웃어젖힌 기렘은 와이즈 패롯으로 천장을 부수고 달아나 버렸다. 볼프는 당장이라도 쫓아가고 싶었지만, 눈앞의 괴물을 방치하기도 뭣했다.

"그렇다면 속공으로 해치우는 수밖에!"

엄청난 속도로 슬라임에게 접근해 발톱을 휘두르는 볼프. 그러자 슬라임은 신체 일부를 채찍처럼 변화시켜 휘둘렀다. 얼핏 대단찮아 보이는 공격이었지만 볼프는 본능적으로 위험을 감지하고 회피했다.

목표물을 잃은 촉수가 쓰러져 있는 도적 중 한 명에게 닿았다. 그러자 촉수는 그대로 도적을 흡수해 버렸고, 도적의 질량만큼 커진 촉수가 원래 자리로 되돌아가면서 슬라임의 본체도 그만큼 거대해졌다.

이것이 바로 눈앞의 슬라임이 포식 슬라임이라고 불리는 이유였다. 이 슬라임은 접촉하는 모든 것을 자신의 일부로 바꾸어버리는 능력을 지니고 있었다. 모험가 협회가 지정한 포식 슬라임의 위험도는 A랭크. 베테랑 모험가가 떼로 달려들어야 겨우 토벌할 수 있는 상대였다.

"부오, 부오오오오오!"

포식 슬라임은 기분 나쁘게 울부짖으며 사방으로 대량의 촉수를 뻗기 시작했다. 볼프는 그것을 어렵잖게 회피했고, 샤로도 루이샤를 끌어안고 회피하는 데 성공했다. 하지만 쓰러져있던 도적들과 그들이 훔친 물품들은 고스란히 슬라임에게 흡수당하고 말았다.

"쳇……! 일단 후퇴하는 수밖에 없나!"

좁은 창고 안에 있다가는 그들과 같은 꼴이 될 뿐이라고 판단한 볼프와 두 사람은 서둘러 창고의 창문을 깨고 밖으로 탈출했다.

그대로 옆 창고의 지붕 위에 도착한 세 사람. 하지만 볼프가 무사히 달아났다고 안도하기도 잠시. 그것이 잠깐의 안식에 불과했다는 사실을 깨달았다.

"부오오오오오!"

슬라임이 다시금 귀에 거슬리는 포효를 지르며 창고의 지붕을 부수고 모습을 드러냈다.

이미 덩치가 20m 정도로 크게 부풀어 있었다. 아무래도 창고 안의 물건들을 전부 흡수해 버린 모양이었다. 슬라임의 거대한 몸체에는 아름드리나무만 한 촉수가 여럿 달려있었고, 촉수들은 다음 목표물을 찾아 끊임없이 꿈틀거렸다.

'……승산이 보이질 않아.'

너무나도 거대해진 슬라임의 모습에 볼프는 전의를 상실하고 말았다. 마찬가지로 샤로도 "저거, 쓰러트릴 수 있기는 해……?"라며 얼굴에 그림자를 드리웠다.

하지만 아직 포기하지 않은 인물이 한 명 있었다.

"포기하면 안 돼. 저 녀석을 멈추지 못하면 수많은 사람이 다칠 거야!"

루이샤는 그렇게 말하며 몸을 일으켰다. 여전히 고통 때문에 옆구리를 누르고는 있었지만, 샤로가 총알을 적출하고 회복 마법을 걸어준 덕분에 피는 멎은 상태였다.

"루이, 너 괜찮은 거야?"

"응. 샤로가 치료해 줘서 살았어. 고마워."

샤로에게 감사를 표한 루이샤는 다시금 슬라임을 쳐다보았다. 그러고는 "후우" 하고 숨을 내쉰 뒤, 두 팔을 앞으로 내밀어 마력을 모으기 시작했다.

마력을 모은다는 것은 신체를 활성화하는 것이다. 결국 루이샤의 옆구리에서는 다시 상처가 벌어져 피가 배어 나왔다. 하지만 루이샤는 필사적으로 고통을 억눌러 가며 마력을 모았고, 그렇게 모은 마력을 한꺼번에 방출시켰다.

"폴 라지 아이스!"

루이샤가 마법을 발동시키자 루이샤의 전방이 삽시간에 얼어붙기 시작했다.

넓게 퍼진 마법은 포식 슬라임을 빠르게 얼려 나갔다.

"부오오?!"

자신의 몸이 얼어붙기 시작하자 화들짝 놀라는 슬라임. 곧 근처에 있는 인간의 소행임을 깨달은 슬라임은 루이샤를 향해 촉수를 내뻗었다.

"나도 뭔가를 보여줘야겠지……!"

샤로가 마법을 준비하고 있는 루이샤를 대신해 촉수를 받아쳤다. 샤로는 불규칙적으로 들이닥치는 촉수들을 신속하게, 그리고 철저하게 절단해 루이샤를 지켰다.

"부오……!"

촉수가 죄다 막히자 슬라임은 샤로를 적으로 인식하고 본격적으로 공격하기 시작했다. 인근의 창고를 통째로 집어삼켜 더욱더 거대해진 슬라임은 무지막지하게 부풀어 오른 촉수를 휘둘렀다.

마치 건물 한 채가 통째로 날아오는 듯한 광경이었다. 도저히 막아낼 수 없겠다고 판단한 볼프는 루이샤와 샤로에게 달아나자고 제안했다. 그러나 두 사람은 도망칠 기미를 보이지 않았다.

"샤로, 막아낼 수 있겠어?"

"당연하지, 루이. 날 뭐로 보고!"

그렇게 대꾸한 샤로는 검을 칼집에 집어넣더니, 엄습해 오는 촉수를 향해 힘껏 도약했다.

눈앞에서 무시무시한 촉수가 날아오고 있건만 샤로는 칼자루를 움켜쥔 채로 눈을 감았다. 최고의 일격을 가하기 위한 준비 자세였다. 샤로는 시각뿐만 아니라 청각, 후각, 촉각을 전부 차단하여 온 신경을 극한까지 끌어올렸다. 그리고 촉수가 닿기 직전, 샤로는 눈을 부릅뜨며 단숨에 검을 뽑았다.

"앵화 용심류…… 앵화일섬!"

혼신의 발도술이 작렬하자 슬라임의 촉수가 비산했다. 사방팔방으로 쏟아져 내린 보라색의 슬라임 파편이 쉬이익 소리를 내며 녹아내렸다.

"루이! 뒤를 부탁해!"

"응……! 나한테 맡겨!"

루이샤가 모았던 마력을 해방하자 슬라임이 얼어붙는 속도가 크게 상승했다.

슬라임은 몸을 뒤틀고 포효하며 필사적으로 저항했지만, 루이샤의 마법 앞에서는 시간 벌이도 되지 못했다. 결국 필사적인 저항이 무색하게도 슬라임은 완전히 얼어붙어 정지하고 말았다.

얼어붙은 슬라임은 흡사 마을 한복판에 솟아난 빙산처럼 보였다.

"엄청나군……."

"자……. 이제 도망친 두목을 쫓아야겠지."

루이샤는 그렇게 말하며 뛰어가려 했다. 하지만 불현듯 총을 맞았던 부위에서 고통이 엄습해 왔고, 루이샤는 "윽!" 하는 소리와 함께 무릎을 꿇고 말았다. 샤로가 황급히 달려와 벌어진 상처를 회복 마법으로 막아주었다.

"무리하지 마, 루이샤! 그런 상태로 달리면 얼마 못 가서 쓰러질 거야! 그 녀석도 이미 멀리 도망갔을 테고……. 쫓는 건 포기하자."

"아니 그래도……."

루이샤는 마지못해 말했지만, 샤로의 의견은 지당했다.

기렘이 어디로 도망갈지 딱히 짚이는 구석도 없거니와, 마력 탐지를 사용해도 기렘의 마력이 약한 탓에 추적할 수 있을지 의문이었다.

더는 방법이 없었다. 결국 체념하는 분위기가 형성된 가운데, 볼프가 무언가를 결심한 얼굴로 루이샤의 곁으로 다가왔다. 그러고는 늑대의 모습으로 바닥에 엎드리며 루이샤에게 제안해 왔다.

"내 등에 타라. 나라면 녀석을 쫓을 수 있다. 어디에 있는지도 냄새로 알 수 있고."

"……타는 건 어렵지 않겠지만, 정말 그래도 괜찮겠어?"

루이샤가 주저하는 것도 당연했다. 동물이나 수인이 자신의 등에 누군가를 태운다는 것은 특별한 의미가 있기 때문이다.

그것은 바로 절대적인 신뢰.

볼프가 스스로 이런 제안을 해왔다는 말인즉, 루이샤가 자신의 목숨을 맡기기에 걸맞은 인간이라고 인정한 것이나 다름없었다.

"솔직히 아직 인간을 신뢰하지는 못하겠어. 하지만 아무리 멍청한 나라도 너희가 다른 인간들과 다르다는 것쯤은 알 수 있어. 이번에 뼈저리게 느꼈지."

진심에서 우러난 말이었다. 비록 루이샤와 함께 행동한 시간은 짧았지만, 이번 경험은 볼프의 마음을 강하게 뒤흔들어 놓았다.

"내가 이런다고 너한테 매몰차게 대했던 걸 무마할 수는 없겠지. 하지만 이대로 죄다 너한테만 맡긴다면 나는 앞으로 평생을 후회할 거야! 그러니 널 돕게 해줘!"

볼프의 영혼이 깃든 말에 루이샤는 힘차게 고개를 끄덕였다.

"알겠어. 그렇게까지 말한다면 사양하지 않을게. 힘을 합쳐서 녀석한테 본때를 보여주자!"

이윽고 날렵한 동작으로 볼프의 등 위에 올라타는 루이샤. 의외로 푹신푹신한 게 안도감마저 느껴졌다.

그리고 루이샤를 태운 볼프 또한 안도감을 느끼고 있었다. 마치 빠져있던 조각이 끼워 맞춰지기라도 한 것처럼 몸이 가벼웠다.

'그랬던 건가. 나는 줄곧 등에 태울 인간을 원했던 거였어.'

루이샤를 등에 태운 볼프는 마음속으로 기쁨을 곱씹으며 네 다리로 몸을 일으켰다. 그러자 이곳에 남아있기로 한 샤로가 두 사람에게 다가와 말했다.

"저 슬라임에게 흡수된 사람들은 내가 구할게. 다른 건 생각하지 말고 실컷 날뛰고 오도록 해."

"응, 다녀올게. 그럼 출발하자, 볼프!"

"그래!"

지금 두 사람은 한 마리의 늑대가 되어 있었다. 몸은 다르지만, 마음은 하나.

""좋아, 가볼까!""
한 마리의 검은 늑대는 힘차게 소리치며 질주하기 시작했다.

"제길! 그 녀석들은 대체 뭐야!"
와이즈 패럿을 타고 하늘을 날아가던 기렘이 욕설을 내뱉었다.
"이제 겨우 도적질이 궤도에 오르기 시작했는데, 도로 아미타불이잖아!"
왕도는 기사단이 꾸준히 순찰하는 덕분에 다른 나라에 비해서 범죄 발생률이 낮았다. 하지만 이를 뒤집어 말하면 기렘의 동업자이자 라이벌인 도적들이 적다는 것을 의미했다. 즉, 기사단에게 붙잡히지 않을 수단만 있다면 왕도를 통째로 독점할 수가 있는 것이다.
나쁜 쪽으로 머리가 잘 돌아가는 기렘은 왕성에서 일하는 자들 중 돈의 흐름이 수상한 인물을 찾아 매수했다. 그리고 그에게서 기사단의 정보를 받아 여태껏 붙잡히지 않고 도적질을 일삼아 왔다.
하지만 루이샤의 등장으로 인해 이제는 그것도 끝이었다. 단, 기렘에게도 아직 희망은 있었다.
"……이 '팔찌'와 앵무새 녀석을 챙겨오길 잘했어. 가져다 팔면 돈이 제법 될 테지."

와이즈 패롯은 희귀 생물 콜렉터 사이에서 꽤 높은 가격으로 팔린다. 값만 잘 치른다면 왕도에 저택 한 채를 세울 수 있을 정도였다. 와이즈 패롯이 왕도 주변에 서식하지 않는 생물이라는 점도 높은 가격에 한몫했다. 무리에서 벗어나 왕도 인근을 헤매고 있던 와이즈 패롯을 사냥꾼이 포획했고, 기렘이 이를 운 좋게 발견해 구매한 것이다.

그리고 다른 하나는 은색 테에 커다란 분홍색 보석이 박힌 그 팔찌였다. 기렘이 왕도 근처 유적에서 우연히 발견한 보물이었다.

감정을 해봤지만, 어느 시대의 물건인지, 어떤 소재로 만들어졌는지 전혀 확인할 수 없었다. 그러나 기렘이 도적으로서 갈고 닦아 온 감은 이것이 엄청난 보물이라고 말하고 있었다.

"흐흐. 그 녀석들, 절대로 용서하지 않겠어. 조직을 재건해서 반드시 복수해 주마……!"

그렇게 결심한 기렘은 왕도를 나와 남쪽으로 날아갔다. 남쪽에는 커다란 상인들의 나라가 있다. 그곳에 도착하기만 한다면 과거의 연줄을 이용해 몸을 숨길 수 있을 것이다.

하지만 기렘의 뜻대로 놔두지 않겠다는 듯이 그를 쫓아오는 그림자가 있었다. 지붕에서 지붕으로 도약하는 새까만 그림자. 물론 그림자의 정체는 흑랑으로 변신한 볼프와 여기에 타고 있는 루이샤였다.

루이샤는 하늘을 나는 초록색 실루엣을 가리키며 외쳤다.

"찾았어! 저쪽이야!"

"헷, 우리한테서 도망칠 생각은 버리라고, 망할 도적 자식!"

볼프의 속도는 엄청났다. 심지어는 경사진 지붕 위를 별다른 어려움 없이 질주하고 있었다. 빠른 발이 특기인 메렐조차 한 수 접어야 할 정도였다.

"큰일이야! 왕도를 벗어나 버렸어!"

"하핫! 저 정도로 나한테서 벗어날 수 있을 줄 알았다면 오산이야!"

그렇게 외치며 가속한 볼프는 기세를 살려 왕도의 외벽으로 도약했고, 놀랍게도 벽을 수직으로 타고 오르기 시작했다.

"얏호! 달려라, 달려!"

볼프의 승차감에 완전히 빠져버린 루이샤가 신이 나서 외쳤다. 볼프도 덩달아 기분이 고양되어 더욱더 속도를 끌어올렸다.

마침내 성벽의 꼭대기까지 올라간 볼프는 그대로 뛰어내려 왕도 바깥에 착지했다. 그리고 다시 기렘을 쫓아 내달리기 시작했다.

"이대로 가면 숲이 나올 텐데……. 숲에서는 장애물 때문에 쫓아가기 힘들 거야. 어떻게 할까?"

"그렇다면 그 전에 승부를 내는 수밖에!"

그렇게 말한 루이샤는 볼프의 등에 탑승한 채로 마력을 모아 와이즈 패롯을 향해 발사했다.

"미드 그라비!"

루이샤의 마법이 발동되자 와이즈 패롯 주변의 중력이 급격히 강력해졌다. 갑작스러운 현상에 놀란 와이즈 패롯은 필사적으로 날갯짓했으나, 그런데도 고도는 낮아져 갈 뿐이었다.

"어이! 왜 밑으로 내려가는 거야! 제대로 날란 말이다!"

당황한 기렘이 와이즈 패롯을 다그쳤다. 하지만 그러는 와중에도 와이즈 패롯의 고도는 계속해서 낮아졌고, 마침내는 바닥에 닿을 높이까지 내려오고 말았다.

"좋아, 이 정도라면⋯⋯!"

루이샤는 몸을 일으켜 볼프의 등에 올라섰다. 와이즈 패롯의 등으로 옮겨 타기 위한 준비 동작이었다. 루이샤의 의도를 알아챈 볼프는 신뢰에 찬 눈으로 루이샤를 바라보며 말했다.

"그러면 뒤를 부탁할게."

"응, 맡겨 둬."

이 이상의 말은 필요 없었다. 루이샤는 힘차게 도약하여 기렘이 탑승 중인 와이즈 패롯의 등으로 이동했다.

"⋯⋯영차. 아, 반가워요. 오랜만이네요."

기렘 앞에 착지한 루이샤는 마치 산책을 하다가 마주치기라도 한 것처럼 가볍게 인사를 건넸다.

"으헉! 네놈이 왜 여기에! 어떻게 쫓아온 거지?!"

전혀 경계하지 않고 있었던 기렘은 혼란에 빠져 식은땀을 흘렸다. 설마 여기까지 쫓아오리라고는 예상하지 못했던 것이다.

루이샤는 당황한 기렘의 오른쪽 멱살을 왼손으로 붙잡은 뒤, 반대쪽 손으로 주먹을 쥐었다.

"있는 힘껏 후려칠 거예요. 각오는 되셨나요?"

"자, 잠깐 기다려! 너한테 맞으면 죽는다고! 제발 좀 봐줘!"

천사 같은 미소를 지으며 무시무시한 말을 내뱉는 루이샤. 기렘은 목숨을 구걸하며 루이샤의 팔을 어떻게든 치워보려 했지만, 괴력의 소유자인 루이샤는 꿈쩍도 하지 않았다.

"제, 제발! 돈을 줄게! 실은 아직 숨겨놓은 자금이 잔뜩 있어! 너도 한몫 챙기고 싶지? 그렇지?!"

"필요 없어요."

기렘은 목숨을 부지하기 위해 필사적으로 제안했지만, 루이샤는 싸늘하게 거절했다.

"그, 그러면 마도구는 어때! 희귀한 물건들도 제법 많거든!"

"어차피 다 훔친 거잖아요."

제안을 하는 족족 거절당하자 기렘의 표정은 점차 울상이 되어 갔다. 무엇을 제시해야 이 녀석을 매수할 수 있는 거지?! 지금까지 내가 매수하지 못했던 녀석은 없었는데! 기렘은 어떻게 하면 루이샤를 매수할 수 있을지 필사적으로 머리를 쥐어짰다.

"그렇다면 여자! 여자를 선물해 줄게! 예쁘장한 계집으로 말이야! 어때, 나쁘지 않지?!"

"……그건 더욱 필요 없네요. 저한테는 이미 귀여운 여자친구가 있거든요."

루이샤는 주먹에 기공을 불어넣어 기렘의 얼굴을 후려칠 준비를 했다.

"머, 멈춰……!"

"기공술 방어식 5형태, 금강각 철퇴!"

금강석처럼 단단해진 주먹을 이용한 스트레이트 펀치. 얼굴에 정통으로 주먹을 얻어맞은 기렘은 "히브흡!" 하고 개구리가 찌부러지는 소리를 내며 허공으로 날아갔다.

"……후우. 속이 다 시원하네!"

배에 총알을 맞은 앙갚음을 톡톡히 한 루이샤는 개운한 얼굴로 와이즈 패롯 위에 걸터앉았다.

"나 좀 밑으로 내려주면 안 될까?"

"꾸엑!"

여태껏 억지로 날아야 했던 와이즈 패롯은 루이샤를 얌전히 지상에 내려주었다.

한편, 지상에서는 늑대 상태의 볼프가 새에서 내리는 루이샤를 지켜보고 있었다.

"자, 일단 죽지는 않았어."

볼프는 입에 물고 있던 것을 바닥에 털썩 내려놓으며 말했다. 루이샤가 주먹으로 날려버린 기렘이었다. 바닥에 추락하기 전에 볼프가 공중에서 붙잡아 놓았던 것이다. 몸이 움찔움찔 경련하는 것으로 봐서 아직 살아있는 모양이었다.

"용케도 받았구나. 고마워."

"핫, 모른 척하기는. 일부러 내 쪽으로 떨어트렸으면서. 나를 믿고 그랬던 거지?"

"후후. 무슨 소린지 모르겠는걸."

그렇게 둘은 서로를 향해서 "헤헷" 하고 웃어 보였다. 비록 어울린 시간은 짧지만 두 사람 사이에는 신뢰가 싹터 있었다.

이후 루이샤와 볼프는 기렘과 와이즈 패롯을 데리고 창고로 되돌아갔다. 창고 앞에는 갑옷 차림의 남자들이 모여있었다. 엑사도르 왕국의 문장이 새겨진 갑옷이었다.

"오? 기사단 녀석들이 도착한 모양인데."

"그러게. 뭐, 한바탕 날뛰었으니 당연한가. 그러면 얼른 이 사람을 넘겨주고 오해를 풀도록 하자."

루이샤는 기렘을 어깨에 짊어진 채로 기사들을 향해 당당히 걸어갔다.

이리하여 루이샤와 볼프의 싸움은 막을 내리게 된 것이었다.

거대한 슬라임으로 추정되는 몬스터가 창고에서 날뛰고 있다.

그렇게 보고를 받고 출동한 기사단이 현장에 도착해 발견한 것은 얼어붙은 슬라임과 혼자서 그 슬라임을 파내고 있는 샤로의 모습이었다.

"저…… 샤를롯테 님? 여기서 뭘 하고 계시는 건가요?"

"아, 마침 잘들 왔어. 당신들도 좀 도와줘."

"도, 돕다뇨?"

"안에 사람이 파묻혀 있거든. 됐으니까 얼른 파도록 해."

결국 샤로의 말대로 슬라임을 파내기 시작하는 기사들. 그러자 정말로 슬라임 안에서 몇 명의 인간이 발견되었다. 옷은 살짝 녹았지만, 몸은 멀쩡한 상태였다. 생명에 지장은 없어 보였다.

그렇게 작업을 어느 정도 마쳤을 즈음, 루이샤와 볼프가 되돌아왔다.

당연히 기사들은 두 사람을 체포하기 위해 다가왔으나, 루이샤가 먼저 나서서 창고에서 무슨 일이 있었는지를 설명했다. 샤로도 옆에서 옹호해 주었기에 기사들도 억지로 두 사람을 제압하려 들지는 않았다. 하지만 루이샤의 논리정연한 설명에도 다들 반신반의하는 눈치였다. 학생들이 도적단을 제압하고, A급 몬스터를 쓰러트렸다는 말을 믿기란 쉽지 않았다.

기사들이 좀처럼 믿어주지 않아 곤란해진 루이샤는 최종 수단을 쓰기로 했다. 바로 "친구인 루이샤가 곤경에 처했다"라는 말을 왕자인 유리에게 전해달라고 기사들에게 부탁한 것이다.

기사들은 "왕자님의 친구라고?" 하고 수상쩍어했지만, 루이샤의 말이 사실이라면 큰일이었다. 용사의 후손인 샤로와도 친분이 있어 보였기에 혹시나 하던 기사들은 서둘러 유리 왕자에게 이번 사태를 보고했다. 그러자 유리는 "그 바보! 이번엔 또 무슨 짓을 저지른 거야?!"라고 소리치며 성을 뛰쳐나왔고, 루이샤가 있는 곳까지 놀라운 속도로 내달려 왔다.

"앗, 왔다. 유리! 이쪽이야!"

루이샤가 현장으로 달려오는 유리를 발견하고 외쳤다. 반면에 다급히 달려온 유리는 태평하기만 한 루이샤의 모습에 분개했다.

"루이샤, 너란 녀석은 도대체가! 문제만 일으키고 말이야! 이번에는 또 무슨 짓을 벌인 거야?! 너 때문에 밥이 목구멍으로 넘어가질 않아!"

"하하. 미안, 미안."

사과한 루이샤는 이번 소동에 대해 차근차근 설명해 주었다. 유리는 루이샤와 볼프가 분쟁에 휘말린 피해자라는 사실, 그리고 고민거리 중 하나였던 도적단을 루이샤가 괴멸시켰다는 사실을 알고 나서야 화를 누그러트렸다.

"……하하. 뭐, 이번 사건은 왕도의 평화로 이어졌으니 넘어갈게. 하지만 다음부터는 꼭 나한테 먼저 보고를 해줘! 뒷수습은 내 몫이라고!"

이윽고 유리는 기사들에게 부랴부랴 지시를 내리기 시작했다. 슬라임도 얼어있는 동안에 멀리 옮겨서 폐기할 계획이라고 말했다. 이걸로 안심이었다. 유리라면 분명 잘 처리해 줄 것이다. 도적 두목이 가지고 있던 '그것'도……

그런데 그때, 거대한 그림자가 루이샤를 향해서 천천히 다가왔다. 그렇게 다가온 그림자가 다짜고짜 루이샤에게 뛰어들었다!

"꾸에에엑!"

"우왓?!"

루이샤에게 뛰어든 것은 도적단에 붙잡혀 있던 초록색의 거대한 앵무새, 와이즈 패롯이었다. 도난품이라 생각해서 기사들에게 맡겼건만, 기사들을 뿌리치고 루이샤에게 돌진해 온 것이다.

"왜, 왜 그래?"

와이즈 패롯은 큼지막한 머리를 루이샤에게 비비며 떨어지려 하질 않았다. 그 모습을 본 볼프는 "오호?" 하고 미소를 지었다.

"와이즈 패롯이 사람을 따르다니 별일인걸. 아무래도 그 녀석은 대장이 마음에 든 모양이야."

"어? 그런 거야?"

루이샤가 묻자 와이즈 패롯은 긍정하듯 "꾸엑♪" 하고 소리를 냈다. 아무래도 정말 루이샤를 주인으로 받아들인 모양이었다.

"으음, 이걸 어쩐담."

"기르면 되잖아. 와이즈 패롯의 지능은 인간과 어깨를 나란히 할 정도야. 손이 많이 가지는 않을걸?"

주저하는 루이샤에게 볼프가 조언을 건넸다.

하지만 루이샤는 아직도 망설여지는 눈치였다

"만약 누군가가 기르던 새면 어떡해? 주인이 있는데 허락도 없이 데려갈 수는 없어."

그러자 와이즈 패롯은 항의하듯 "꾸엑, 꾸엑, 꾸엑, 꾸에엑!" 하고 난리를 피우기 시작했다.

"엑?! 갑자기 왜 또?!"

와이즈 패롯이 하려는 말을 알아듣지 못해 당황하는 루이샤.

반면 볼프는 "흠, 그렇군" 하고 와이즈 패롯의 울음소리에 귀를 기울였다.

"대장, 이 녀석은 붙잡히기 전까지 무리에서 벗어나 길을 헤매고 있었다는 모양이야. 그러니 길러도 좋다는데."

"어? 볼프는 얘가 뭐라 하는지 알아?"

"대충은. 나는 선조회귀라는 특성 때문에 일반적인 수인들보다 동물에 가까워. 그래서 짐승들이 하는 말을 대충은 알아들을 수 있어."

"그거 굉장한걸!"

선조회귀가 발현된 수인은 많지 않기에 세간에 퍼진 정보도 부족한 편이었다. 테스타롯사조차 자세한 부분은 몰랐을 정도다. 그래서 루이샤도 선조회귀에 이러한 능력이 존재한다는 사실을 처음 알았다.

볼프의 번역을 통해서 와이즈 패롯의 본심을 알게 된 루이샤는, 곰곰이 생각한 뒤 "좋아!" 하고 마음을 굳혔다.

"그러면 사감 아주머니께 부탁해 볼게! 유리가 허가를 요청하면 아마도 통과될 거야!"

루이샤의 말을 들은 와이즈 패롯은 "꾸에엑!" 하고 기쁨을 드러냈다.

물론 유리는 또 골머리를 앓겠지만, 당장은 어물쩍 넘어가기로 했다.

"그나저나 얘는 왜 나를 주인으로 선택한 걸까?"

기뻐하는 와이즈 패롯의 머리를 쓰다듬으며 루이샤가 중얼거렸다.

"······나는 알 것도 같아."

"응?"

"대장한테서는 작은 몸집에 어울리지 않는 도량이 느껴져. 분명 그 녀석도 대장의 넓은 도량에 이끌린 걸 거야."

어느샌가 루이샤를 대장이라고 부르기 시작한 볼프가 자신의 추측을 제시했다. 대놓고 칭찬을 받은 루이샤는 쑥스러운 나머지 "과대평가야"라고 말했지만, 볼프의 표정은 지극히 진지하기만 했다.

"가르쳐 줘. 어떻게 하면 남을 위해서 그렇게까지 할 수 있는 거지?"

볼프는 창고에서도 루이샤에게 비슷한 질문을 건넸었다. 하지만 그때의 대답만으로는 납득이 가지 않았던 모양이다. 자신과 비슷한 또래의 조그만 소년이 타인을 위해서 몸을 던지는 이유가.

"······옛날의 나는 뭐 하나 내세울 것 없는 인간이었어. 지금이야 그럭저럭 싸울 만큼 강해졌지만, 당시의 난 정말로 글러 먹은 녀석이었지."

루이샤는 지난날을 떠올리며 나지막이 이야기하기 시작했다.

"그러던 어느 날, 아무것도 없던 나에게 스승이 생겼어. 스승님은 내게 많은 것들을 가르쳐 주었지. 마법을 다루는 법, 살아가기 위한 지혜. ······그리고 상냥함과 애정. 전부 스승님한테서 받은 것들이야."

지금도 두 사람을 떠올리면 눈물이 나올 것만 같았다. 셋이서 함께했던 나날들은 루이샤에게 있어서 눈부신 보물이나 다름없었다.

"아무것도 없었던 나는 어느샌가 두 사람에게 받은 것들로 가득 채워져 있었어. 그래서 나는 결심했어."

루이샤는 더 이상 공허하지 않은 볼프의 눈을 바라보며 말했다.

"나도 남에게 베푸는 사람이 되자고."

"베푸는…… 사람……?"

"응. 이미 나는 두 스승님한테 평생이 걸려도 갚지 못할 보물을 받았지. 그래서 나도 스승님들처럼 남들을 채워줄 수 있는 사람이 되기로 정했어. 스승님들께 배운 것들을 Z반 친구들한테 가르쳐 준 것도 이런 이유 때문이야. 내가 다른 아이들한테 배운 것도 많지만."

루이샤는 "하하하" 하고 쑥스럽게 웃어 보였다. 볼프는 루이샤의 꾸밈없는 본심을 듣고 '대단한 녀석이야'라고 생각했다. 볼프는 타인에게 그 무엇도 빼앗기지 않겠다는 생각으로 살아왔다. 누군가에게 무언가를 베푼다는 상상은 해본 적도 없었다.

마침내 볼프는 납득할 수 있었다. 이것이 바로 자신과 루이샤의 차이점이었다. 마음을 굳힌 볼프는 루이샤 앞에 무릎을 꿇으며 바닥에 두 주먹을 댔다.

"어, 볼프?! 갑자기 무릎은 왜 꿇는 거야?!"

"수인에게 있어 이 자세는 완전한 복종을 의미하지. 나를 네 부하로 삼아주지 않겠어?"

"부, 부하?!"

갑작스러운 요청에 당황하는 루이샤. 당연히 거절하려 했지만, 볼프의 결심은 단호했다.

"지, 진정해! 친구가 되어주기만 한다면 그걸로 충분해! 부하를 모집할 생각은 없어!"

"그래. 하지만 언젠가는 그런 날이 올 거야. 대장은 평범한 학생으로 머물만한 그릇이 아니야."

"아니, 그래도……."

"뭣하면 평범하게 친구처럼 대해줘도 상관없어. 하지만 마음만이라도 나를 부하로 받아줄 수는 없을까! 이렇게 부탁할게!"

"볼프……."

처음에는 어떻게든 거절하려 했다. 하지만 볼프의 말에는 뜨거운 열의가 깃들어 있었고, 이를 거절하는 것은 볼프의 각오를 짓밟는 행위라는 생각이 들었다. 결국 루이샤는 볼프의 요청을 받아들이기로 했다.

"……알겠어. 대신에 나는 널 친구처럼 대하는 걸로."

루이샤의 대답에 볼프의 얼굴이 확 밝아졌다. 볼프는 루이샤의 손을 덥석 움켜쥐며 말했다.

"……정말로?! 아자! 앞으로 잘 부탁해, 대장!"

"응. 잘 부탁해, 볼프."

볼프와 루이샤가 손을 맞잡았다. 루이샤의 손이 위아래로 마구 흔들렸다.

이리하여 루이샤는 첫 부하이자 평생의 충신이 될 볼프를 동료로 맞이하게 된 것이었다.

"후후. 어느새 굉장히 친해졌네."

샤로가 웃음을 지으며 두 사람에게 다가왔다. 슬라임을 파내는데 상당한 체력을 소모했는지 완전히 녹초가 되어 있었다.

"수고했어, 샤로."

"응. 너도."

서로에게 간단한 격려의 말을 건네는 루이샤와 샤로. 이 이상의 말은 필요치 않았다.

그렇게 다가온 샤로는 루이샤가 아닌 볼프를 쳐다보았다.

"누명을 벗게 돼서 다행이네. 그리고…… 미안해. 너희들 수인이 지금도 차별에서 벗어나지 못하는 것은 내 탓이기도 해."

샤로가 머리를 깊이 숙이며 말했다. 볼프는 영문을 몰라 "무, 무슨 소리야?" 하고 당혹감을 드러냈다.

"내 조상인 용사 오거는 수인에 대한 차별을 없애려고 했어. 하지만 결국 숙원을 이루지 못하고 죽음을 맞이했지. 원래는 용사의 후손들이 그 역할을 이어받아야 했지만…… 용사의 힘에 눈을 뜨지 못한 조상님들은 그걸 변명거리 삼아서 아무런 노력도 하지 않았어."

샤로가 떨리는 목소리로 참회했다.

정의감이 남들보다 배는 강한 소녀였다. 지금까지 겉으로 드러내지만 않았을 뿐 줄곧 마음속에 담아두고 있었을 것이다. 차별을 없앤다는 것은 결코 쉬운 일이 아니다. 용사의 후손들이 차별을 불식시키지 못했다고 해서 샤로가 사과할 필요는 없다고 루이샤는 생각했지만, 굳이 그러한 생각을 입 밖에 내지는 않았다.

그럴싸한 말로 위로해 봤자 샤로의 마음은 안식을 찾지 못할 테니까.

"결국 지금의 국왕 폐하가 법을 개정하기 전까지 수인들에 대한 차별은 줄곧 남아있었어. 우리 일족이 나섰다면 수인들이 상처를 입지 않아도 됐을 텐데……."

샤로는 그렇게 말하는 동안에도 머리를 숙이고 있었다.

그녀의 말을 듣고 한동안 생각에 잠긴 볼프는 결론을 내렸는지 입을 열었다.

"샤를롯테 씨, 고개를 들어 줘."

볼프는 샤로의 어깨를 붙잡아 머리를 들게 했다. 샤로의 눈가는 눈물로 얼룩져 있었다. 오랫동안 쌓여왔던 후회와 자책감이 이번 일을 계기로 폭발해 버린 모양이었다.

볼프는 그런 샤로를 향해 진지한 얼굴로 말했다.

"먼저…… 고맙다고 말하고 싶어. 수인들에 대해서 진지하게 고민해 줘서 난 기뻐. 그렇지만 더는 마음에 두지 말아줘. 확실히 용사의 일족이 행동에 나섰다면 차별이 줄어들었을지도 몰라. 하지만 이 문제가 온전히 당신들 탓이라고는 할 수 없어."

"그래도……."

"됐어. 이 문제는 우리 책임이기도 해. 인간을 악이라고 단정

지은 우리 수인들의."

그것은 볼프가 루이샤와 함께하며 깨달은 것이었다. 차별을 없애기 위해서는 쌍방의 이해가 중요하다는 사실을 알게 되었다.

"그러니 과거의 일보다는 앞으로의 일을 생각하자고. 나도 인간에 대해서 좀 더 자세히 알고 싶어. 그러니…… 당신도 인간이 수인들을 이해할 기회를 만들어 주지 않겠어?"

샤로는 눈가에 고인 눈물을 닦은 뒤, 대답했다.

"알았어. 반드시…… 반드시 그렇게 할게. 나는 용사의 후손이니까!"

두 사람은 굳게 다짐하며 악수하였다.

그러자 옆에서 지켜보고 있던 루이샤는 흡족한 얼굴로 고개를 끄덕였다.

"……대장의 첫 번째 부하가 된 볼프 블랙바이트다. 앞으로도 잘 부탁해."

도적 소동이 벌어진 다음 날 아침. 볼프는 Z반 학생들 앞에서 루이샤의 부하가 되었음을 당당히 선언했다.

"뭐?"

"부, 부하라니 그게 무슨 소리야?!"

Z반 학생들은 대혼란에 빠졌다. 지금껏 누구하고도 대화를 나

누지 않던 볼프가 느닷없이 루이샤의 부하가 되겠다고 나섰으니 놀라는 게 당연했다.

"볼프?! 다짜고짜 다 털어놔 버리면 어떡해! 다들 놀라잖아!"

"미안해, 대장. 돌려 말하는 건 서툴러서."

"아무리 그래도 그렇지!"

루이샤와 볼프가 말다툼하는 사이, 바보 삼인방 중 하나인 반이 의자에서 일어나 다가왔다. 반의 표정은 험악했는데, 상당히 화가 난 눈치였다.

"어이, 너 인마! 지금까지 말 한마디 없던 녀석이 나대지 말라고!"

"아앙? 넌 또 뭐야?"

순식간에 싸움을 시작해 버린 반과 볼프. 루이샤는 두 사람을 달래보았지만, 양쪽 모두 듣는 척도 하지 않았다.

"내가 부하라서 뭐 불만이라도 있냐?"

"당연히 있지, 자식아. 알겠냐? 루이샤는 내 친구다. 이 몸을 놔두고 '첫 번째 부하'라고? 저 녀석의 베스트 프랜드는 나다 이 말씀이야!"

반의 설명에 루이샤는 "……엥?" 하고 얼빠진 표정을 지었다. 화를 내는 이유가 황당하기 그지없었다.

하지만 볼프는 오히려 "그런 거였군" 하고 알아들었다는 얼굴을 했다. 아무래도 두 사람은 비슷한 감성의 소유자인 듯했다.

"부하와 친구라는 차이는 있을지언정 루이샤와 제일 가까운 사람은 한 명뿐이다, 이 말인가. 바보 주제에 뭘 좀 아는군."

"너야말로 루이샤의 부하를 자처하다니 보는 눈이 제법이야. 하지만 루이샤의 절친은 나다! 밖으로 나와!"

반은 장갑을 벗어 볼프에게 힘껏 내던졌고, 볼프는 망설임 없이 그것을 움켜쥐었다.

결투 성립이었다. 교실 한구석에서 머리를 부여잡는 레거스 선생의 모습이 보였다.

"바라던 바다, 이 모히칸 자식! 본때를 보여주지!"

불꽃을 튀기며 밖으로 나가는 두 사람. 다른 학생들도 흥미로워하며 싸움을 구경하기 위해 줄줄이 교실을 나갔다. 그리고 레거스도 결투의 심판을 봐야 했기에 초췌한 얼굴로 학생들의 뒤를 따랐다.

"저래도 괜찮은 걸까……?"

"내버려 둬, 루이샤. 어차피 한바탕 날뛰고 나면 조용해질 거야."

어쩔 줄 모르는 루이샤에게 샤로가 귀찮다는 듯이 말했다. 결국 얌전히 자리로 되돌아가는 루이샤. 그러자 이번에는 유리가 루이샤의 곁으로 다가왔다.

"루이샤, 부탁받은 건 말인데. 알아냈어."

유리는 그렇게 말하며 루이샤의 책상 위에 물건 하나를 내려놓았다. 기렘이 도망갈 때 착용하고 있던 팔찌였다. 팔찌는 전반적으로 은색을 띠고 있었고, 중심에는 커다란 분홍색의 보석이 박혀 있었다. 그리고 그 보석에는 꽃잎 형태의 문양이 새겨져 있었다.

기렘을 쓰러트리고 팔찌를 발견한 루이샤는 이것이 평범한 물건이 아님을 직감했다. 하지만 주인이 있을지도 모르는 물건을 함부로 챙기면 안 된다는 생각에 유리에게 감정을 맡겼던 것이다.

"고마워, 유리. 도적들은 이걸 어디에서 입수한 거래?"

"국외의 유적에서 우연히 발견한 모양이야. 일단 도난품은 아닌 셈이지."

"그렇구나……."

"아쉽지만 이 팔찌를 어느 시대에 누가 만들었는지는 알아내지 못했어. 그래도 감정사의 말로는 상당한 가치가 있는 물건이 틀림없다더군."

"알아내지 못했구나. 어쩔 수 없지."

루이샤가 실망하고 있자니, 샤로가 "뭔데 그래?" 하고 대화에 끼어들었다. 이윽고 책상에 놓인 팔찌를 목격한 샤로는 "응? 어?!" 하고 화들짝 놀랐다.

"왜 그렇게 놀라, 샤로?"

"응? 왜고 자시고, 어째서 이게 왜 여기에 있는 건데!"

"이게 뭔지 알아?"

"당연하지! 용사 오거의 팔찌라고! 어째서 이런 국보급 물건이 네 책상에 있는 거야?!"

샤로의 말에 루이샤와 유리는 그대로 굳어져 버렸다. 두 사람도 설마 그 정도로 대단한 물건일 줄은 몰랐다.

"샤를롯테, 어떻게 이게 용사 오거의 물품이라는 걸 알았지?"

"간단해. 용사 오거는 자신의 소지품에 표식을 새겼거든. 아, 이건 외부인한테 말하면 안 되는 건데. 다른 사람한테는 비밀로 해줘."

간단히 일족의 비밀을 누설해 버린 샤로는 자신의 허리에서 검을 뽑아 날 밑에 새겨진 표식을 보여주었다.

"이게 용사 오거의 표식……! 그렇네! 팔찌 안쪽에도 똑같은 표식이 새겨져 있어!"

루이샤가 놀라움을 드러냈다. 그리고 동시에 자신의 감이 틀리지 않았다는 사실에 기뻐했다. 이건 열쇠다. 용사의 봉인을 풀 열쇠가 분명했다. 루이샤는 두 사람이 수상하게 여기지 않도록 주의하며 이 팔찌를 가지고 돌아가기로 했다.

"저기, 샤로. 미안한데 이 팔찌 좀 잠시 빌릴 수 있을까?"

"응? 루이가 원한다면 난 딱히 상관없어."

"이 팔찌가 용사 오거의 유산이라면 소유권은 샤를롯테에게 있겠지. 본인이 괜찮다면 나도 반대할 생각은 없어."

두 사람의 허락을 받은 루이샤는 팔찌를 천으로 조심스럽게 감쌌다. 직접 만지면 이곳에서 봉인이 풀려 버릴지도 모르기에 건드리지 않도록 세심한 주의를 기울였다.

"근데 어디에 쓰려고?"

"어, 그, 그게, 개인적으로 조사해 보고 싶은 게 있어서."

"흠…… 뭐, 됐어. 말해줄 수 있을 때가 되면 그때 말해줘."

샤로는 루이샤가 뭔가를 숨기고 있다는 것을 알면서도 굳이 물어보지 않았다. 루이샤는 이러한 샤로의 배려에 크게 감동했다. 루이샤를 진정으로 신뢰하고 있다는 뜻이니까.

"응. 언젠가 반드시 이야기해 줄게."

"후후. 그때는 나도 꼭 들려줬으면 좋겠군."

"물론이지. 유리한테도 늘 의지하고 있어."

루이샤는 최고의 두 친구에게 감사하며 팔찌를 가지고 집으로 돌아갔다.

◇ ◇ ◇

팔찌를 빌려 온 날 밤.

"꾸엑! 루이샤! 같이 놀자!"

"미안해, 패로무. 오늘은 할 일이 있거든."

창문을 통해 방 안으로 들어오려는 와이즈 패롯을 루이샤가 마지못해 밖으로 밀어냈다. 기숙사 인근의 숲에서 기르는 것을 허락받은 와이즈 패롯은 '패로무'라는 이름을 얻게 되었다. 온순한 성격과 귀여운 행동으로 인해 기숙사생들에게 인기가 많은 듯했다. 덕분에 학생들로부터 다양한 말도 배우게 되었다.

패로무는 심심하면 창문을 통해서 루이샤의 방으로 들어오려 했다. 다만 오늘 루이샤에게는 꼭 해야만 하는 일이 있었다. 따라서 미안함을 무릅쓰고 방 밖으로 쫓아낸 것이다.

"……좋아. 시작하자."

루이샤의 눈앞에 놓인 것은 용사 오거의 팔찌. 이것을 사용하면 무한감옥의 봉인을 또 한 단계 해제할 수 있을 터였다.

마음을 굳힌 루이샤는 팔찌를 들어 손목에 끼웠다. 그러자 팔찌에 박힌 보석이 빛을 뿜어내기 시작했다.

"누, 눈부셔……!"

환한 빛은 눈 깜짝할 사이에 루이샤의 방을 가득 메웠다. 그리고 루이샤는 의식을 잃었다.

…….

………….

……………….으음.

한동안 이어진 몽롱함이 끝나고, 루이샤는 정신을 차렸다.

눈을 뜨자 펼쳐진 것은 그리운 광경.

"……무한감옥인가."

새하얀 배경에 소리 한 점 없는 정적. 틀림없었다. 이곳은 무한감옥이다.

"자, 이번에는 어느 층이려나."

무한감옥은 세 개의 계층으로 이루어져 있다고 오우카가 말했다.

1층에는 오우카가 있었고, 2층은 불명, 3층에는 마왕과 용왕이 봉인되어 있었다.

"아직 와본 적 없는 2층일 수도 있으니 긴장을 늦추지 말자. 누가 있을지 몰라."

현재 루이샤의 실력으로 마왕이나 용왕같이 왕의 문장을 지닌 자를 이기기란 무리였다. 어쩌면 2층에도 용사에게 봉인 당한 또다른 왕이 있을지 모르는 노릇이다. 그가 루이샤를 적대한다면 굉장히 위험할 것이다.

……하지만 루이샤의 걱정은 기우로 끝났다.

왜냐하면 눈앞에 있는 저 인물이 루이샤에게 위해를 가할 리가 없기 때문이다.

"……아, 아아!"

무심코 목소리가 새어 나왔다.

감정을 주체할 수가 없었다.

너무나도, 너무나도 만나고 싶었으니까.

한시도 잊어버린 적이 없었으니까.

루이샤는 달려갔다.

너무나도 소중한 두 사람의 이름을 외치면서.

"테스 누나! 리오!"

……두 사람의 품으로 뛰어들었다.

"다녀왔습니다!"

"루, 루이……?!"

마왕 테스타롯사는 느닷없이 가슴으로 뛰어든 루이샤를 보고 눈을 휘둥그레 뜨며 놀랐다.

루이샤와 테스타롯사 사이에 끼어서 모습을 완전히 감춰버린 리오는 "무, 무슨 일이 일어난 게냐!" 하고 패닉에 빠졌다.

"응…… 맞아! 드디어 만났어……!"

그렇게 말한 루이샤는 두 사람의 몸에 얼굴을 파묻고 "흑, 흐흑……" 울기 시작했다.

헤어진 지 3개월. 하지만 300년이란 시간을 함께했던 두 사람과의 이별은 루이샤를 무척이나 슬프고 외롭게 만들었다.

루이샤가 울자 테스타롯사와 리오는 서로의 얼굴을 마주 보았고, 곧 루이샤의 머리를 쓰다듬어 주기 시작했다. 그 모습은 아이를 달래는 어머니처럼 자애로웠다.

"고생했어, 루이. 괜찮아. 우리는 이곳에 있으니까."

"카캇. 우는 버릇은 여전하구나…… 훌쩍."

"후후. 리오도 울고 있으면서."

"우, 울기는 누가! 너야말로 눈이 축축하잖느냐!"

이번에는 화기애애하게 웃음을 터트리는 세 사람.

그야말로 가족 같은 모습이었다.

한바탕 재회의 기쁨을 만끽한 세 사람은 테스타롯사가 마법으로 만들어 낸 집으로 향했다. 그리고 루이샤로부터 지금까지 겪었던 일들에 대해서 들었다.

왕도로 향한 것. 용사의 후손인 샤로와 만난 것. 왕자와 아는 사이가 된 것. 학교에 입학한 것. 친구가 잔뜩 생긴 것. ……그리고

무한감옥의 관리인인 오우카에 대해서도.

루이샤는 모든 것을 숨김없이 이야기했다.

"……이걸로 밖에서 겪은 일은 전부 이야기했어."

"그렇구나……. 루이, 먼저 한마디만 하게 해줘."

"응? 뭔데?"

테스타롯사는 자리에서 벌떡 일어나더니 엄청난 속도로 다가와 루이샤를 끌어안았다.

"용사의 후손과 사귀기로 했다니 너무해! 나하고는 장난이었니?!"

그렇게 말하며 루이샤의 얼굴을 자신의 풍만한 가슴에 파묻는 테스타롯사.

깊은 가슴골 사이에 파묻힌 루이샤는 물에 빠진 사람처럼 팔다리를 퍼덕거렸다.

"잠깐, 테스 누나, 숨을, 못 쉬겠어!"

루이샤는 날뛰었지만, 테스타롯사의 완력에는 당해내지 못했다. 보다 못한 리오가 "적당히 해!"라고 말하며 루이샤를 붙잡아 가슴에서 떼어냈다.

"콜록, 콜록. 가슴에 빠져서 익사할 뻔했어."

"불쌍하게도. 자, 내가 위로해 주마. 가슴만 큰 마왕보다는 내가 더 좋지?"

"아앗! 루이를 가로채 가지 마!"

"뭐야, 한판 해보자는 거냐?!"

루이샤를 두고 티격태격하기 시작하는 리오와 테스타롯사.

루이샤는 죄책감이 묻어나는 목소리로 두 사람에게 말했다.

"여, 역시 다른 사람하고 사귀어서 화난 거야?"

주눅이 들어버린 루이샤를 보고 두 사람은 싸움을 멈추었다.

"후후. 농담이야, 루이. 아주 조금, 아주 쪼오오오금 울컥했을 뿐이야. 딱히 화난 건 아냐."

"나 원. 어른스럽지 못한 마왕 같으니. 신경 쓸 필요 없다, 루이. 나는 그런 사소한 문제로 화낼 생각은 없느니라. 용왕의 반려라면 첩 한둘쯤은 있어야지."

리오는 별로 신경을 쓰지 않는 눈치였지만, 테스타롯사는 볼을 부풀리고 토라져 있었다. 테스타롯사 앞에서는 가급적 샤로에 관한 언급을 피하자고 마음먹는 루이샤였다.

이후 세 사람은 잡담하거나, 새로운 기술을 배우거나 하면서 시간을 보냈다. 만나지 못했던 시간을 보상이라도 받겠다는 듯 세 사람은 자신들에게 주어진 시간을 충실하게 만끽했다.

하지만 즐거운 시간은 순식간에 지나가 버리는 법.

루이샤가 무한감옥에 도착한 지 6시간 정도가 지났을 무렵, 루이샤의 몸에 이변이 일어나기 시작했다.

"루이……! 몸이 투명해졌어!"

테스타롯사의 말에 루이샤는 자신의 몸이 희미해지고 있다는 사실을 깨달았다.

"아아, 벌써 시간이 됐구나……. 생각보다 빠르네……."

"루이! 뭐가 어떻게 된 게냐! 알아듣게 설명해 봐!"

"알았어. 이건 오우카 씨가 가르쳐 준 건데……."

그렇게 운을 뗀 루이샤는 두 사람에게 지금의 상태를 설명했다.

현재 루이샤의 육체는 현실 세계에 있다. 즉, 이곳에 있는 루이샤는 정신체였다. 실제로 만지고 대화를 나눌 수는 있지만, 육체가 이곳으로 건너온 것은 아니었다.

육체와 정신을 분리하는 것은 위험한 행위다. 분리가 장기간 지속되면 육체와 정신의 연결이 끊어져 원래의 몸으로 돌아가지 못하게 된다.

루이샤에게 주어진 시간은 현실 세계 기준으로 1분, 무한감옥 기준으로 6시간. 이 시간이 지나면 루이샤의 정신체는 원래의 몸으로 돌아가 버린다.

"……그랬구나. 다시 헤어져야 한다니 쓸쓸하지만 어쩔 수 없지."

테스타롯사는 미소를 짓더니 루이샤를 부드럽게 끌어안았다.

"테스 누나……?"

"참 이상하지. 무한감옥에 있던 시간은 루이와 만나기 전이 훨씬 긴데도, 루이가 없어진 이후의 시간이 오히려 더 길게 느껴지더라."

테스타롯사는 지난날을 돌이켜 보았다.

루이샤가 오기 전까지는 정말로 지루하고 심심한 나날을 보내야 했다. 매일 아무것도 하지 않고, 자신이 만든 모래시계를 멍하니 쳐다보면서 바깥의 시간을 가늠하기만 할 뿐. 마음이 조금씩

마모되는 것이 느껴지는 나날들이었다.

하지만 루이샤가 떠난 뒤로는 하루하루가 충실했다.

다음에 만나면 무엇을 가르쳐 줄까? 밥은 잘 먹고 있을까? 병에 걸리지는 않았을까? 매일 다양한 생각들을 하면서 보낼 수 있었다.

그리고 이는 리오도 마찬가지였다. 루이샤가 곁에 없음에도 불구하고 루이샤라는 존재로 인해 구원받았다.

"잘 지내라, 루이. 밖으로 돌아가서도 건강해야 하니라."

테스타롯사에 이어서 리오도 루이샤를 힘껏 안아주었다.

"잊지 마라. 너한테는 내가…… 아니, 우리가 함께한다는 사실을. 설령 온 세상이 적이 되더라도 우리만큼은 네 아군이다."

"응……. 응…….."

리오의 듬직하고도 상냥한 그 말에 루이샤의 눈에서 눈물이 흘러넘쳤다.

이만큼 기쁜 말이 어디 있을까. 이 한마디만으로도 루이샤는 그 무엇과도 맞설 수 있을 것 같았다. 힘을 전해 받은 루이샤는 두 사람을 힘껏 끌어안아 준 다음…… 뒤로 물러났다.

"고마워. 그럼…… 또 봐."

"응. 또 보자."

"그래. 또 만나자꾸나."

세 사람은 미소를 지으며 인사를 나누었다.

그리고 세 사람은…… 두 사람이 되어 있었다.

"가버렸네."

"카캇. 너무 걱정하지 마라. 분명히 또 만날 수 있을 테니."

"나도 그렇게 생각해……."

하지만 대답과는 달리 테스타롯사의 표정은 어딘가 어두웠다.

이를 알아챈 리오가 걱정스러운 목소리로 물었다.

"왜 그러지? 마음에 걸리는 점이라도 있느냐?"

"응. 기분 탓이겠지만…… 루이한테서 어렴풋이 그 녀석의 냄새가 났어."

"그 녀석? 누굴 말하는 게냐?"

말해야 할지 잠시 망설인 테스타롯사는 마음을 굳히고 그 이름을 입에 담았다.

"용사 오거. 루이샤한테서 그 녀석의 냄새가 났어."

같은 시각, 무한감옥 1층.

무한감옥의 관리인 오우카는 허공을 올려다보며 혼잣말처럼 중얼거렸다.

"루이샤…… 당신이라면 분명 쓰러트릴 수 있을 거예요."

그녀의 눈은 루이샤와 함께 있을 때의 상냥한 눈이 아니었다.

아름다운 생김새에 어울리지 않는, 분노와 증오에 찬 무시무시한 얼굴로 오우카는 말했다.

"반드시 쓰러트려 주세요. 아니, 죽여 주세요. 그 대죄인을. 반드시, 반드시 죽여 주세요."

그리고 오우카는 그 이름을 입에 담았다.

자신이 가장 싫어하는 자의 이름을. 차마 언급하기조차 꺼려지는 그 이름을.

"용사 오거를……."

　왕도 거주구의 귀족가에는 명칭 그대로 왕국 귀족들의 저택이 늘어서 있다. 각각의 저택은 일반 거주구에 세워진 서민들의 집보다 몇 배는 거대했고, 귀족들은 이곳에서 우아한 삶을 구가하고 있었다.

　이러한 귀족가에서도 유달리 거대한 대저택의 어느 방. 한 명의 소년이 손톱을 잘근잘근 씹으면서 증오에 찬 목소리로 외치고 있었다.

　"멍청한 자식! 꼴사납게 붙잡혀 버리다니……! 내가 그렇게나 뒤를 봐줬는데!"

　소년의 정체는 이전에 Z반을 어지럽혔던 A반의 하우로였다.

　하우로는 자기 방에 틀어박힌 채로 혼잣말처럼 불평을 늘어놓고 있었다.

　"기렘 자식……! 내가 모처럼 기사단의 내부 사정에 빠삭한 녀석을 주선해 줬건만, 붙잡혀 버리면 어쩌자는 건지. 심지어는 그 녀석한테 도리어 당해버리기나 하고! 얼마나 나를 방해해야 성이 차는 거야, 그 녀석은!"

　하우로의 말을 통해 짐작할 수 있듯 하우로와 도적단의 기렘은 한통속이었다. 하우로는 고명한 귀족 가문의 자식이었고, 덕분에 다양한 연줄을 지니고 있었다. 그리고 이러한 연줄을 소개해 주는 대가로 돈을 받아 용돈을 벌고 있었다.

귀족이 마음대로 활개 치고 다니던 것도 이제는 옛이야기. 오늘날 왕국의 귀족들은 옛날처럼 떵떵거리며 살 수가 없었다. 그래서 하우로의 용돈도 옛날 귀족들보다 상당히 적은 편이었다.

물론, 그래도 일반 가정의 자녀들과는 비교할 수도 없는 금액이었다. 하지만 욕심이 많은 하우로는 그것만으로 만족하지 못하고 불법적인 사업에 손을 대고 말았다.

"기렘 녀석, 나에 대해서 발설하지는 않겠지? 만약 내 이름이 나온다면 끝장이야……. 얼른 대책을 세워야겠어……."

하우로는 나쁜 쪽으로 머리가 잘 돌아가는 편이었다. 그래서 지금껏 들키지 않고 범죄 행각을 이어올 수 있었지만, 결국 처음으로 궁지에 내몰리고 말았다. 만약 기렘이 하우로의 이름을 발설한다면 감옥신세를 면치 못할 것이다. 귀족으로서 유유자적한 생활과는 영원히 작별이었다.

그것만큼은 피해야 한다고 다짐한 하우로는 이 궁지에서 벗어날 방법을 고민했다.

"이렇게 된 이상 자객을 보내서 기렘을 처리하는 수밖에 없나? 아직 발설하지 않았다면 수습할 수 있을 거야. 나는 그 녀석의 부하와 면식이 없으니 기렘의 입만 막으면 어떻게든 되겠지."

"오, 괜찮은 아이디어네요. 허투루 그 나이에 범죄 조직과 손을 잡은 건 아닌가 보군요."

"뭐, 그렇지. 이 정도의 난관은 극복해 보이겠…… 응?"

무심코 대답할 뻔한 하우로는 불현듯 등골이 서늘해지는 것을 느꼈다.

지금 이 방에는 자기뿐일 터였다. 문과 창문은 열쇠로 잠가놓았고, 하인들에게는 방에 들어오지 말라고 명령해 두었다. 그렇다면 대체 누가?!

하우로는 마음을 단단히 먹고 뒤를 돌아보았다. 그러자 하우로의 침대 위에 남자 한 명이 앉아있었다.

"그간 잘 지내셨는지."

비교적 평범한 차림새의 남자였다. 검은 슈트를 입고 있었으며, 체형도 일반적인 성인 남성 수준이었다. 특기할 만한 점을 꼽자면 둥그런 아프로 헤어와 머리카락 사이로 살짝 튀어나온 두 개의 뿔. 측두부에서 양쪽으로 자라난 뿔은 끝부분이 위쪽으로 꺾여 있었다.

"너, 너는 그때의……!"

하우로는 이 남자를 본 적이 있었다. 바로 기렘과 자신을 중개해 준 인물이었다. 당시에 남자는 자신을 양(¥) 수인인 쉽이라고 소개했다.

기렘과 마찬가지로 이 남자 또한 뒷세계의 인물이었다. 이름도 제법 알려져 있었다. 하우로는 뒷세계의 사정에 밝은 이 남자에게 돈을 내 기렘을 소개받았고, 기렘은 하우로가 제공한 정보를 토대로 도적질을 일삼았다. 그리고 그렇게 발생한 수익 일부가 하우로에게 돌아갔다.

쉽 덕분에 이러한 협력 관계가 구축될 수 있었다.

"네가 왜 이곳에 있지? 문을 잠가 두었을 텐데!"

"너무 큰 소리 내지 마세요, 하우로 씨. 제가 온 이유를 대충은 예상하고 계시지 않나요?"

"……기렘 녀석 때문인가. 하하, 뭐야. 너도 기렘이 붙잡혀서 초조한 모양이군."

기렘이 정보를 누설하면 곤란한 건 쉽도 마찬가지다. 하우로는 동료가 생겼다는 사실에 한시름 놓을 수 있었다.

"이봐, 네가 기렘 녀석을 좀 처리해 줄 수 없을까? 너라면 실력 좋은 암살자를 몇 명쯤 알고 있을 테지? 돈이라면 얼마든지 내지."

하우로의 제안을 들은 쉽은 온화하게 미소 지었다. 그러고는 그 온화한 표정으로 놀라운 말을 내뱉었다.

"그러실 필요 없어요. 왜냐하면…… 기렘은 이미 죽었거든요."

쉽은 그렇게 말하며 오른손을 어깨높이까지 들어 올렸다. 그의 오른손에는 기렘의 머리통이 쥐어져 있었다. 절단면에서는 아직 신선한 피가 뚝뚝 흘러내렸는데, 예리한 날붙이로 잘렸다기보다는 억지로 뽑힌 듯 보였다. 덧붙여 기렘의 얼굴은 고통으로 일그러져 있었다. 상당히 잔인한 수법으로 살해당한 모양이었다.

"히익!"

처참하기 그지없는 광경이었다. 제아무리 하우로라도 비명을 지르지 않을 수 없었다.

그러한 하우로와 반대로 쉽의 태도는 지극히 차분했다. 마치 쓰레기라도 버리듯 기렘의 머리를 바닥에 휙 내던진 그는 침대에서 일어나 하우로에게 다가갔다.

"자, 이걸로 기렘의 입에서 제 이름이 나올 염려는 없어졌습니다만…… 기사단은 기렘이 사라진 것을 알아채고 조사에 박차를 가하겠지요. 그렇게 되면 제가 당신과 접촉했다는 사실을 눈치챌지도 모릅니다."

그때야 하우로는 쉽의 진짜 목적을 깨달았다.

"그, 그래서 이번에는 내 입을 막으려고 온 건가……!"

"후후. 이해가 빠르시군요."

"웃기지 마, 나는 일류 귀족이다! 이런 곳에서 죽을까 보냐!"

하우로는 다급히 방문이 있는 쪽으로 달려갔다. 복도로 나가서 소리치면 하인들이 듣고 달려올 것이다. 하지만 잠긴 방문을 연 하우로는 자신의 눈을 의심해야 했다.

"다짜고짜 움직이지 마십시오. 아직 이야기가 안 끝났다고요."

방문을 연 하우로가 목격한 것은 미소 짓고 있는 쉽의 모습이었다. 납득이 가지 않는 광경에 사고가 정지해 버린 하우로. 어찌나 당황했는지 목소리도 나오지 않았다.

쉽은 완전히 빈틈투성이가 되어버린 하우로의 복부에 오른팔을 찔러 넣었다. 하우로의 복부를 간단히 파고 들어간 쉽의 손바닥은 목욕물을 휘젓기라도 하듯 둥글게 움직였고, 하우로의 내장은 두 번 다시 복구할 수 없을 만큼 엉망진창으로 헤집어졌다.

"아, 아, 아."

그것이 하우로가 내뱉은 마지막 말이었다. 하우로는 쉽에게 기대듯 쓰러져 숨을 거두고 말았다. 복부에서 흘러내린 대량의 피가 고급스러운 카펫에 커다란 핏자국을 만들었고, 하우로의 얼굴은 기렘과 마찬가지로 고통으로 물들어 있었다.

죽은 하우로를 집어 든 쉽은 던져놓았던 기렘의 머리를 회수한 뒤, 창문을 열고 한밤중의 왕도로 뛰쳐나갔다.

"이만큼 설치고 다녔으니 한동안은 왕도를 벗어나 있는 편이 좋겠군요. 실은 그 사람과도 만나보고 싶었습니다만…… 뭐, 그건 훗날의 즐거움으로 남겨두기로 하죠."

어느새 지붕 위로 올라간 쉽은 멀찍이 떨어진 마법 학교를 바라보며 중얼거렸다.

"만날 날을 기대하고 있겠습니다, 루이샤."

그리고 쉽은 어둠 속으로 녹아들었다. 충성심이 담긴 한마디를 남기고서.

"모든 것은 창세신의 뜻대로."

후기

처음 뵙겠습니다. 쿠마노 겐코츠라고 합니다. 먼저 이 책을 읽어주셔서 감사드립니다.

웹소설을 읽고 찾아와 주신 분이 계신다면 반갑다는 말씀을 드리고 싶네요. 여러분 덕분에 제 작품이 책으로 나올 수 있었습니다. 정말로 감사드립니다.

이 작품은 '소설가가 되자'에서 연재되었던 소설을 가필 수정한 것으로, 가필 수정에 상당히 공을 들였기 때문에 웹소설판에서는 10만 자였던 글자 수가 어느새 13만 자까지 늘어나게 되었습니다. 웹소설을 먼저 읽고 오신 분들도 만족하셨기를 바랍니다.

덧붙여, 이 작품은 제가 처음으로 출판한 작품입니다. 그러니 제가 소설을 쓰게 된 경위에 대해서 간단하게 말씀드려 볼까 합니다.

제가 웹소설을 처음으로 알게 된 것은 5년 전이었습니다. 어느 애니메이션에 빠져있던 저는 그 원작이 웹소설이라는 사실을 알고 해당 웹소설을 챙겨 읽기 시작했습니다. 그러다가 웹소설이라는 장르에 빠지게 되었고, 다양한 작품들을 접할 수 있었습니다. 그리고 2년 전, 한 가지 사건이 벌어졌습니다.

제가 읽고 있던 웹소설이 책으로 출판된 것입니다.

이미 서적화 된 웹소설이라면 여러 차례 읽어 보았지만 읽고 있던 웹소설이 책으로 나온 것은 처음이었습니다. 그래서 커다란 충격을 받았습니다.

그리고 정신을 차렸을 때 저는 소설을 쓰고 있었습니다. 그때까지 소설을 써본 적은 단 한 번도 없었는데 말이죠. 필력이 부족했던 저는 다른 작품을 열심히 읽고, 공부해가며 필사적으로 몸부림쳤습니다.

하지만 창작의 세계는 절대 만만치 않았습니다. 집필한 작품을 아무도 읽지 않아서 좌절하고. 독자 수가 조금 올라가나 싶다가도 금세 떨어져서 좌절하고. 공모전에 제출한 작품이 허무하게 낙선되어 좌절하고. 이렇듯 힘들고 괴로운 일도 많았지만, 즐거웠던 경험도 많았던 것 같습니다. 저는 틀림없이 청춘을 구가하고 있었습니다.

그렇게 쓰고, 다시 쓰기를 반복하며 2년이 흘렀을 무렵. 제 소설에 서적화 제의가 들어왔습니다. 처음 메일을 받았을 때의 충격은 지금도 제 기억 속에 선명하게 남아있습니다.

서적화는 제 꿈이었습니다. 혹시 꿈이 이루어지면 하얗게 불타서 무기력해지지 않을까 걱정했지만, 다행히 그런 일은 없었습니다. 지금은 더욱 커다란 꿈을 품고 정진하는 중입니다. 제가 그 꿈을 이룰 수 있도록 앞으로도 응원해 주신다면 감사하겠습니다.

또한, 만약 제 작품을 읽고 "나도 소설을 쓰겠어!"라 외치며 키보드를 두드리기 시작한 독자분이 계신다면 무척이나 영광일 것입니다. 혹시 서적화가 된다면 몰래 알려주세요.

마지막으로 감사의 말씀을 드리고자 합니다.

무수히 많은 웹소설 중에서 제 소설을 발굴해 주신 편집자 님, 감사합니다. 아직 미숙한 몸이지만 앞으로도 부디 잘 부탁드립니다.

그리고 일러스트를 담당해 주신 나무나시 님. 너무나 멋진 일러스트를 그려 주셔서 감사합니다. 힘들 때마다 태블릿에 저장해 둔 일러스트를 보면서 기운을 내고 있습니다.

그리고 이 책을 집필하는 데 도움을 주신 모든 분께도 감사의 말씀을 올립니다. 특히나 교정을 맡아주신 분께는 정말 면목이 없습니다.

여러분들의 노고에 답하기 위해서라도 더욱더 재미있는 이야기를 써나갈 수 있도록 분발하겠습니다!

그러면 2권에서 또 만나 뵙기를 기다리고 있겠습니다!

이 작품의 일러스트를 담당하는 나무나시라고 합니다.

커다란 것부터 작은 것까지 즐거운 마음으로 그리고 있습니다. 앞으로도 잘 부탁드립니다.

주의!

이 작품에 학교 수영복을 입은 마왕 누님은 등장하지 않습니다. 하지만 학교가 배경이기 때문에 언젠가는 등장할지도 모릅니다. 아니면 역시 안 나올지도 모르고요. 모든 것은 쿠마노 선생님의 뜻대로......

THE BOY TRAINED BY THE DEMON KING AND THE DRAGON KING,
SHOWS ABSOLUTE POWER IN SCHOOL LIFE Vol.01
©2020 Genkotsu Kumano
First published in Japan in 2020 by OVERLAP, Inc.
Korean translation rights reserved by Somy Media, Inc.
Under the license from OVERLAP, Inc., Tokyo JAPAN

마왕과 용왕에게 단련 받은 소년이 학교에서 무쌍한 모양입니다 1

2021년 12월 15일 1판 1쇄 발행

저   자 쿠마노 겐코츠
일 러 스 트 나모나시
옮 긴 이 마일도
발 행 인 유재옥
본 부 장 조병권
편집 1팀 김혜연 박소연 이준환
편집 2팀 박치우 정영길 조찬희 조현진
편집 3팀 곽혜민 오준영 이해빈
라 이 츠 이다정 한주원
디 지 털 김지연 박상섭 이성호 최서윤
미   술 김보라 서정원
발 행 처 ㈜소미미디어
등   록 제2015-000008호
주   소 서울시 마포구 토정로 222, 403호 (신수동, 한국출판콘텐츠센터)
제 작 처 코리아피앤피
판   매 ㈜소미미디어
마 케 팅 최수아 한민지
전   화 (02)567-3388, Fax (02)322-7665

ISBN 979-11-384-0526-3
ISBN 979-11-384-0525-6 (세트)